光文社文庫

〈磯貝探偵事務所〉からの御挨拶

小路幸也

光　文　社

目次

〈磯貝探偵事務所〉からの御挨拶

【新しい暮らし】

磯貝公太 Isogai Kouta

札幌《さっぽろ》市内でも珍しいぐらいに古い、築九十年にもなるという骨董品《こっとうひん》のようなビル。

九十年というなら、ついこの間老衰《ろうすい》で死んでしまったばあちゃんと同じ年齢だったんだなと感じ入ってしまった。ばあちゃんの亡くなった年に、ばあちゃんと同じ年に生まれたビルに入居したんだ、と。

四階建てでエレベーターはあるものの建築当時のものなので今は使用不可。単に鉄の蛇腹《じゃばら》式《しき》の引き戸やメーター型の階数表示を眺めて楽しむものになってしまっている。古いエレベーターを眺めるだけで楽しめる人は数少ないとは思うけど。

ただ、ビル正面や内部の床や壁には大理石が使われているので、高級感はあるし大理石に閉じこめられた化石探しもできる。実際、部屋の床でアンモナイトの化石をすぐに見つけた。そもそもビルの建築デザインそのものがアールヌーボー調で、かなりアンティークっぽいのも魅力的だ。鉄枠の窓なんか、今新しく造るとしたらけっこうな予算がかかってしまうだろう。

ワンフロアには多くて六つの部屋。五つや四つのフロアもある。

今のところ入居しているのは全部で十七。

会計事務所や小さなファッションブランド、手広く飲食業をやっている会社の事務所、占星術師《せんせいじゅつし》の占い所や音楽スタジオに、社名だけでは何をやっているのかよくわからない会社など、入居している職種はかなり多種多彩。

契約書の禁止事項にはないので、営業時間内のみ自宅のペットを連れてきている人もいるそうだ。猫が歩き回っているのも見かけたので、猫か犬を飼って連れてくるのもいいかもしれないが、今住んでいるアパートはペット禁止だ。

不動産屋がこっそり教えてくれたが、歩いて十分ほどのところに市内でも数少なくなった銭湯のひとつが営業している。その隣にはコインランドリーもあるので、その気になればここに何日泊まり込んでも生活に支障はない。つまり、実質ここに住んでしまってペットを飼っても誰にも文句は言われないだろう。アパートの家賃も払えなくなるような窮状《きゅうじょう》に陥《おちい》ったら、そうしてみるつもりだ。

空《あ》いている部屋には、大家に言って許可されれば短い期間であれば荷物を置いてもいい。ただし、鍵は預かれないのでいつも開いているから貴重品は不可。もちろん生ものも不可。

覗《のぞ》いてみたら、たぶんこのビルに通っている人の自転車がけっこう置いてあったので、自転車で通勤してみるのもいいかもしれない。車代や電車代の節約にもなるし、体力もつけられる。

一階には入口を真ん中にして向かって右側はアート・ギャラリー〈ｎｅｏ《ネオ》〉、左側は小さなカフェ〈ポム〉。どちらも窓が大きくて開放的な雰囲気。ただしアート・ギャラリーの方は天気の良い日はブラインドが下りるが、またそのブラインドがアートしていてなかなか恰好《かっこう》良い。

借りたのは、表通りに面していない裏側の部屋。四階のいちばん奥。広さは十二畳ぐらいはあるか。

すぐ隣、窓から見下ろせるところは小さな公園で、その向こう側にはマンションがいくつかあるので、小さな子供たちやお母さんたちが遊んでいることも多い。抜けているので陽当《ひあ》たりも抜群だ。大家に許可を取って、公園に面した窓に事務所の名前を貼《は》るのを許してもらった。

〈磯貝探偵事務所《いそがいたんていじむしょ》〉

探偵への依頼なんていうのは、浮気調査や身辺調査がほとんどだ。そして、依頼主の六割が主婦という統計もあったりする。

「そうなんですか？」

「実はそうなんですよ」

日曜日の午後二時。

公園では何人かの主婦や子供たちが遊んでいる。それを見て、光《ひかる》くんがなるほど、って呟《つぶや》く。

事務所開設初日に、わざわざ開設祝いに来てくれたんだ。花よりもこっちの方がいいんじゃないかしらと文《ふみ》さんが言ったそうで、カップ麺のケースを四箱も買って運んできてくれた。涙が出るほどありがたい。事務所にキッチンは付いてないけど小さな手洗い場があって、水道はあるから卓上コンロを用意しておけば湯沸かしや簡単な料理はできる。だから当分の間、昼飯の心配はしなくていい。

「じゃあ、あの中に将来の依頼人が」

「いるかもしれないですね」

公園の向こうは十階建てのマンション。その周囲にもビルが建ち並んでいる。

「公園からだけではなく、あのマンションやビルからもここは丸見えですからね。〈磯貝探偵事務所〉の名前は余計に目に付きますよ。ゆっくりしていけるんでしょう?」

「磯貝さんのお仕事がないなら」

「どうぞどうぞ。コーヒーを淹《い》れますよ。コーヒーマシンだけは新しいのを揃《そろ》えたんです」

ありがとうございます、と言いながらまた事務所を見渡している。

「古いビルだから天井高くていいですよね。この辺なら家賃だってけっこうするんじゃないですか?」

「それが、文さんに口を利《き》いてもらったんですよ」

「え、文さんに？」

「知らなかったでしょう？　ここの土地は実は青河《あおかわ》家の持ち物なんですよ。なので、他のところよりも相当安く借りられてます」

他の什器《じゅうき》は全部もらい物や不用品リサイクル市場なんかで見繕《みつくろ》った。

「そのソファいくらだったと思います？」

ソファに座って本革だと気づいた光くんに訊《き》いた。

「普通に買えば二十万以上しますよね。リサイクル品なら、三万円ぐらいですか？」

「なんと三千円です」

「三千！」

「中に死体でも横になっているんじゃないかと疑いましたけど、大丈夫みたいです」

中腰になって光くんがソファを触って確かめている。

「中にはいなくてもこの上で誰かが死んでいたとか」

「あぁ、それはあるかもしれませんね。まぁ清掃はきちんとしているでしょう。ブラックでいいんですよね？」

「ブラックが好きになりました」

光くんは、知りあって一年と少しだけど近頃急に大人びてきた。いや、知りあったときはまだ十代の幼さが残っていた大学生だったのに、ここのところしっかりとした青年の雰囲気を身に纏《まと》うようになってきた。

「じゃあ、あれですね。そこら辺のビルのオフィスで働く人たちの中にもひょっとしたら」

「依頼人が一人でも二人でもいてくれればいいなと思ってるんです」

探偵は、何よりも信用が第一。そして信用には口コミが大きくものを言う。

「あそこの探偵さんがいいわよ、なんて世間話をするとは思えないでしょう？」

「思えないですね」

「ところが、案外するものなんですよ。親戚関係とかＰＴＡの集まりとか」

「ＰＴＡぇ？」

「びっくりするでしょ。でも、そうなんですよ。探偵事務所への依頼をどこに決めたかという話は意外とそういうところから広まるんです」

光くんが眼《め》をパチクリさせた。

「意外と世の中には物騒《ぶっそう》というか、探偵を必要とすることが多いんですかね」

「それは、お前が言うなって言われますよ」

「あ、そうでしたね」

もう一年前になってしまった。光くんの祖父母の家でもある小樽《おたる》の〈銀《ぎん》の鰊亭《にしんてい》〉での出来事。物騒といえば最大級の物騒な事件の渦中に光くんはいた。

いや、正確には、僕が渦中に放り込んでしまったのか。光くんの叔母《おば》の文さんともども。

「探偵って儲《もう》からないんですよね？」

「儲けようと思って探偵事務所を開く人間はまずいないでしょうね」

もちろん大手の調査会社となると話は別だけれど。

「収入は刑事のときの半分以下になるんじゃないですかね。ひどい月だと無収入もあり得るかも」

「そんなになにですか」

「そんなになにですよ。ただし、ですね」

スーツの内ポケットから手帳を、慣れ親しんだ警察手帳ではなく、ロフトで買ってきたブルーの手帳を出して見せた。

「依頼は既に五件入ってるんです」

「スゴいですね！」

「と言っても、元同僚の刑事たちからの餞別《せんべつ》程度の調査ですから、全部合わせても報酬《ほうしゅう》はここの家賃程度にしかなりませんけどね。何でそんな申し訳なさそうな顔をするんですか」

「いや、何か磯貝さんが刑事を辞めた責任の半分ぐらいはうちにあるんじゃないかって気がしてて」

笑ってしまった。

「それはないですよ。光くんたちの責任なんてこれっぽっちもありません。あ、ただ」

「ただ？」

「前にも言ったけど、そんな気持ちがあるのならぜひうちでバイトをしてくださいよ。車も買って、今日も車で来たんでしょう？」

笑って頷《うなず》いた。

「買いました。祖父《じい》ちゃんたちのお金ですけど」

「何を買ったんです」

「中古ですけど、ミニクーパーを」

「いいですねぇ。好きな車です。その車で走り回って手伝ってくださいよ」

光くんが、笑って頷いた。

「バイトを雇えるぐらいの予算のある依頼だったら、喜んでやりますから」


近くの駐車場に停《と》めた光くんのミニクーパーを見送りついでに見せてもらって、さてこのまま案件の調査に出かけようかと思ったら、スマホが鳴った。事務所の固定電話からの転送。もちろん留守番を雇う余裕などない。当面はこれでやっていく。

「はい〈磯貝探偵事務所〉です」

(鈴元《すずもと》だ)

「お、どうした」

声を聞くのは一ヶ月ぶりだ。

(探偵事務所開設おめでとう。初日に依頼は入ったか)

「入ったなら今夜はビールで乾杯するが、まだだ。これからそっちに頼まれた件をこなそうかと思っていた」

(じゃあお祝いにビールを買ってやるから、今夜は乾杯しろ)

「どういう意味だ?」

(依頼をひとつ引き受けてほしい。人捜しだ。もちろん、警察官としてじゃなく個人的な依頼だ)

個人的な依頼?

人捜し?

「生き別れた双子の兄さんでもいたのか、お前には」

(いたら笑えるが、正確には依頼人は俺じゃない。お前が入居したビルの一階にアート・ギャラリーがあるな?)

「ある」

(そこの店長が依頼人だ。何で? って思っただろうが詳しくは今夜そっちへ行って話す。八時過ぎになると思うが、いいか?)

「もちろんだ」

（助かる。じゃあな）

余韻《よいん》も何もなく切れる。刑事に日曜なんかない。たまたま非番かもしくは休みだったのか。

元同僚の刑事、鈴元巡査部長。同期で、年齢も一緒だった。百八十センチ柔道五段の猛者《もさ》で頭より先に身体《からだ》が動くタイプだが、そのごつい身体から放たれる威圧感は、捜査中にはいろいろ使えて便利な男。

（ギャラリーの店長さんが人捜しの依頼人？）

鈴元とあの洒落《しゃれ》たアート・ギャラリーはまったく一ミリも結びつかないし、その店長さんは鈴元とどんな関係にあるんだ。

警察官が探偵に人捜しさせるなんてのは、正直あり得ない。少なくとも僕が現役だったら余程大手の調査会社以外にはそんなのを依頼しない。

探偵一人で、この広い日本で人捜しができるなんて思う警察官はいない。

ギャラリーは今日も開いていた。

はっきりと顔を見てはいないけれど、誰も客らしき人がいない大きな窓の向こうで動く女性は今まで何度も見かけていた。確かめに行こうかとも思ったが、確かギャラリーの営業も八時までだったはず。営業終了に合わせて鈴元がギャラリーに来て、そのままうちの事務所に一緒に上がってくるってことだろう。

それまで待てばいいか。

☆

八時十五分にドアがノックされた。大股《おおまた》で歩いていって扉を開くと、そこに一ヶ月ぶりのガタイのいい鈴元の四角い顔の笑顔と、その脇に細身の女性の姿があった。

「ビールだ。事務所開設おめでとう」

右手のビールが入ったコンビニ袋を上げた。左手に提《さ》げた大きな紙袋はなんだ。

「すまんな。さぁ、どうぞ」

細身の女性、一階のアート・ギャラリー〈ｎｅｏ〉の店長さんだろう。

クリーム色のゆったりめのスーツ姿が似合っている。髪の毛は長いのを後ろでラフだけどスタイル良くまとめ、化粧はナチュラルだ。

ギャラリーで働いていますと言われたら、素直になるほど、と頷ける雰囲気を漂わせている。

「いいソファだな」

「本革だ。遠慮なく座ってくれ。コーヒーを淹れておいたが、まさかビールは飲まないだろう？」

鈴元が苦笑いして軽く手を上げた。

「明日も出《で》だ。強盗事件が三つも重なっている」

「ひどいな。同一犯か？」

「二つはその可能性が高い。まぁそんな話はいい。こちら、一階のアート・ギャラリー〈neo〉の勝木《かつき》さんだ」

名刺を取り出してきたので、こちらも名刺を出す。

緊張した面持《おもも》ち。少し儚《はかな》げな印象を残す目元と口元。とびきりの美人とは言えないが、整った顔立ち。

職業柄、人をタイプで分けることができる。人は見かけによらないというが、半分合っているが半分間違っている。ざっくり言えばこの世の人間は、七割は見かけによる。ところが見かけによらない人が三割ほどもいるので、犯罪捜査というのは難しくなるんだ。

「勝木と申します」

勝木奈々《なな》、とあった。奈々さんか。可愛《かわい》らしい名前だ。

「磯貝です。お聞き及びでしょうが、鈴元の元同僚です」

ずっと唇に緊張が見えていたけれど、少し綻《ほころ》ばせた。勝木さんが見かけによるタイプの人ならば、少し儚げに見える自分のイメージをわかっていて、それをコントロールして人と付きあえる人だ。

「はい、自分よりもはるかに優秀な刑事さんだったと」

「その通りなんです」

笑わせる。どんな事件だろうと、関係者から素直に話を聞き出そうと思ったら、緊張を弛《し》緩《かん》させることがいちばんなんだ。それが苦手な刑事はいい仕事ができない。

「コーヒーはブラックでいいですか？」

二人とも頷いたので、カップをそのままテーブルに置いた。

「まずは俺から話をしてしまうが、実は俺とこの勝木さんは、高校の同級生だ。ついでに言うと中学も一緒だ」

「あ、そうなのか」

そういう繋《つな》がりか。

鈴元の実家は札幌だから、彼女も札幌出身ということか。そして彼女の職場のあるビルに、たまたま俺の事務所が入ったってことか。

「そういう偶然か」

「そういうことだ。ほら、二人の関係を証明する確定資料を持ってきてやった。手間が省けるだろう」

持ってきた紙袋の中から出したのは革の表紙の卒業アルバム。

「お前のか」

「そうだ。三年生のときに一緒だった。どうだ俺の高校時代は」

開いたページは三年一組。指差したところに、鈴元の四角い顔。笑えた。

「お前、まるっきり変わってないな」

「困ったことにな。そして彼女だ」

二列隣のところに、勝木奈々さんの顔があった。

「勝木さんも、すぐにわかりますね」

恥ずかしそうに微笑《ほほえ》む。彼女がクラスにいたのなら、美人ではないけれど、けっこうモテたのではないだろうかと思う。

「クラスが一緒になったのは中学でも高校でも一年だけで、実はそんなに親しくはなかった。話したのも数えるぐらいだったんだ」

鈴元が同意を求めると、勝木奈々さんも少し苦笑いを見せて、頷いた。

「そういうクラスメイトは多いよな」

どこかでばったり会って、顔は覚えているんだが名前が出てこなくてちょっと困ったこともある。

「なので、高校卒業以来会ってはいなかった。久しぶりに再会したのは、一年半ぐらい前の同窓会だったんだ」

「そういえば同窓会に行くって言ってたな」

覚えている。運良く差し迫った捜査が何もなく、出席できて楽しかったと喜んでいた。

「それから彼女がギャラリーの仕事で作家さんに会いに小樽に来たときなんか、二、三度顔を合わせてな。まぁ十数年を経て世間話ができるようになったという感じだ」

「なるほど」

同窓会で互いに何かしらの思いができ上がったのかと一瞬勘ぐったが、実は刑事という職業は意外と外で人に会うことができる。もちろん地域や所轄《しょかつ》によっても風紀は違うだろうが、久しぶりに会った友人とコーヒー一杯飲むぐらいの自由は許される。その分、夜中も休日もないような過酷な過重労働をしているんだ。

彼女ともたぶんそんな感じだったんだろう。

「それで、一ヶ月ほど前の話だ。西里《にしざと》さん、あぁすまん旧姓だ。俺はそっちの方が慣れてるものだから。ここからは、依頼の話になる。彼女から話してもらった方がいいだろう」

頷いた。

旧姓か。すると、勝木さん旧姓西里さんは、結婚をしている。指輪はしていなかったが結婚指輪をしていない夫婦などざらにいる。

旧姓西里の勝木奈々さんは、少し唇を噛《か》むようにしてから、口を開いた。

「夫が、帰ってこないのです」

捜すのは、帰ってこない旦那さんか。メモを開いた。

「ご主人のお名前は」

「勝木章《あきら》、三十八歳です。職業は小説家です。ライトノベル作家で、ペンネームは〈綾桜《あやざくら》千景《ちかげ》〉です。綾なすに桜、千に景色の千景です。生まれは旭川《あさひかわ》ですが、中学からお父さんの転勤で札幌に住んでいました」

鈴元に、言うべきことを一度に全部言った方が早い、と教えられたんだろう。こちらからの質問が少なく済んでいい。小説はけっこう読むがライトノベルは守備範囲外だ。〈綾桜千景〉さんがどんなものを書いていたかは後でググる。

「すると、作家さんならばどこかへ一人で取材に出かけて留守にすることも多かった、ということでしょうか？」

奈々さんが、少し勢い良く頷いた。

「一週間ぐらいはどこかへ行くことはたまにありました。それでも、毎日ではありませんが、二日に一度は電話やメールが入りましたし、私が電話をかければちゃんと出ていました」

「それが、今回は連絡を取れなくなったし、来なくなった、ですね？　正確には一ヶ月とどれぐらいですか？」

「今日で一ヶ月と二日です」

確かに、それは長い不在だ。

「一度も、連絡が入っていないし、電話も電源が入っていないか圏外になっている？」

「そうです」

いけない。つい、刑事の口調になってしまった。鈴元が少し苦笑いした。

「俺が電話で相談を受けたのは十日前だ。今のような事情なんだが、行方不明者届とか失踪《しっそう》届とか、そういうものはどうしたらいいのか、そもそも出した方がいいのか、とな」

「うん」

最近再会した同級生が刑事になっていたのなら、訊いてみるだろうな。たとえ管轄が違っていても、札幌と小樽なんか市民にしてみれば、ほとんど同じ管轄みたいなものじゃないかと思うだろう。

行方不明者届と失踪届は、似て非なるものでまったく性質が違う。そもそも失踪届は警察に出すものではない。その辺は知らない人が多いだろうが、知らない方が幸せなのだからしようがない。

「行方不明者届は札幌で出させたんだな?」

「出してもらった。もちろん知っての通り、一般家出人ならば捜索はほとんどしない」

しないというか、人員を割《さ》くことはあまりできない。特異行方不明者という判断、つまり未成年とか命の危険があるとか反対に他人に危害を加える可能性がある場合は、すぐに捜索を始めるが。

いい年をした大人がただ家出をしたところで、警察は捜さない。ましてや勝木さんは自由が利く小説家という職業だ。

「勝木さんは、取材に行くと言って出て、まだどこかを巡っている可能性があると判断できたんだろう。現金やカードを使っていたのか？」

「探偵が元刑事だと話が早くて助かる。通帳が家に置いてあったので記帳させてみた。すると、十五日ほど前に函館《はこだて》で現金を下ろしていた」

「函館か」

遠いな。

「取材に行くと言ったのは函館だったのですか？」

奈々さんは少し首を傾《かし》げた。

「いつも特にどこに行くかは聞いていなかったんです。ただ、彼には函館を舞台にしたシリーズもありますから、不思議には思いません」

シリーズも持っている作家なのか。鈴元と顔を見合わせた。

「確かに、それでは警察は捜索には動かないな」

「ぴくりともだ。そのうちに帰ってくるんじゃないですか、とな。それで、相談を受けたときにちょうどお前からここに事務所を開くという話を聞いた」

「本当に偶然だな」

まったくだ、と頷いた。

「ご主人はそんなに有名でもないがそこそこ売れてる方だそうだ。そして西里さんもこういうふうに働いている。現状、経済的に余裕があるのであれば、優秀で有能だった刑事が札幌に探偵事務所を構えて、しかも偶然にも同じビルだけどどうかな、と話したんだ。悪いが俺も含めて警察はまったく力になれんので、オープン記念割引価格でと話してみるが、とね」

そういうことか。頷いて、奈々さんを見た。

「正直に言いますが、一人で動く探偵が失踪者を見つけられる可能性は限りなく低いです。見つけられたとしたら、本当に運が良かったという場合です。それは理解していただけますか？」

こっくり、と頷いた。

「鈴元くんからも、そう聞いていますし理解もできます」

「札幌にも大手の調査会社はあります。そちらに頼んだ方が、料金は確かに高くなりますが見つけられる可能性はわずかですが上がります。それでも、私に依頼していただける？」

小さく頷いた。

「自分でもまだ夫が失踪したというのが、少し信じられないんです。ただ夢中で取材をしているのかもしれない。ひょっとしたらスマホは単純に壊れたのかもしれない。面倒臭がり屋のところがあるのでそのままにしているのかもしれないと。それに」

少し口ごもった。

表情に影が差す。

「はっきりとはしていませんが、夫は、どこかに愛人がいるかもしれません」

なるほど。どんな大手であろうと秘密厳守、守秘義務はあたりまえだが、そのデータが個人事務所よりも多く人の眼に触れ、知られることは間違いない。

何もなかった場合に、それは避けたいということか。

「愛人と一緒にいる可能性も、むしろ二人でどこかを旅行している可能性もある、と」

「はい」

顔が歪《ゆが》む。歪んだ表情が美しく感じられるのだから、勝木奈々さんは本当に整った顔立ちなんだ。

「今まで、それを思わせる何かはあったのですね？」

また唇を噛む。

「取材旅行をして帰ってきたときに、洗濯を自分で済ませていることもありました。明らかにホテルのクリーニングではなく、誰かに洗ってもらったような感じでした」

「柔軟剤とか洗剤の匂い？」

「そうです」

それは、ある。ホテルのサービスではそんな匂いが付くものは使わない。そしてコインランドリーにある洗剤や柔軟剤と市販のものは明らかに違う。毎日洗濯をする人は、そういうところに気づく。

極端にいえば、誰かの家のベッドに寝ころんだときに服に付く布団の匂いにさえ、気づくことがある。

「髪の毛なども?」

微《かす》かに頷いた。誰かの髪の毛が付いていたから即浮気、愛人と結びつけるのは早計だが、ひとつの材料ではある。中年の男性だから相手は女、と結びつけるのも、今は早計だ。実は男と一緒だったという事例もある。

「わかりました。では、こういうのはどうでしょう。前金も基本料金も着手金もいただきません。他にも仕事がありますので、まずはその仕事の合間に動いてみて、ご主人の今回の失踪に関する情報が入る間は調査を続けていき、一日のうちそれに割いた時間給だけ後で請求します。ちなみに一時間三千五百円で、大手よりははるかに安いです」

鈴元が頷いた。

「そして新しい情報が手に入らなかった日は、費用をいただきません。もちろん、私がご主人を見つけるか、私が手に入れた情報で見つかった場合は、これは契約上どうしても言わなければならないのですが、生死にかかわらず成功報酬として正規の料金十万円をいただくというのは」

生死にかかわらず、の文言のところで少し表情を変えた。それはもうしょうがない。どんなに気丈な人でも、男でも女でも反応してしまうところだ。

人捜しは、たとえ死体として見つかってても、それは成功。仕事を完遂《かんすい》したということ。

「はい、お願いします」

「承りました。まずは、ご主人の部屋を見せてもらえますか、と訊こうと思っていたんだが、ひょっとしてお前がもうやってくれたのか？」

鈴元が、頷いた。ビールを入れてきたレジ袋の他の大きな紙袋は、ひょっとしたらと思っていた。

「開設祝いで少しでも手間を省いてやろうと思ってな。とりあえず渡せるのはこれだけだ」

卒業アルバムが入っていた紙袋の中には大量の紙や文庫本も何冊かある。

「引き出しの中に入っていたメモやらなんやらも全部持ってきた。デジカメのメモリーカードも入っている。もちろん部屋には他に大量の本やＤＶＤなんかも転がってるが、失踪に繋がるようなものは少なくとも俺は何も感じなかった。ただし、パソコンは別だ。パスワードロックが掛かっているから立ち上がらない」

「必要ならハッカーを手配、か」

「そういうことだ。彼女は休み以外はずっとギャラリーにいるから、もしも昼間に家の鍵が必要なときはいつでも言ってくれと。お前は信用していいと俺が太鼓判を捺《お》している」

「同じビルで働いているとこういうときは便利ですね」

微笑んで、頷いた。

「これが、いちばん重要な資料になるかと思ったので言っとく」

紙袋の中に入っていた大きめのノート。

「どうやら、ネタ帳とでも言えばいいのか。彼女にも確認したが、今までに書いた作品についてのメモがいろいろ書いてあるそうだ。地名やら人の名前やらよくわからんことが、とにかくいろいろ書きなぐってある」

開いた。

「日付も入っているな」

「構想を練るときにはこれを使っていたんだろうな。取材に出た前日の夜の日付のところにもいろいろ書いてある」

確かに。人の名前はたぶんキャラクターの名前だろう。同級生とか、バラバラ死体とか殺人事件のあった村とか物騒な言葉も書いてあるということは、〈綾桜千景〉さんはミステリも書くんだろう。使っているペンは、水性ペンか。少なくとも普通のボールペンではない。

「彼女に確認して、このノートに書かれているのはどうやらこの作品のことではないか、という本も持ってきておいた」

「それがその文庫本か」

さすが鈴元。丁寧な仕事だ。必要なら読む。

「ノートは他にも大量にあったが、とりあえずは今使っていたと思われるこの一冊だけ持ってきた。必要だと思ったら自分で見に行ってくれ」

「担当編集者には？」

文庫本を見ると、もちろん東京の出版社から出ているものだ。たぶん本好きなら誰もが知る出版社。

「この本の担当編集者の名刺もここにある。彼女は一度だけ電話したが今は次作の構想を練る時期で、まだ余裕があるので編集者は何も連絡は受けていなかった。向こうからも連絡していない。実は余裕のある仕事ぶり、というのは表向きで、最近はあまり執筆依頼は入っていなかったようだ。その編集者にはまだ騒がずにいてくれと言ったそうだ」

「わかった。もしも道内《どうない》以外の、東京などに行く必要があると判断したら、交通費はその都度実費で請求します。道内であれば車で回りますからガソリン代を後で請求します」

ノートには函館とも書いてあったから、間違いなく今回の取材先の、そして物語の構想のメモだろう。

四角形を並べた簡単な地図みたいなものや、ノートの罫線に線を引いた記号めいたもの、誰かのセリフ、そして何かの数字。

「この数字は何だろうな」

「さっぱりわからんが、物語の構想上の何か必要なものなんだろうな。彼女ももちろんわからんと」

奈々さんが顔を顰《しか》めながら頷いた。

地図みたいなところに、四桁《けた》の数字2401と、三桁の数字111が大きく離れた位置に書いてある。繋がってなく分けて書いてあるから電話番号でもないだろう。

「確認したが、郵便番号でもない」

「函館に関係しているのなら、番地とかの住所関係か」

「関係していて、小説でそんな詳しい番地とか使うんであればな。そこまでは俺もまだ確認していない。お前に任せる」

普通は使わないか。

「勝木さんは函館に詳しいのですか？」

「住んだことはないはずです。取材には何度も行っているはずですが」

「友人関係の連絡先は何せスマホを持って出ているから、彼女にはわからん。年賀状を出したときの住所リストはあったので、それもコピーしておいた。赤丸がついているのは彼女の身内親戚、青丸が勝木さんの身内親戚、赤三角は」

「西里さんの友人知人で、青三角は勝木さんの友人知人だな？」

「そうだ」

とりあえずは、ここにあるものをすべて確認してからだな。

「身内や親戚、友人知人関係には失踪していることを知らせない方がいいですね？　少なくとも今は」

「はい、お願いします」

その方向で動こう。

「後は、毎日の報告や何か訊きたいことが出れば下に伺《うかが》います」

確かに、これは便利でいい。毎日出勤したときに、一階に寄ればいいだけの話だ。

【新しい車】

桂沢　光 Katsurazawa Hikaru

弁護士っていう職業の父親がいるから、世の中ではいろんな出来事や事件がいつも起こっていて、お巡りさんや刑事さんや検事さんや裁判官って職業の人たちはいろいろ大変なんだってことは、子供の頃からわかっていた。

まぁでもそんなのはあたりまえの話で、弁護士の息子じゃなくても小学生だってわかっていると思うけれど、実際に刑事さんと事件について長々と話したことがある人は、しかも捜査にも関わってしまった経験がある人はそんなにいないと思う。

さらにその長々と語り合ったりした刑事さんが、何とその事件をきっかけに退職して探偵になってしまって、もう知人以上というか、けっこう深いっていうと何か誤解されそうだけど、ほぼ友人に近い状態になっている大学生っていうのはあんまりいないんじゃないか。

「なかなかいないでしょうね」

「だよね」

「そもそも私立探偵になっちゃった刑事さん、っていうのは、実は全国的にもけっこう珍しいんじゃないかしら」

文さんが僕の部屋の籐椅子《とういす》に座って、ガラスのコップに入ったプリンをスプーンですくって一口ぱくん、って食べた。

美味《おい》しい！　ってものすごく幸せそうな笑顔になる。

文さんって美味しいものを食べたり嬉《うれ》しかったりすると、すっごく子供っぽい笑顔になるんだよね。

年齢不詳っていうか、僕は実の甥《おい》だから文さんが今年三十歳になったって知ってるけど、何歳なのか全然わからないって言われるのもわかる気がする。

大学の友達がけっこう〈銀の鰊亭〉に遊びに来るんだ。中にはランチを食べに来る子もいる。ランチを食べに来るのは大体が女の子で、ただ遊びに来るのは男なんだよね。同じ学生なのにこの経済格差というか、経済観念の違いはどこから来るのかなぁってときどき思う。

それで、遊びに来た男子たちは口を揃えて、文さんのことをまだ大学生でも通用するって言うんだ。それは言い過ぎのような気がするんだけど。

「やっぱりスイーツよね。最後に食べるスイーツさえ美味しければそれまでの料理が何か普通だったとしても許されちゃうわ」

「いや料理もうちは美味しいでしょう」

ランチに付ける新しいスイーツとしてこのプリンを出すそうで、こんな夜中に二人で試食しているんだけど、確かにこれはランチだけに付けるのはもったいないと思う。

何で夜中に食べているかっていうのは、作り置きしておいて、時間を置いても美味しいかどうか確かめるため。

「文さん、これ単体で売ってもいいんじゃないの？」

「うちで売るの？」

「そう。どこかをショップに改装してさ。スイーツとかパンとかってさ、美味しかったら多少遠くでも皆買いに来るよね。〈銀の鰊亭〉として新しい形態の商売を考えてもいいんじゃないのかな」

本当に、岩村《いわむら》さんの作るスイーツは美味しいんだ。

和食の料理人にしておくのはもったいない。そのまま洋菓子作りのパティシエになった方がいいんじゃないかってぐらいに。

「確かにそうね。岩村さんの焼くパンも美味しいものね」

「そうだよ」

「でも〈銀の鰊亭〉よ？ ニシンって店名でパンやスイーツを売るの？」

「そこはたとえば、ショップは〈シルバーヘリング〉なんていう名前にしてクラシカルな英文字のロゴにしちゃうとかさ。鰊がヘリングだなんて英語圏の人かよっぽどのミステリファン以外、誰も知らないよ」

「あ、カワイイお魚のマークを作ってもいいかもね」

「いいね」

本当に考えてみてもいいと思う。うちは全体的には赤字になってないっていうけど、店の売り上げとしては完全に赤字なんだから。

「せっかくこんな単体で売れそうな美味しいものがあるんだからさ、きちんと〈銀の鰊亭〉としての売り上げを上げた方がいいと思うよ。ほとんど使っていない別邸《べってい》があるんだからさ、〈陽光屋《ようこうや》〉とか〈星林屋《せいりんや》〉とかだったら改装しなくたって玄関にカウンターとか置けばそのままショップにできるよ」

「そうね」

確かにそうだわって文さんが頷く。

「うちが販売をするのにはいろいろクリアにしなきゃならない問題も多いけど、考えてみてもいいわね」

もしもそうなったら、僕も挨拶だけじゃないバイトもできるかもしれないし。店員さんなんかしたことないけど。

「あれね」

文さんがプリンの最後の一口を食べてから言った。

「磯貝さんも、新しい商売を始めて、いきなり赤字経営にならなきゃいいんだけれど」

「それは織り込み済みだって言ってたよ。貯金も多少はあるし、ギリギリでも食っていければいいって。あ、文さんに感謝してた」

「磯貝さんが？　どうして？」

「あそこの探偵事務所のビルを紹介してもらったって」

あぁ、って文さんが頷いた。

「紹介なんてものじゃないのよ。あのビルは古過ぎていつも空いてる部屋があるっていうのはわかっていたの。それに」

何だか悪戯《いたずら》っぽく笑った。

「〈探偵事務所〉にはピッタリだって思わない？　あそこ」

それは何か古い探偵もののテレビドラマのイメージだと思うんだけど、まぁ何となくはわかる。

「安く借りられて良かったたって」

「それは、私が頼んだわけでもなんでもなくて、きっと大家さんが元刑事さんだったら防犯上も助かるって思って気を利かしたんじゃないかしらね」

そうなのか。でもその理屈はわかる。

「何か、うちが磯貝さんの人生を変えちゃったみたいな気もするから、繁盛してくれるといいんだけどね」

「僕もそう思った」

「でも探偵が繁盛する世の中っていうのもちょっとイヤね」

「浮気調査ぐらいなら平和なんじゃないの？」

「殺人事件の大半は痴情《ちじょう》のもつれって話よ。そういえば磯貝さんは、あの署長さんのお嬢さんとは別れちゃったのかしら」

「言ってた。別れたって」

「磯貝さんが殺人事件の被害者になっちゃったら笑えないわね」

文さんってけっこうブラックなことをさらっと言うよね。それはたぶん昔からだと思うんだけど。

もう一緒に暮らし始めて一年ぐらい経ったけれど、文さんの記憶は戻っていない。たぶん、だけど。

ずっと戻らないのかもしれないし、ある日突然戻るのかもしれないし。暮らしていくのには何の不自由もないんだけど、たまに昔の同級生とかが訪ねてきても、文さんは笑顔で迎えるんだけど、ごめんなさいって頭を下げる。名前と顔は卒業アルバムとかで確認したんだけど、何にも覚えていないのって。

そういう暮らしはどうなんだろうって。想像するんだけど、想像つかない。

でも文さんは元気だし、毎日楽しそうに仕事をしている。この受け継いだ〈銀の鰊亭〉を、もっと儲かるようにして僕に遺《のこ》すんだって言ってるけど、そもそも文さんとは十歳しか離れていないんだから、遺すっていうのは大げさというか無理だ。大学を出て、一緒に経営していくんならまだしもだけど。

「車も買ったんなら、探偵事務所で調査のバイトをしてくださいって言ってたよ」

「いいじゃない」

文さんが、大きく頷いた。

「光くんってそういう資質あると思うわよ」

「資質って、何の」

「調べること」

それは、誰でもできることじゃないかな。

「調べるっていうのは誰でもできることだけれど、実は資質がとても必要なことなのよ。そもそも資質のない人はググることもできないんだから」

「それは大げさでしょう。ググるぐらい誰でもできるよ」

「的確に素早く検索できる人、出てきたデータを体系的に整理できる人、整理したデータから推論を立てられる人、それがきちんとできる人は本当に少ないものなのよ。しかもね、探偵の場合は」

くるん、って文さんは人差し指を回した。

「そこに、センスが必要なの」

「センス」

「持って生まれたもの」

「推理力みたいな？」

そうね、って頷く。

「そうも言えるだろうけど、感覚ね。アートを志す人が最初から多かれ少なかれアート的な感覚を持っているように、探偵って実は生まれながらにそういう感覚を持っている人がなるべきなのよ。本来はね」

そういうものなんだろうか。まぁ何となく納得できるけど。

「ハードボイルドか何かの小説にあったよね。〈探偵とは生き方だ〉とか何とか」

まさしくね、って文さんが微笑んだ。

「そういうものよ」

僕にそんなセンスがあるとは思えないけど。


車を買ったのは、昔から〈銀の鰊亭〉で使っていたバンがいよいよ古くなって買い替えた方がいいって話が出たからなんだ。

そういえば、死んだお祖父ちゃんが孫である僕に遺したお金があるって母さんと文さんが言い出した。

もう二十歳《はたち》になったことだし免許も取ったんだから、それで中古車でも買ったらって。通学にも便利になるし、文さんが私があちこち出かけるのにも便利だからって。それはつまり僕が文さんの足代わりに使われるってことなんだけど。でもまぁ、それは確かにいいかなって。正直、一年間大学に公共交通機関を使って通ってみたけれど、けっこう大変だったから。

実際、車で通い始めたら本当に楽で楽でしょうがなくて助かってる。どんな荷物があっても、文さんに学校帰りに買い物を頼まれても余裕で持って帰ってこられる。心配なのは冬だけど、車を買った中古車屋さんによれば、このミニクーパーは四駆だし、けっこうチューンナップしているから全然余裕だって。後は雪道に慣れるしかないって。

車で大学に通うようになってから、正門のところに常駐している警備員さんと顔見知りになった。駐車場からキャンパスに入るときには必ず正門から入らなきゃならなくて、警備員詰所《つめしょ》の脇を通るんだ。

そして、そこに猫がいる。

名前はチャオ。オスの黒猫。推定三歳ぐらい。

一年半ぐらい前に警備員詰所にやってくるようになって、何を気に入ったのかわからないけれど、一日の大半をここで過ごしているんだって。大体は、詰所のカウンターの上で寝ているか、警備員詰所の隣の芝生《しばふ》の上で日向《ひなた》ぼっこをしてる。

人懐こい猫で、猫好きの学生が来て抱っこしても嫌がらない。女子なんかが膝《ひざ》に乗せたままここでお弁当を食べていたりもするんだ。

名付け親は警備員の篠塚《しのづか》さんと東《あずま》さんの二人。何でも最初にやってきたときの鳴き声がチャオって聴こえたからだって。二人とも猫好きで、自分たちのお金で餌《えさ》を買ってきてあげている。その他にも学生たちが差し入れも持ってくる。だから、けっこう毛並みも肉付きもいい。

二人の話では、たぶん周りにあるどこかの農家にいる猫だろうって。大学の周りにはけっこう田圃《たんぼ》とか畑があるんだ。農家ではネズミ除《よ》けに普通に猫を飼っていたり、飼ってなくても納屋《なや》とかに居着いちゃうことがあるらしい。チャオもその中の一匹だろうって。だから、雨の日は来ないこともあるし、雪が積もる冬なんかは、晴れた日以外は何日も姿を見せないこともあるんだって。

チャオって呼ぶと必ず、にゃお、って鳴いたりもする。僕にはどうしてもチャオには聴こえないけどね。

日曜に磯貝さんのところに行って、月曜の朝だ。

いつも通りにいつも通りの場所に車を置いて、警備員詰所の脇を抜けてチャオがいるかなって思って見たら。

警備員さんがいない。いつも朝は篠塚さんがいるんだけど。チャオもいない。あれっ、と思ったら、芝生のところで篠塚さんと、女子が一人しゃがみ込んでいる。

「どうしたんですか？」

チャオがいた。でも、様子がおかしい。篠塚さんが、僕を見て、あぁ君か、って感じで立ち上がった。

「どうもね、チャオの具合が悪いみたいなんだ」

「具合が」

たぶん、うちの学生の女の子が泣きそうな顔をしてチャオを見ている。

「さっき、私が来たときに吐いちゃったんですけど、それからずっとこんなふうなんです」

今にも泣きそうな声だ。チャオは横になったままぐったりしている。気のせいかもしれないけど、息も荒い感じがする。

「犬や猫は具合が悪いときには、ひたすら眠って治すんだけどねぇ」

篠塚さんが頭を掻《か》きながら言う。僕もそう聞いたことがあるけど。

「でも、すっごく苦しそうです」

ショートカットで、それこそ猫みたいな眼の形をしている女の子。声が少しハスキーな感じだ。

時計を見た。まだ僕は講義までには時間があるし、最悪サボってもいい。

「僕、車で来てるから、そこの動物病院まで連れて行きます」

大学に来る途中の道沿いにあるのは知っていたんだ。〈らくだ動物病院〉。どうしてらくだなのかはよくわからないけど。

「もう十時だから開いてるはず」

「いや、いいのかい？　動物病院はけっこうお金が掛かるよ？」

篠塚さんはちょっと眼を細めて僕を見た。

「たぶん、何とか」

〈銀の鰊亭〉でのバイト代は入っているし、家からの仕送りのお金もまだある。最悪、叔母さんである文さんに泣きつけばお金は貸してくれる。

「私も行きます！」

女の子が言って、篠塚さんを見た。

「タオルか何かありますか？　くるんで連れて行ければ」

「あぁ、待ってなさい」

篠塚さんが警備員詰所からバスタオルを持ってきた。

「いつもチャオに使ってるものだよ。たくさんあるから。それからこれ」

丸い郵便ポストの形をした貯金箱も持ってきた。

「学生が持ってきて、チャオのご飯代のカンパが入っているんだ。中身はきっと千円とか二千円もないだろうけど、何もないよりましだろう」

「ありがとうございます」

「車、ここまで持ってくるから待ってて」

女の子が頷くのを待って、車まで走った。

急いでエンジンを掛けて、タイヤを鳴らす勢いで警備員の詰所のところに車を回して。

「乗って」


一年生で、間宮《まみや》ひかるですって彼女が言って、ちょっと驚いてしまった。

「ひかるさん?」

「ひらがなで、ひかる、です」

助手席で、チャオを膝の上に乗せてそっと抱えたまま言う。

「僕は二年生で、桂沢《かつらざわ》光。漢字の光」

「えっ」

彼女も少し驚いて、ずっと心配そうにしていた表情が少し柔らかくなったように思った。

運転中だから見られないけれど。

「同じ名前なんですね」

「びっくりだね。初めてだ」

そんなに珍しい名前ではないと思っていたけど、今まで知り合いになったことはなかった。

「私は、漢字の光で女の子の同級生が中学のときにいましたけど、男の人は初めてです」

「たまに言われる。女の子みたいだって」

でも、僕のイメージでは漢字の光は男だ。それは光源氏《ひかるげんじ》に引っ張られているのかもしれないけど。

「ひらがなになると急に女の子っぽくなるけどね」

「ひらがなでみつる、っていう女の子と、満タンの満でみつるっていう男の子の友達もいます」

なるほど。それも確かに。

〈らくだ動物病院〉までは車で二、三分。あっという間だ。その間に、彼女の実家は江別《えべつ》にあって、こっちで一人暮らしだってところまでは話した。僕が叔母と一緒に住んでいる〈銀の鰊亭〉のことはよく知らなかった。まぁこっちの人じゃなきゃあんまり知らなくて当然。

「今度行ってみたいです。古い建物好きなので」

「あ、そうなの？」

ひょっとして。

「カメラ好きとか？」

「そうです。どうしてわかりました？」

そういう人を知ってるんだ。大学の准《じゅん》教授なんだけど。

「写真撮るのは全然かまわないよ」

〈らくだ動物病院〉はたまたま空《す》いていたらしくて、すぐにらくだ先生が、いやまさかそんな名前じゃないとは思うけど、診《み》てくれた。

チャオは、明らかに具合が悪い。じっとしているし、ぐったりもしている。らくだ先生が口の中を見たり、眼を調べたり、お腹《なか》をいろいろ触っても、されるがままになっている。

レントゲンを撮って、血液検査をして、点滴をすることになった。

レントゲンでは内臓とかに異常は見られなくて、お腹に便も溜《た》まっていない。でも、少し脱水症状を起こしているみたいだって。肝機能の低下があるかもしれないけれども、異常値というほどじゃないらしい。

なので、まずは点滴をして様子を見ようってことらしい。点滴なんかしたら暴れるんじゃないかって思ったけど、チャオは針を刺されたときには少しびくっとしたけど、後は大人しかった。

「様子を見ていて」

「はい」

診察室の奥にそういうスペースがあって、横になって点滴を受けているチャオの脇に二人で椅子に座って見ていた。

「何となくだけど、落ち着いてるみたいだ」

「そうですね」

ひかるちゃんも頷いた。

「猫、飼ってますか？」

「いいや。君は？」

「飼っていました。実家ですけど」

今はアパートなので飼えないんだけど、本当は一緒に住みたくてしょうがないんだって。猫好きとか犬好きの人はそう言うよね。一緒に住みたいって。

「じゃあ、ペットが飼えるアパートがあれば」

「本当はそうしたかったんですけど、私が学校に行ってる間、ずっとひとりぼっちにするのも可哀相《かわいそう》だし」

「だよね」

小声で、いろいろ話した。

ひかるちゃんは兄弟姉妹はいない一人っ子。カメラが好きになったのはお父さんの影響。今もデジカメを持ち歩いているし、休みの日で何も予定がないときには、お父さんからもらった一眼レフを持って撮影に出たりしている。

本当に猫とか動物とかが好きなので、猫を飼ったらバシバシ撮影してＳＮＳにアップとかしたいらしい。

「今はしてないの？」

「実はしてる」

ちょっと悪戯っぽく笑った。

「このチャオも撮って、アップしたこともあります」

「そうなのか」

だから今日も気づいたのかもしれない。チャオの具合が悪そうなことに。

「実家に帰ったときも猫を撮ってるんじゃないの？」

小樽から江別だから、その気になれば毎週末にでも帰ろうと思えば帰れる距離だ。ひかるちゃんが、少し困ったような表情をした。

「実家にいた猫、めろんって言うんですけど」

「めろんちゃん」

カワイイけど何でめろんなんだろう。

「いなくなっちゃったんです。あ、まだ他にもスズメと田中《たなか》って猫が二匹いるんですけど」

間宮家の猫命名法がまったくよくわからない。

「いなくなったっていうのは、外に出ていって？」

「そうらしいんです」

悲しそうに言う。「Twitterとかやってると、犬とか猫とか、インコとかがいなくなってしまったので探しているっていうツイートをよく見る。可哀相にとは思うけど、拡散能力もないから何にもできないんだけど。

「戻ってくれるといいんだけどね」

淋《さび》しそうな顔をして、ひかるちゃんが頷いた。

チャオは、点滴の間ずっと寝ていて、終わったので針を抜いた途端に、元気になった！　とばかりに起き上がって伸びをして、僕の手を嘗《な》めてきた。まるでありがとうね、って言ってるみたいに。らくだ先生も、たぶんお腹の調子が少し悪かっただけでしょうって。このまま様子を見てくださいって。

ちょっと不安ではあったんだけど、夜はどこかへ行くみたいだから警備員詰所に置いてきた。講義が終わって帰るときにはもういなかったし、警備員さんの話ではいつものように歩いてどこかへ行ったたっていうので大丈夫だとは思うんだけど。

☆

「その、同じ名前のひかるちゃん、可愛い子だったの？」

今日の夜のスイーツは焼き立てのスコーンにアイスを載せたもの。まだ命名していないらしいけど、自信作らしい。

「美味しいわー」

しみじみと文さんが言う。確かに美味しい。こんななめらかな口当たりのアイスを初めて食べたかもしれない。

「可愛かったよ。猫みたいで」

「猫？ 猫っぽいの？」

「眼がね。よく猫っぽい顔の女の子をマンガで描くときに少しつり目になるじゃない」

「そうね」

「あんな感じで」

そう言えば、女性を猫か犬かのタイプで分けるなら、文さんも猫タイプだと思う。決して犬タイプじゃない。

「じゃあ、かなり可愛いんじゃないの。今度連れてきて」

「あ、ここの写真撮りたいって言ってた」

あら、って顔を少し歪めたね。

「今僕と同じ人のことを考えたよね」

「そうよねきっと。宮島《みやじま》さんのことでしょう。カメラ女子なのかしら、ひかるちゃんは」

「そうみたい」

磯貝さんの親友でありアマチュアカメラマンでもある宮島准教授は、悪く言えば変態だ。

良く言っても変人に近いと思う。あれから何度も何度も〈銀の鰊亭〉を撮りに来ている。どれだけ撮れば気が済むんだろうって思うぐらいに。

「カノジョになりそう？」

文さんが何か嬉しそうに言うけど。

「そんなのはわかりません」

「デートするようになったら言ってね。すぐに姉さんに連絡するから」

止《や》めてほしい。

「ここに連れて来るのはデートじゃないからね。それと、今度の日曜日に鉄塔を見に行くから。一緒に」

え？　って文さんが顔を顰めた。

「鉄塔？」

「鉄塔」

首を捻《ひね》った。

「鉄塔って、テレビ塔みたいなの？」

「いや、高圧線のがあるじゃない」

あぁ、って頷く。

「高圧線の鉄塔ね。あるわねあちこちに」

「あの写真を撮りたいんだって。ずっと鉄塔を追っていきながら」

「それはまた、シブイって言えばいいのかしら」

僕も聞いたときにはどう答えればいいか困った。いい趣味だね、って言うのはいかにも適当だし、かといってわからないなー、って言うのも申し訳ないし。

「何て言ったの？」

「おもしろそうだねって」

そう言うしかなかった。

「でも、嘘《うそ》じゃなくてさ。確かに鉄塔って、ちょっとだけだけど、惹《ひ》かれるものはあるからさ」

うん、って文さんも少し微笑んだ。

「それは、少しあるわね。あの下に立って見上げると、人間ってすごいなーとか思ってしまうわ」

そう。巨大なものへの憧れというか、畏敬《いけい》の念みたいなものは人間なら誰しも少しは持っていると思う。

なるほど、って文さんが頷いた。

「何がなるほど」

「鉄塔を巡って写真を撮っていくのなら、車はもう必須よね。バイクでもできるだろうけど」

「そうだね」

「でもひかるちゃんは車もバイクも持っていない。だから今まではやりたくてもできなかった。できなかったけど、たまたま今日、その猫ちゃんのお蔭《かげ》で車を持っている先輩と知り合いになれた。おまけに同じ名前というものすごい偶然。しかも押しに弱そうで人畜無害そうな先輩だ。これはチャンスじゃないかとひかるちゃんは思った。光先輩に頼んで車を出してもらおう！」

鋭い推理だと思う。

「そういうことじゃないかしら」

「たぶんね」

「なかなかひかるちゃんは積極的な女の子ね。猫好きってところがポイントだったのよね、きっと」

「何かね。デートとは言わないけど、そういう話になっちゃった」

日曜日に、僕の車で鉄塔を巡る旅。

「楽しそうじゃないの。私も行きたいぐらい」

楽しいの、かなぁ。

「どこを回るの？」

「まずは、自分の知ってるところだって」

江別市。ひかるちゃんの実家のある街。

「鉄塔がたくさん並んでいるところがあるらしいよ」

【古いやり方】

磯貝公太 Isogai Kouta

鈴元に言われて用意したというメモを、勝木奈々さんは渡してくれた。

そこに失踪したと思われる夫、勝木章さんの、身長、体重、視力、病歴、出身学校などの経歴履歴。自宅の住所に奈々さんの連絡先の全て。思い出せるだけの夫が過去に訪れたであろう場所。覚えている限りの二人で行った場所。

もちろん、本人が写っている写真のプリント。著者近影にも使ったプロが撮った写真の他に、どこかで撮ったスナップ写真。

ほぼ完璧な資料だ。刑事がアドバイスしてくれるとこんなにも仕事が楽になることがよくわかった。

勝木章さんは、極端に特徴がある顔つきではなかった。そう言っては申し訳ないが、ごく普通の中年男性だ。

細面《ほそおもて》でもないし、かといって丸顔や四角顔でもない。標準的な卵形の顔で、髪形もサラリーマンでも通用する長くもなく短くもない黒髪。少し癖っ毛気味ではあるのかもしれない。

柴犬《しばいぬ》を連想させるような可愛らしい瞳が、全体的には優しそうな雰囲気を醸《かも》しだしている。身長が百八十あるわりには、背が低そうな印象の顔つきだ。その辺は見た目のギャップがあるかもしれない。

服装も、普通だ。かろうじて著者近影には黒のジャケットにTシャツというお洒落さを出した感じは出ているけれども、その他のスナップではごく普通の服装ばかりだ。明らかなブランド物でも着てくれていたら多少は助かるのに。

一瞬で困った。

捜すには悪条件ばかりだ。

「お帰りになる前に、もう少しだけよろしいですか？」

奈々さんが頷く。

「後からまたいろいろお訊きすることになるとは思いますが、勝木章さんはどういう男性であったかお聞かせください。というのも、人間の行動パターンというのは性格で決まることも多いのです」

その通りだな、と鈴元も頷いた。

「判別しやすいところから訊きますが、勝木さんは時間には正確な方ですか？」

「そうですね」

そう言って、少し考えた。

「締切りは守る方だと聞いています。普段も、約束の時間などにはきちんと間に合うように準備をして出かけていました」

「そうすると、時間を守らない人には厳しかったわけですか？」

また考える。こうして質問することで、答える奈々さんの性格も見えてくる。夫婦の性格の違いがまた行動パターンに与える影響も大だ。奈々さんは、慎重な人だ。必ず頭の中できちんと考えて整理して答えている。そして、その性格の違いによるすれ違いというものも、失踪する人間にとっては大きな要素になっていく。

「厳しい、というほどではなかったと思いますが、遅刻や忘れ物をすることに対しては怒っていたと思います。態度に表すほどではなかったと思いますけど」

それは十分に他人にも時間に厳しい人だろう。そういう人間は、田舎《いなか》よりも都会を好む。あくまでも経験上のものだが。

「お酒はよく飲みますか？　毎日晩酌《ばんしゃく》するとか、飲み屋に行くとか。煙草《タバコ》はどうでしょう」

「煙草は吸いません。お酒は飲みますが、毎日飲むというのはありません。酒場も、誘われれば行きますが、自分から出かけていくことはほとんどなかったです」

「料理はどうでしょう。自炊できるとかそういう観点の話ですが」

苦笑いのような笑みを見せた。妻が夫のことを話すときに見せる類《たぐ》いの笑顔。

鈴元が優秀な刑事と言ったのは冗談じゃない。自分で言うのも何だが、僕は優秀な刑事だ。

人の感情を読み解く能力に長《た》けている。今、彼女は夫婦生活においての夫への不満を表明した。料理はするな、と。するんならもっと上手になる努力をしてくれと思っていたんだな。

「一応、できないこともないですけど、作ってほしくはないと思っていました」

なるほど。勝木さんには料理のセンスはない。味オンチなのかもしれない。

「ウエットとか、センチメンタルとか、そういう精神面ではどうでしょう」

これも、考える。少し顔を顰めた。

「小説家という職業の人が皆そうなのかどうかはわかりませんが、自分の過去のことはとてもよく覚えていて、折りに触れて思い出話をしていました。そういう意味では、センチメンタルでウエットな部分もあったと思います」

奈々さんは、頭の良い人だ。美術ギャラリーの仕事をしているというのもあるのだろう。説明が的確でシンプルで、上手《うま》い。

「感情面ではどうでしょう？　怒りっぽいとか、穏やかな優しい人とかいう単純な分け方では？」

首を捻る。ここでも彼女は何らかの不満の意思表示をした。

「優しいか優しくないかで分けるなら優しい、になると思いますが、どちらかというと、臆病な部分がそうさせていたと思います。臆病なので他人にも優しくなる、という感じでした。けれども決して暴力的ではありませんが、怒ることはよくあります」

「よく怒るとは、あなたに対してですか？」

「いいえ、世の中の理不尽な出来事にです。政治関連のニュースなどを見てよく憤慨《ふんがい》していました。でも、それを行動に表すということはほとんどありません」

なるほど。でも、それを行動に表すということはほとんどありません」

なるほど。世の中への不満を妻に対してだけは表していた、か。そして小心者故に、争いを避けるタイプ。悪く言えば、ぐちぐちねちねちと妻にだけはそういうことを言っていたんじゃないか。

「常識のある方でしょうか？　社交性はいかがですか。一人でどんなところにも行ける人ですか」

「はい」

しっかりと奈々さんは頷いた。

「車を運転するときも、しっかりと規則を守る人でした。さっきも言いましたが、取材旅行に行くのも一人のはずなので、どこへでも一人で行ける人のはずです。社交性もあります。出版社のパーティに行くのも好きでした」

「運転免許は普通自動車だけですね？　二輪とかは」

「普通自動車だけです」

「親友はいませんね？　あなたが隠したいと思っている愛人の存在も含めて、何もかも話しても隠し通して協力してくれそうな、勝木章さんのご友人は」

いたら事前に教えてくれるはずなのでいないとはわかっていたが、訊く。奈々さんは、こくり、と頷いた。

「少なくとも、私はそういう存在の人は知りません。学校の同級生には何度か会ったことありますけど、頻繁《ひんぱん》に会うような人はいませんでした。そして夫は大学在学中に小説家としてデビューしたので、会社勤めはもちろん、アルバイトもほとんどしていませんから、そういう知り合いもいません」

外面として愛想良くはできるけれども、基本的には一人を好むタイプ。友人とも深く付き合わないのは、人と接することで生まれてくる様々な感情が邪魔だと思ってしまうからだ。そういう人はいる。

およそ結婚には向かないタイプだけど、どうして結婚したのか。そして小説家になれたのはラッキーだったろう。勤め人にもあまり向かないんじゃないか。

「趣味のようなものはありますか？　外へ出るようなわかりやすいものは」

首を横に振った。

「ありません。読書や映画鑑賞はもちろん好きですが、それは仕事に直結していますから趣味とは言えませんよね。ゴルフとか登山とか、そういう外へ出るような趣味は一切ないです。強いて言えば、古本屋へ行くことですけれど、それも仕事の一環になってしまいますよね」

古本屋巡りか。まぁひとつの手掛かりではある。

「お二人のなれそめを教えていただけますか。簡単でいいです」

少しだけ含羞《はにか》むような笑みを見せた。

「大学時代に同じマンションで部屋が上下だったんです」

それは新しい方面の情報だ。渡されたメモで、勝木章さんの大学を確認した。

「すると奈々さんもH大だった？」

「学部が違うので学内ではまったく交流はありませんでしたが、同じ大学です。私が二つ下でした」

経歴を確認した。

「勝木さんはダブっているんですね」

「そうです。一浪してさらに一回留年していますから、彼が三年生のときに同級生でした」

「では、付き合うきっかけになったのは、まずはマンションで顔見知りになったから、ということですね」

そうです、と、頷いた。

「とりあえずこれを最後の質問にしますが、答え難《にく》い質問ですが、存在するかもしれない愛人に心当たりは？　どんな些細《ささい》なことでもいいのですが」

真《ま》っ直《す》ぐに僕を見て、少し首を横に振った。

「まったく、ないのです。親しいと思われる担当編集さんも全部男性ばかりですし、今まで女性から電話が掛かってきたとかも、私は知りません」

一度言葉を切ってから、あ、と小さく言い微妙な表情を浮かべた。

「愛人を、女性と限るなら、ですけれど」

そうでしょうね。


二人をビルの玄関まで見送った。奈々さんは毎日自分の車で出勤しているので、車で帰るという。鈴元はＪＲなのでこのまま歩いて駅まで行く。明日からも捜査は続く。その背中を見送って、事務所に戻った。

コーヒーを淹れ直して、ソファに座ってもらった資料を眺める。

失踪したと思われるライトノベル作家〈綾桜千景〉こと勝木章さん。

親戚や友人知人関係には、勝木章さんが現在失踪しているとしか言えない状況であることを知られたくない。それが依頼の条件のひとつであるということは、正直なところ私立探偵の胆《きも》であるところの足で稼《かせ》げないということだ。

刑事や探偵のことを古い言い回しでガムシューというそうだ。ゴム底の靴、でガムシューだ。そんな名前が付くぐらいに、捜査の基本は歩き回って人に訊き回って手掛かりを探すということだ。失踪人を捜すなら、まずは親しい人間を訪ね回って訊き回るのが、手掛かりを摑《つか》むいちばん確実な方法だ。

ところが、今回はそれができない。これはかなり苦しい。人捜しには致命的に不利な条件付きだ。それは鈴元もわかっていたはず。おそらくは奈々さんも。

彼女は頭がいい。それをわかっていても私立探偵に頼むということは、まだ彼女の中ではひょっこりと帰ってくるかもしれない、という希望的観測の方の割合が大きいということか。

「たぶんそうだろうな」

失踪したなどとはまだ信じられないけれども、さすがに少しおかしいので頼んでみる、といったところか。

「もしくは、愛人との旅行でも楽しんでいると思っている、か」

穿《うが》ち過ぎかもしれないが、〈離婚〉の二文字が以前から頭にあったのかもしれない。鈴元ももちろんそれを感じていて、わかっていて、俺の事務所の開設祝いを含めて助言したんじゃないだろうか。私立探偵に頼むという手もある、と。あいつだって優秀な刑事だ。同級生を前にしてその眼が曇ることはないだろう。たぶん、そんな感じだろうな。

「訊いてみるか」

ちょうど駅について電車を待っている頃だろう。

発信したら、すぐに出た。

(おう)

駅のホームにいる音が後ろに聞こえる。

「今大丈夫か」

(大丈夫だ。電話が来るだろうと思っていた)

「彼女は離婚を考えているのか。以前からそういう諍《いさか》いがあったとか聞いたか」

(やっぱりそう感じたか)

「感じた」

(俺も訊いてみたが、現段階では切実に考えてはいないと言っていた)

「そうか」

(ただ、もう一年以上、自分以外の女性がいるんじゃないか、とは思っていたそうだ)

「問い詰めることはしていなかったし、向こうから離婚の話はなかったんだな?」

(そうらしい。いなくなる前に派手な喧嘩《けんか》があったわけじゃないが、会話をすることも少なくなっていた、とな。つまり夫が家を出ていってしまうような予兆はあったんじゃないかな)

「そうか」

帰ってこないかもしれないと考えていた、か。それでもさすがに長過ぎる不在に、再会した同級生の刑事に相談してみた、か。

「愛人に心当たりはまったくないと言っていたが、当然お前もあらかじめ訊いたんだよな?」

(訊いた。心当たりがないというのは本当じゃないかな。うっすらと影は感じるが、直接確かめられたわけではないし、確かめてもいないといったところか)

「了解した。お前にいちいち進捗《しんちょく》を報告する必要はないな?」

(ない。ないが、俺の手助けが必要になったり、話し合って考えたいことがあればいつでも連絡をくれ。あたりまえだが俺も気になる。もしも休暇中、あるいは停職中なら一緒に動きたいぐらいには)

「だろうな」

(念のためだが身元不明の中年男性の遺体が出てきたら調べて教えるし、彼女のためにできることはしてやるつもりだ。一応、同級生からの相談事だからな)

「わかった」

電話を切る。ご婦人と子供には優しい男だからな。

何となく全体像は摑めた。

しかし、人を捜すのに歩いて知人関係を訪ね回れないとなると、探偵としてはどうするか。これも昔ながらの古いやり方にはなるけれど、その人がどういう人間であるのかをまず知ることだ。

勝木章さんとはどういう人間なのか。どういう男なのか。

人となりがわかればその行動パターンもある程度推測はできる。わかりやすいところでは、酒を飲むか飲まないかで夜の行動はまったく違うし、経験上思考法も違う。煙草を吸うか吸わないかでも行動パターンは変わる。少なくとも勝木章さんを捜して酒場を回る必要はなさそうだ。それだけでも随分と楽になる。

〈綾桜千景〉さんはどんな小説家だ)

iPadで、ググる。

けっこうな数の著作があることはすぐにわかったけれども、残念ながら少しでも聞いたことのあるタイトルには出会《でくわ》さなかった。

(まるでわからん)

一応読書家だと自認はしているから、著名なライトノベル作家なら名前もわかるし著作のタイトルぐらいはどこかで見聞きしているはずだが〈綾桜千景〉さんはまったく知らなかった。

それでも、ざっくりと二十冊近い著作があることはわかった。どうやら代表作は〈狼《おおかみ》紳士は眠らない〉シリーズらしい。そのシリーズが八冊出ている。ファンタジーだけれどもミステリものか。

(大したもんだ)

どんなものでも八冊も続いているんだからそれなりの売り上げがあったはずだ。ファンもそこそこいるはずだろう。

函館を舞台にしたのは〈アンティーク猫屋〉シリーズでこれが三冊出ている。しかしこれは最後に出たのが三年前なので、ライトノベルの状況を考えたらひょっとしたらもうシリーズは終わっている、つまりは売れなくなって終了したのかもしれない。

これは、あらすじからすると骨董品に絡めたラブコメ的なタッチだけど、そこそこけっこうなミステリものか。

鈴元が持ってきてくれた著作の中にも、そのシリーズが全作あった。

「カワイイな」

たぶんこの女性が〈アンティーク猫屋〉という店の女主人なんだろう。装画のイラストは非常に好みだ。

「函館か」

ネタ帳らしきものには確かに函館の文字があるし、探すと〈猫屋〉の文字もあった。このシリーズの最新刊を書こうとしていたのかもしれない。担当編集と出版の確約があったのかどうかは、それは必要なときに訊けばわかることだ。

じっくり見ても、ネタ帳に何か失踪に繋がりそうな事柄が書いてあるとは思えない。本当にただのネタ帳なんだろう。ここから物語をどうやって組み上げていくのかは、本人に訊いてみるしかない。どこをどう読んでもあらすじらしきものは何もないので、ここから先はパソコンで打ち込んでいくのかもしれない。

文庫本を手に取った。

「読んでも、見えてこないだろうな」

現代小説や純文学なら、著作を読み込めば書いた著者の人となりがぼんやりと見えてくることがある。

本人にそんな気がなくても、登場人物の造形や物語の背景に著者の考え方や人柄などが滲《にじ》んでくるものだ。それを読み取れることは、間違いなくある。作品と作家は別、という考え方もあるだろうが、少なくとも完全に別ということはあり得ない、と思う。

けれども、この手のライトノベルから読み取ることは少し難しいだろう。

キャラクターは、物語を動かす燃料だ。物語は、感情を呼び覚ますエンジンだ。そこには純粋に物語を成立させるものしか入り込めず、作者の人となりを読み取れるものはほとんどない、はず。せいぜいがキャラクター造形の背景に嗜好《しこう》を感じ取れるぐらいか。

まぁそれは僕の偏見かもしれないが。

「ミステリ好きなことは間違いないか」

ファンタジーもミステリも好きで得意な小説家といったところ。

函館で金を下ろしているというのは確かに手掛かりではあるものの、函館に出向いたところで、そこで手詰まりになるのは明々白々《めいめいはくはく》。そこから先に当たる場所も手掛かりも何もない。

函館の古本屋を回って写真を手に「この人を知りませんか」と訊いても、ただの交通費の無駄遣いと時間潰《つぶ》しにしかならないだろう。そうやって捜索日数だけ稼いで荒稼ぎする調査会社もあるようだが、そんなんで時間給をもらったところで申し訳なくてしょうがない。

ましてや友人知人には最初は当たれないいんだ。古本屋に知人がいたら失踪中なことを知られていきなり契約違反になってしまう。それは最後の手段になるだろう。東京の編集者や同業者は、わざわざ交通費を掛けて行くのなら、そこに本人がいるという感触なり情報なりが入ってからにしなきゃそれこそ無駄足だ。

じゃあ、今すぐに当たれる可能性のあるところは。

「ファンしかいない、か」

もちろんファンは日本全国にいるだろうし、地元にもファンは一定数はいるはず。その中に〈綾桜千景〉さんと親しい人がひょっとしたらいるかもしれない。もしくは、地元の書店員の中にも、推しの人がいるかもしれない。

愛人がいるかもしれないと言っていたが、実はそういう人でした、という可能性もなきにしもあらずだ。サイン会とかもしているかもしれない。その辺はググったり訊いたりすればすぐにわかる。

手掛かりがまったくないからには、愛人がいるかもしれない、という部分から調べていくしかない。何にしても、ファンと同じぐらい〈綾桜千景〉さんの本を知らなければ、そういう人たちを見つけたときに話にもならない。

「読むか」

ファンであれば、たとえば〈綾桜千景〉さんと親しい書店員さんが見つかったときに、あれこれご本人のことを訊いても不審には思われないだろう。それぐらい読み込む必要はある。こうやって本を読んでいる時間は、捜索に当たっている時間に相当すると換算できるだろうか？

「できるよな」

たぶん、文句は言われない。

☆

昨夜は徹底的に本を読み込んで、そしてググった。

ありとあらゆる検索方法で〈綾桜千景〉さんの名を探した。

いくつかの雑誌でのインタビューも見つけたし、作家さんのブログでその名も見つけた。サイン会に行ったファンのブログもあったし、Twitter での呟きも見つけた。親しい人かどうかはともかく、可能性のあるところは全部チェックしておいた。匿名さんはどうしようもないけど、どうしようもなくなったときに何かの役には立つかもしれない。

何となく、どういう男性であるか、おぼろげには見えてきた。

これで〈綾桜千景〉さんがSNSをやっていてくれればもっと見つかったんだろうが、残念ながら彼は公式サイトしか持っていなかった。それも、更新は頻繁じゃない。日記のようなものを気が向いたときに書いているのと、新刊の告知ぐらいだった。

〈北海道立文芸文学《ほっかいどうりつぶんげいぶんがく》センター〉

札幌にそういう文化施設があることは、知識としてはあったが訪れたことはなかった。北海道に関連する文学や文芸作品、もしくはゆかりの著者の著作物、その他北海道の文化文芸に関するものを収集して展示している施設。

そこで、毎年夏休みに〈中高生のための創作教室〉なるものを開催していた。それもまったく知らなかったが、中学生から高校生までで、レベルに合わせた小説の、文学の創作教室を行っていたんだ。

ググったら、そこで〈綾桜千景〉さんも講師をしていることがわかった。

ライトノベルの講座だった。少なくともこれまでに五年連続で講師をやっている。奈々さんはこれについては何も言っていなかったし、もらった資料にも書いてなかった。サイン会も少しばかりはしていたようだけど、それも資料にはなかった。

まだ五月の末だから多少余裕があるけれども、今年も開催する予定になっているようだから、もしもこのまま〈綾桜千景〉さんが失踪したままだったら穴を開けることになるだろう。

夫のそういうスケジュールを彼女は把握していなかったのか、あるいはその辺は少し調べればわかることだから書かなかったのか。

（夜にでも確認しておくか）

今日が調査の初日だけど、毎晩彼女が帰る前にギャラリーに寄って報告しようと思っている。

そして、五年間も講師をしているんだったら、その〈北海道立文芸文学センター〉には〈綾桜千景〉をそれなりに知っている人が間違いなくいるということだ。

「取っ掛かりとしては、十分だな」


たぶん、運が良かった。

調べたら、〈北海道立文芸文学センター〉の副館長が知った名前だった。

新聞社にいて定年退職した男が去年そこに就任していた。刑事の頃に二度ほど会ったことがある。

違法ではあるが離婚問題を扱う弁護士という嘘をついて、〈中高生のための創作教室〉の担当者から話を聞こうと思っていた。道立というからには働いている人たちは公務員かそれに準じる人たちだろう。そういう人たちは何をするにしても上司に確認してからじゃないと動けない。副館長はその上司も上司、ほぼいちばん上だ。館長は誰かと思ったら、地元にはいない東京に住んでいる大御所の作家だった。生まれは北海道だったので、その縁で頼んだんだろう。

副館長に直接電話して、頼み込んだ。

もちろん、そこでは嘘はつかない。

刑事を辞めて探偵になったのだが、ある調査で〈綾桜千景〉さんについて調べているので、〈中高生のための創作教室〉の担当者に会わせてくれないかと。

ただ、人の口に戸は立てられないので、何を調べているのかを知られるのはまずい。あくまでも離婚問題を扱う弁護士ということにしておいてくれないかと。当然あなたも口をつぐんでくれ、と。

渋っていたけれども、了承させた。実は、一度目に会ったときにはデスクと刑事という立場だったけれど、二度目に会ったときにはクラブでのホステスさんとの諍いの現場だったんだ。

ご同行願って事情を確認するといろいろとまずいことになるところを、別に罪を犯したわけでもないので、その場で収めてやったんだ。

何でも人には恩を売っておくものだと思う。

「もちろん、彼の不利益になるようなことを外に漏《も》らしたりはしませんし、ここで聞いたことは一切他に出ることはありません。弁護士資格を取り消されてしまいますからね」

「はぁ」

「あなたも、できましたら私が訪ねてきたことは内密にお願いします」

「はい、もちろんです。上司にもそう言われております」

小さく頷く。

〈中高生のための創作教室〉を担当していたのは、女性。名刺には田村香織《たむらかおり》さんとあった。見たところでは、まだ二十代。小さな会議室を借りて話を聞いた。

「綾桜千景先生の創作教室の評判はいかがですか？」

「とても好評ですよ。参加者にアンケートを取ったものがありますが」

「あ、ぜひ拝見したいです」

ファイルから、コピーを出してくれる。参加者の住所と名前も書いてある。

「これは昨年のものです。毎年終了後に取るものですけど、いつも綾桜先生の講座は好評です。とてもわかりやすいですね。私も毎年講座に立ち会っていますけど、声もいいんです」

にこりと微笑んだ。田村さん、笑顔がチャーミングだ。そして綾桜先生の声はいいのか。それも新しい情報だ。

声がいい人間は得をする。大したことは言っていなくても、聞いている方はその声の響きの良さで二倍増しぐらいで良いことを言われているような気になってしまうんだ。ひどい言い方だがどんなに不細工な男でも声が良ければ、おやこいつは意外と知性があるのかも、と勘違いしてくれる。

アンケートの回答を読んでみる。子供らしい字が並んでいてつい微笑んでしまう。

なるほど、好評だ。まぁそもそも参加する人の中に〈綾桜千景〉さんのファンも多いのだろう。

「講座をしているときに、どなたか先生の知人が来たとか、あるいは生徒さんの親御《おやご》さんの見学とかはなかったですか」

可能性だ。そこに親しい人がいたかどうか。

田村さんが、軽く腕を組んで少し考えた。この女性、仕草もいちいちチャーミングだ。きっと友達も多いだろう。

「私の記憶ではないですね。生徒さんの保護者の方も送り迎えで来ることはもちろんありますけれど、講座を見学したことはないはずです。もちろん、見学はできますけれど」

「なるほど」

資料を、年ごとに追って見てみる。

「毎年、中学生と高校生が半々ぐらいですね」

「そうですね。多少増減がありますけれど、大体いつもこんな感じです」

参加人数は多くて十人程度。もちろんやったことも参加したこともないけれども、創作教室というならちょうどいい人数じゃないんだろうか。

「田村さんが担当して何年ですか？」

「五年です。ちょうど綾桜先生が初めて担当してくださる年に、私が入館して担当になりましたから」

「その間、綾桜先生とは何度もお会いして打ち合わせなどは」

少し首を捻った。

「講座の期間中はお会いしていますけれど、打ち合わせはほとんどメールや電話で済みますので。きちんと打ち合わせしたのは五年前だけですね」

いつも同じスタイルだから、あとは確認のメールだけで済む、ということか。

「綾桜先生が、奥様と一緒に来たとか、こちらで待ち合わせしたとかは」

うん、と、頷いた。

「ないですねー」

この田村さんの態度には最初から何も特別な感情の揺れはない。離婚専門の弁護士が話を聞きたいと言ってきたのにもかかわらず、不安そうな様子も何もなく、あるのはただの若い女性らしい好奇心だけ。

単なる創作教室の講師と担当者、と思って間違いはなさそうか。ここは、空振りかもしれない。

資料に写真がある。見ると、田村さんが微笑んだ。

「終わったときに、皆で揃って記念写真を撮ります。完成した作品を集めて作品集を作るんですけれど、その最後に載せています」

中高生に交じって、スーツ姿の勝木章さんが微笑んでいる。毎年この講座はスーツで行っているらしい。そんな格好をするとサラリーマンに見えなくもない。

名簿を確認していく。

「毎年、来るような人はいないのですね」

「そうですね。基本的には毎年同じ内容の講座ですし、より多くの人に参加してほしいので。でも、二年連続で来た子もいますよ」

気になった女性がいた。ショートカットの若い女の子。

「この女性は？　毎年写真に写っていますけれど」

ああ、と微笑んだ。

「佐々木《ささき》さんですね。もう大学を卒業しましたけれど、毎年見学に来てボランティアで手伝いをしてくれていました」

佐々木さん。

名簿を確認する。佐々木翔子《しょうこ》さん。その名前にほんの微かに胸の奥が疼く。

「六年前の高校三年生のときに講座に参加していますね」

「そうです。その後、大学生は参加できないので、翌年からはボランティアのお手伝いとして来てくれています」

「そういうボランティアも募集しているんですか？」

いいえ、と首を横に振った。

「大学生は参加できないので、見学に来てもいいかと言ってきたので、綾桜先生に確認して許可しました」

「綾桜先生のファンなのでしょうか」

「そうですね。元々ファンで創作教室に来てくれて、すごく良い作品も仕上げてくれていたんですよ」

なるほど。

「毎年来てくれている、ということは、綾桜先生ともよくお話とかもされていたんでしょうか」

こくん、と頷いた。

「一緒にお昼ご飯とかを食べに行っていますから。プライベートでも先生に作品を見てもらっていたようですよ」

それは、話を聞いてみる価値は十分にあるんじゃないか。

佐々木翔子さん。元カノと同じ名前というのは別にして。

【古い地】

桂沢 光 Katsurazawa Hikaru

〈桂沢〉っていう名字はどうも微妙に呼びにくい、らしい。

そう言われて自分でも自分の名字を読んでみるけど、確かに〈かつらざわ〉って微妙に言いづらい。本当に微妙に、なんだけど。

そもそもひらがなで五文字の名字っていうのも、微妙に長い。

名字ってたいていはひらがなで二文字から四文字なんだよね。五文字の名字ってそんなに聞かないし思いつかない。

有名人で探してみると、小笠原《おがさわら》さんとか、京極《きょうごく》さんとか、柱谷《はしらたに》さんとか、下柳《しもやなぎ》さんとか。

うん、確かにどれも微妙に長くて呼びにくい。

そのせいなのかどうか、友達はほぼ百パーセント名前の方で「光!」って呼ぶ。女子なら「光くん!」とか後輩なら「光さん!」だ。

間宮ひかるさんも、名字の〈間宮〉はそんなに言いにくいわけじゃないけれども、普通に呼びかけると「まみゃー!」って言ってしまうし聞こえるらしい。

これも確かにそうだった。

僕も声に出してみると「まみや」ではなく「まみゃ」って発音してしまいがち。それはそれでちょっと女の子なんだからカワイイ感じもしていい感じもするけれど、〈ひかる〉って名前は印象深いし呼びやすいらしくて、友達はほぼ百パーセント男も女も「ひかる！」って呼ぶそうだ。

つまり、お互いに名前で呼ばれる方が慣れていていいんだけど、同じ名前だとどっちもくすぐったいような気持ちになるし、同じ名前を呼び合うっていうのもどうも笑えてしまって困る。

なので、素直に普通に名字で呼び合おうと思ったんだけど。

「ダメですね」

「うん、ダメだね」

間宮さんは〈かつらざわ〉がものすごく言い難いそうだ。それは聞いていてもわかる。何か、中華料理店でものすごく読みづらい料理の名前を読んでいるような雰囲気になってしまっている。

「〈先輩〉でいいですか？　もしくは〈光先輩〉」

間宮さんが済まなそうな顔をして言うので、ハンドルを握りながら頷いた。

「全然かまわないよ」

僕は普通に〈間宮さん〉にした。さん、をつけるとちゃんと「まみや」に聞こえるから。ちゃん付けにするのはもう少し経ってからだ。

小樽から間宮さんの実家がある江別までは、高速道路を使えばたぶん一時間も掛からないで着いてしまうんだけど、高速料金はけっこう高い。僕たちは全然お金持ちではない普通の大学生だ。

なので、国道を走ることにした。大学から自転車で八分ぐらいのところのアパートに住んでいる間宮さんを迎えに行って、そこの駐車場からスタート。

天気は良い。ドライブ日和《びより》ってやつだ。

「下の道、って言いますよね」

「そうなの？」

「お父さんとかよく言ってますよ。下を走るって」

高速道路が上だから、普通の国道は下の道か。車を買って間もない僕にはそういう感覚はなかった。小樽から江別まではたぶん二時間は掛からない。

「お父さんの車で走ったときには、一時間半ぐらいだったかな？」

「そんな感じだね」

試しにＪＲの駅から駅をナビに入れてみると最短ルートで一時間二十三分だった。

「たぶん、このルートですよ。いつも走るのは」

「そうなんだ」

間宮さんが行きたいのは江別駅じゃなくて高圧線の鉄塔があるところなんだけど、普通に駅へ向かってからでいいそうだ。


あれから猫のチャオは、元気だ。

元気って言ってもその辺を走り回ってるわけじゃなくて、普通に警備員さんの詰所にやってきて、そこでのんびり過ごしている。学生の猫好きな人たちがたくさん寄っていっていじったりしているけど、全然平気な猫。

「チャオはすっごい人好きですよね。むしろどんどん触ってかまってほしい猫」

「猫によっても違うんだよね？」

家の近くでたまに見かける半ノラみたいな猫は、近づいたらさーっと逃げていく。

「むしろ、人懐っこい猫の方が少ないと思いますよ」

「だよね」

「うちで飼ってる猫も、全員性格違います。スズメは抱っこされるの大好きだけど、田中は抱っこキライです。でも、寝ていたら布団に入ってくるのは田中の方で、スズメは全然来ないんです」

なるほど。猫飼ったことないからその辺は全然わからないけど。いなくなったたっていうめろんという猫のことは言わないから、僕も訊かなかった。かなり悲しいんだと思う。前に話したときにはそんな顔をしていた。

「気になってたんだけど」

「なんですか？」

「間宮さんの実家にいる猫の命名法がよくわからなくて」

あぁ、って笑った。

「お父さんとお母さんと私の三人が別々に名付けたんです。スズメはお父さんで田中はお母さんでめろんが私です」

「なるほど」

間宮家はきっと楽しい家庭なんだってことが十分わかった。

「あのですね、光先輩の住んでいるお家。〈銀の鰊亭〉」

「うん」

「お母さんから聞いたんですけど、前に火事があったって。すごく有名なところだから大きなニュースにもなっていたって」

そうなんだよ。

「お亡くなりになったのは、ひょっとして光先輩の」

「うん、祖父ちゃんと祖母《ばあ》ちゃん」

青河玄蕃《げんば》と晴代《はるよ》。助手席で間宮さんがぺこん、って頭を下げたのがわかった。

「全然知らないですみませんでした。ご愁傷様《しゅうしょうさま》でした」

「いや、知らなくて当然だからそんなのはいいよ。全然大丈夫。わざわざありがとう」

「お家はそんなに燃えなかったんですか？」

「燃えたのは、別邸だからね」

〈月舟屋《つきふなや》〉だ。きれいに復元されているけれど、まだ誰も使っていない。

「別邸、なんていうものがあるんですね。お母さんが一度だけ遠くから見たことあるって言ってたんですけど、ものすごく立派で素敵な建物だって」

「前にも言ったけどものすごく古いんだけど、ものすごく立派であることは間違いないよ。たとえば京都の古い料亭とかあるじゃないか」

「ありますね」

「ああいうので、詰め込んだら百人ぐらいが入って泊まれるような建物を想像してもらえば」

「スゴいですね！」

スゴいんだ。本当に。

「僕は物心ついた頃から通ってるから、単に廊下を全力疾走して遊び回れる楽しいところとしか思っていなかったけれどね」

「そんなところに、叔母様と二人きりで暮らしているんですよね」

そうなんだ。今は二人きりになってしまった。

「怖くないです?」

「慣れてるから」

ただまぁ、他人が僕の家に泊まって夜中にトイレ行くときなんかは怖いかもしれない。暗いし廊下は長いしね。あ、泊まれる部屋にはトイレが付いているけれど。

「変な話題かもしれないですけど、そこって学生相手の下宿屋さんとかできないんでしょうか? 部屋はたくさんあるんですよね?」

「下宿ね」

実はそういう話は良く出ていたそうだ。

「今もときどき出るけどね。でも何せ大学まで遠いからさ」

「そうですね」

送迎バスでも出せるんだったら人も入るかもしれないけれど、好きこのんで大学まで一時間以上かかるところに下宿する人は少ないと思う。

「それに、一応文化財に指定もされているからね。学生なんかが住んじゃうと、やっぱり管理の部分で心配になるところもあるし」

「女性専用にすればいいんじゃないですか?」

ポン、と、ハンドルを叩《たた》いてしまった。

「なるほど」

「今は偏見って言われちゃいますけど、でも実際女性の方が部屋をきれいに使いますよね。お掃除を条件にしたとしても女性はたいていできちゃうし」

「そうかもね」

女性専用にするって話は文さんとはしたことなかった。そうか、その手があったか。頷いていたら、間宮さんがくすっと笑った。

「でもそうなったら光先輩が大変かもしれないですけど」

「あぁ」

女性に囲まれる生活になっちゃうのか。それは悪くないとは思うけど確かにいろいろ大変かもしれない。

「でも、あれですよね。まだ先の話ですけど、光先輩も卒業したらどこかに就職しますよね」

「そうだね」

たぶん。将来のことを何にも考えていない自分がちょっとコワいけど。

「違う街に行っちゃったら、叔母様は一人でそこに住むことになるんですね」

「あー、そうだね」

それは考えたことある。そのときまでに文さんの記憶は戻るだろうかどうだろうかって。

「本当に下宿屋さんをやって、そこの管理人になるっていうのもアリか。マイクロバスとか買って駅まで送迎もやっちゃうとかさ」

「アリだと思います！」

本当に将来はどうするんだろう。磯貝さんの探偵事務所が繁盛してくれたら、そこで探偵をやるのもアリだろうか。

この車の助手席に女性が乗るのは、文さんに続いて二人目だ。

文さんは、意外とお喋《しゃべ》りだ。お喋りっていうか、会話を楽しむ人だ。母さんに聞いたことがあるけれど、それは小さい頃から全然変わっていなくて、誰かといるといつもいろんなことを話したがっていたって。

間宮さんも、きっと同じタイプ。一方的なお喋りじゃなくて、会話を楽しめる人。楽しもうとする人。

「光先輩、グライダーってわかりますよね」

「もちろん」

知らない人はいないと思うよ。

「乗ったことあります？」

「いや、ない」

「私、あるんです！」

マジか。

「グライダークラブってあるんですよ。滝川《たきかわ》の方に」

「あー、聞いたことあるね」

すごく盛んなところだって何かで見たような気がする。

「そこに親戚の人がいるんです。ちょっと前なんですけど、乗せてもらったんです！」

「グライダーに？」

「そうなんです！」

それは、すごいな。

飛行機乗ったことある人はもちろん山ほどいるだろうし僕もあるけれど、グライダーに乗ったことある人はほとんどいないんじゃないだろうか。

「楽しかった？」

もうすっごく！　って足をじたばたさせた。

「楽しかったです！　でも、高所恐怖症の人はゼッタイに乗れませんあれ」

「だろうね」

「カメラも持って、写真撮らせてもらったんです。生まれて初めての航空写真」

あぁ、そうか。グライダーから撮る写真も航空写真か。

「まるでグーグルマップみたいだった？」

「もうそんなもんじゃないです！　臨場感がすごくて、そう、それでうちの、江別の方も飛んだんですよ。知らなかったんですけど江別の河川敷にグライダーの発着場があるんですよ」

それも知らなかった。世の中には知らないことが山ほどある。

「お願いしたら、鉄塔の上も飛んでくれたんです」

「え、むしろそれが目当てだったんじゃないの？」

えへ、って笑った。

「実はそうだったんですけど、でもやっぱり鉄塔は下からですね」

「下から」

そうです、って大きく頷いた。

「大きなものは、下から見上げないと大きくないんですよ」

とても格言的なことを言ってるような気もするし、よくわかんないことを言ってるような気もする。

江別市に入ったときには、十時を回っていた。

まだお昼ご飯には全然早いから、鉄塔を回って撮ってからにしようって話した。

「江別にも食べるところたくさんあるよね？」

「ありますあります。何でもあります」

回転寿司でもラーメンでもハンバーグでも何でもって。

「じゃあ、まずは鉄塔をある程度撮ってからだね」

「そうですね。光先輩、その前に少し休憩しませんか？　コーヒーでも」

いいね。

「どこかいいお店知ってるの？」

「あります」

にっこり笑ったのがわかった。

「うちに行きましょう」

「うち？」

「私の実家です」

それはものすごく早いんじゃないかと思ったけど、違った。

「うちは、喫茶店をやっているんです」

喫茶店？

〈アーリー・アメリカン〉っていう名前のカフェというか、本当に喫茶店って感じだった。

二階建てのどこか西洋館風の少し大きめの建物。木造で壁は全部ペンキで白く塗られていて、それが古びてきていい雰囲気になっている。店の脇に車が四台ぐらい停められるスペースがあったけど一杯で、裏にも駐車場がありますと間宮さんが指示してくれた。

裏手は小さな林があって、その前にわりと自由な感じで車を停める空き地みたいなスペース。

「ここも、敷地なの？」

「そこから裏の林はうちの土地じゃないけれど、なんかけっこう自由に使ってます。私が小さい頃はもう私の庭でしたね」

虫取りしたり木に登ったりって言う。

「自然の中で遊んだんだ」

「野生児でしたね。今も虫とか全然平気です」

頼もしい。

店の中も確かにアーリー・アメリカンだった。

「アメリカのまだ植民地だった開拓当時の感じだよね？」

「そうです。だからその頃のイギリス様式の建物や家具のことをアーリー・アメリカンって言うんですよね」

映画で観《み》たような椅子やテーブル、内装もほとんどが木で、しかも造られてからけっこう経っているみたいで飴色《あめいろ》になっていてかなりいい雰囲気だった。和風のうちとはまったく違うけど。

「母です」

「いらっしゃいませ」

「どうも、初めまして」

迎えてくれたのは、思わず笑ってしまいそうになるのを思いっきり堪《こら》えたぐらいに間宮さんそっくりの、いや間宮さんが似ているんだけど、お母さん。

カウンターの中には、間宮さんのお父さん。まだそんなに年配じゃないと思うんだけど、髪の毛が見事なぐらいにグレーだった。細身でスマートで、丸眼鏡《まるめがね》がとてもよく似合っている。

そして、二匹の猫。

「黒猫が田中で、あっちに寝ている三毛猫がスズメです」

田中はまるでわからないけど、三毛猫がスズメと名付けられたのはわかった。確かに全体的にスズメっぽい配色をしている。

何となく娘がカレシを連れてきた！　なんて雰囲気で歓迎されるのかと思ったけど、もちろんカレシじゃないんだけど、違った。お父さんもお母さんもごく普通のお客さんが来た感じで良かった。

でも、コーヒーとチーズケーキをテーブルまで持ってきてくれたお母さんが、ちょこんと間宮さんの隣に座った。ニコニコと笑顔で、間宮さんが学校の男友達を連れてくるなんて初めてだって。

でも、カレシではないってことをちゃんと言ってあったらしい。まだ知り合ったばかりの猫好きの先輩だって。

「ごめんなさいね、娘が車を出せなんて言ったらしくて」

「いえいえ」

「後でガソリン代を渡しておきますから、ちゃんと請求してね」

「いやとんでもないです」

請求しなくてもいいけどこの後で娘に奢《おご》ってもらってね、とか、これからはいつでも江別に来たら寄ってね、違う女の子と一緒でも内緒にするから、とか、とにかく楽しいお母さんだった。

やっぱり間宮家は、客商売をやっているっていうのもあるんだろうけど、楽しい一家に違いない。

「お店はもう長いんですか？」

「そうね、私たちの結婚と同時だからもう二十五年になるかしら」

それは、長いと思う。

この大きな西洋館風の家は元々はここにあった農家をやっていた人の持ち家で、それを譲り受けて改装したんだって話してくれた。そうか、古い農家にはそれこそイギリスとかアメリカ風の建築をしたものがあるから、こんな感じなんだ。

若い頃から喫茶店のアルバイトをしていたお父さんが、夢だった自分の店を持つのに最高の物件だったらしい。

「じゃあ、この辺でも老舗《しにせ》なんじゃないですか？」

「お蔭様でね。長くやってきて、一人娘を大学にやれるぐらいには繁盛しているわ」

田中が僕の足下までやってきて、小さく鳴いた。そして、ひょいと膝の上に乗ってきた。

「すごく人懐っこいですね」

「田中はね、若い男の人が大好きなのよ」

「猫も昔からですか？」

そうなの、ってお母さんは微笑んだ。二人とも犬や猫が大好きで、それこそ猫カフェが出てきた当時は真剣にここも猫カフェにしようかって考えたほどだって。

「前は犬もいて、犬が一匹に猫が三匹だったんだけどね。今は猫が二匹になっちゃって」

ちょっと淋しそうに間宮さんと顔を見合わせた。めろんがいなくなっちゃって、二匹になったんだったな。

「めろんっていう猫がいたんだけどね」

「聞きました。いなくなっちゃったって」

こくん、と頷く。

「田中と一緒で、すごく人懐っこい猫でね。ひょっとしたら連れて行かれちゃったのよね」

「連れて行かれた?」

お母さんが、顔を顰《しか》めた。

「ひょっとしたら、なんだけどね。お客で来た人にね」

間宮さんも、小さく頷いた。

そうか、そういう疑いがあるから、余計に間宮さんは悲しがっていたのか。めろんがいなくなったことを。

☆

「もう少し行くと大きな陸橋があって、そこを渡ると、たぶん向こう側に鉄塔が見えると思います」

なるほど。

「あ」

本当だ。見えた。確かにあの三角形というか、そういう形の高圧線の鉄塔が見えた。その昔は怪獣映画でよく壊されていたやつだ。運転してるからじっくりは見られないけれど、視界に入ってきた。

「急に辺りが開けたけど、まだここも江別なんだよね？」

周りにほとんど民家がなくなってきた。

「そうですよ。市街地からは外れてここからは田圃とか増えてきますけど、まだ江別です。もうちょっと行くと岩見沢《いわみざわ》に抜けます」

そうだよね。

「ほら、もう向こうは全部田圃とか畑です」

確かに、大きな川を渡ると急に辺りは田圃や畑だらけになった。その中に、高圧線の鉄塔が並んでいるのがわかった。

「この橋を降りたところに信号がありますから、その向こうにまた川があって、堤防の上を走れると思うんです。そうしたら鉄塔の近くまで車で行けると思うんですよね」

「なるほど」

実際には来たことないから行ってみないとわからないわけね。

「そこの信号ね」

「そうです」

曲がるとすぐに踏み切りがあって、そこを渡ると確かに川の堤防があった。もうひとつの川がこっちに来ているのか。

「堤防、とりあえず上がってみるね」

砂利《じゃり》道の坂が堤防の脇に沿ってある。ゆっくり上がってみると、軽自動車がぎりぎりすれ違えるか、ってぐらいの道。そして堤防を降りれば河原だけど、林みたいになっていてその向こうが川。

いちばん近くの鉄塔まではもう少しある。

「ちょっと進んでみようか。車はまったく通っていないみたいだし」

「そうですね。お願いします」

ミニクーパーは小さくて小回りが利くから向こうから車が来ても大丈夫。ちょっと走っただけで向こうに開けたところが見えた。

「あそこって、車停めとけるんじゃない？」

「行けますかね」

たぶん、この堤防の上に車を停めておくための場所だ。軽なら四、五台は置けるぐらいの砂利敷きのスペースが道路の脇にある。

ゆっくり入って、端っこに停めた。

「工事関係者とか、河川管理とかさ、そういう車を停めておく場所じゃないかな」

そんな気がする。

「そうかもしれませんね。停めておいても怒られたりしませんかね？」

「今日は日曜日」

工事もお役所も、どっちもお休みだ。

「あ、そうですね」

たぶん大丈夫。

車を降りると、川からの風を全身に受けた。緑と土と川の匂い。そして堤防が高いところにあるから、眼下に拡《ひろ》がる畑と田圃。

「きっと本州の人が北海道！ って思う景色だよね」

「そうなんでしょうね」

僕らはわりと見慣れているから何とも思わないけれど、見渡す限りの畑や田圃。

「前に神戸の方に行ったことあるんだけど、電車から見えた田圃とか畑が狭くてびっくりした」

「写真とか見てもそうですよね」

鉄塔が、堤防を降りてすぐのところに見える。畑の中に立ってはいるけれども、近くにこんもりした林もある。

「あそこの鉄塔、歩いて行けそうですよね」

「行けるね」

道はある。ただし堤防から続く舗装《ほそう》も何もされていない土と砂利の道。農道なのか私道なのかはっきりしない。

たぶんそこに農家があると思うんだけど周りには大きな木がけっこうあって、ほとんど家は見えない。ちょっとした林ぐらいにはなっていて、そのすぐ脇のところ、畑との境界ぐらいのところに鉄塔が立っている。

「ああいう畑とか田圃の中に立っている鉄塔の下の土地って、農家から電力会社が借りているのかな」

言ったら、間宮さんが眼を丸くした。

「そんなこと、考えたことなかったです。確かにそうですよね！　畑や田圃は農家さんのものですよね」

「その区画の分だけ使用料を払っているとかね。だってあの鉄塔のスペース分だけ何も作れないんだからさ」

そういう契約でもなけりゃ、鉄塔なんか立ってほしくないだろう。多少陽当たりだって悪くなるんだし。

「あの鉄塔だけ、色が違うね」

「違いますよね！　赤と白でカッコいいです」

確かにカッコいい。ぐるっと回っていけばすぐ近くで鉄塔の写真は撮れそうだけど、果たして歩いて行っていいものかどうか。

「怒られないですよね？」

「大丈夫じゃないの？」

道は続いているんだ。この道路は舗装されていて明らかに農道か市道だろうし、そこから続いているんだから。

「仮に私道だったとして注意されても、散歩していたんです、ごめんなさいで済むんじゃないか？」

「そうですよね」

農家に知り合いはいないけれど、田圃の畦道《あぜみち》だったら勝手に入ったら怒られるかもしれないけど、ここの道は畦道じゃなくて車の轍《わだち》がちゃんとついている。

「行ってみよう」

川の方で、鳥の声があちこちから聞こえてくる。

「河原の林の中って、きっと野鳥の楽園ですよね」

「そうかもね」

こういうところをのんびり歩いていると、バードウォッチングとかって楽しいかもしれないなって思えてくる。

「今度、双眼鏡でも買おうかな。鳥を見るやつ。あ、間宮さんは望遠レンズとかあるのか」

「あります！　今日は持ってきてないけど。いいですよねバードウォッチングも」

堤防を降りて、農道みたいなところを歩いて、林に近づいてきてようやくやっぱり農家があるんだってことはわかってきた。

でも、普通の農家じゃないような気がしてきた。

柵がある?

それに、何かいろんなものが置いてある。

「農家じゃないのかな?」

「何か、不思議な雰囲気ですね」

あのフォークリフトが荷物を運ぶときに使う板。

「なんでしたっけ」

「パレット、だっけ」

「あ、そんな気がします」

それがたくさん積んである。しかも、乱雑に。他にも、何かよくわからないけれど、たぶん農業で使うようなものがいろいろたくさん転がっている。

「あれだろうか、産業廃棄物を集めているようなところなんだろうか」

「全然わからないですね」

林に囲まれた赤い屋根の大きな農家。敷地はけっこう広い。農機具を入れるような、あるいは何かを保存しておくような大きな木の倉庫みたいなものもある。

人気《ひとけ》は、ない。

木のてっぺんでカラスまで鳴いている。

「ちょっと、不気味かも、です」

間宮さんが顔を顰めて言った。

「確かに」

昼間だからいいけれども、夜中にここを歩きたくはないかもしれない。見たところ外灯なんかもほとんどないし。

「あ、あれ」

間宮さんが指差した。

看板みたいなものがあった。たぶん手作りでペンキか何かの手書きだ。

〈勝木農業廃棄物回収〉

勝木さんって家なのか。

そうか、やっぱり使わなくなったものを回収しているところなんだ。

こんな、周りが田圃ばっかりの端っこで。

【新しい人】

磯貝公太 Isogai Kouta

もちろん個人情報を出すわけにはいかないだろうけれども、資料として参加者の名簿を写真に撮らせてもらった。絶対に表に出ることはありませんし、後々に廃棄しますからと言って。

もちろんそれは嘘じゃない。必要なくなり次第、データは消す。

田村さんは快く頷いてくれた。

担当者の田村香織さんに罪はない。

離婚専門の弁護士だと騙《だま》した僕が悪い。もしこの案件が無事に片づいたら、お詫びに田村さんに食事を奢《おご》ってもいい。そう思うぐらいに田村さんはチャーミングな女性だったし、雑談をしていても楽しかった。けっこう気が合うんじゃないかと思うけれども、向こうはどう思っているかはわからない。

〈北海道立文芸文学センター〉を出て地下鉄の駅へ向かって、中島《なかじま》公園の中を歩いていく。天気がいいからこのまま事務所まで歩いてもいいぐらいだ。

(佐々木翔子さん)

間違いなく綾桜先生と仲が良かった女性。

六年前は高校三年生でS大学に入って順調に卒業した、と田村さんは言っていた。

どこかに就職したはずだけれど、去年来たときにはアルバイトをやっている、と話していたそうだ。

ボランティアで毎年来ているとはいえ、基本的には講座の間は話を聴いたりして、終わればさようなら、なので田村さんもそれほど親しくは話していないし、プライベートではまったく関わっていない。

でも、とても明るい女の子ですよ、と言っていた。

どこかクールな感じではあるけれど、基本的にはさっぱりきっぱりした性格の女の子で、たぶん同年代の中では姐御肌《あねごはだ》タイプの子じゃないかと。

写真からして、その辺の雰囲気はわかる。高校生の頃はごく普通の短めの髪だったが、大学生の時にはショートカットで、そういう表現が妥当かどうかわからないけど、ボーイッシュな感じだ。

(宝塚《たからづか》の男役だな)

そういうのが似合いそうな子だ。背もわりと高そうだ。

携帯番号も、資料にはあった。知らない番号からの電話に出る子だろうか。メアドもあるし六年前の住所もわかっている。

北区の住所だ。

六年前のそれは間違いなく実家で、そして地元の大学に行って卒業しても〈中高生のための創作教室〉にボランティアで来ていたのだから、今もそこで暮らしている可能性は非常に高い。遠い町で暮らしていたら来られないだろう。

もちろんアルバイトとはいっても一人暮らしをしているかもしれないけれど。

「仮に、だ」

彼女が僕にとって非常に都合の良いことに綾桜先生こと勝木章さんの愛人だったとしたら、一ヶ月以上も家に帰っていない勝木章さんが彼女の部屋で一緒にいる可能性は。

「あるか」

あるな。

ないとは言えない。

むしろ、勝木さんが佐々木翔子さんに部屋を借りてやって一緒に暮らしているかもしれない。

最近は少し停滞気味らしいが、そこそこ本を出しているライトノベル作家で、しかも奥さんも働いていたんだからそれぐらいの甲斐性《かいしょう》はあるんじゃないだろうか。もしくは、以前はあったかもしれない。

札幌は狭いようで広い。そもそも札幌市内にいる必要もない。どこか江別とかの近郊の町に住んでいれば奥さんとかち合う可能性はぐんと低くなる。

まぁそんなことやってるんだったらさっさと離婚協議でもしろよ、っていう話なんだが。

「どうするかな」

その可能性を無視できない以上、いきなり佐々木翔子さんの携帯に電話して弁護士だの探偵だのという話をしては、せっかくの可能性を潰してしまうかもしれない。

「訊いてみるか」

佐々木さんはS大出身なんだ。ひょっとしたら宮島が知っているかもしれない。S大建築工学科准教授、宮島俊《さとし》。相棒と言ってもいい男。

ちょうど地下鉄の駅入口まで来たところで立ち止まってiPhoneを取り出す。

まだ午前中だ。講義中かもしれないからLINEを送る。

【今電話していいか?】

すぐに返ってきた。

【少し待って】

待った。十秒も待たなかった。

【いいよ】

電話を掛けるとすぐに出た。

「磯貝だ」

（わかってるよ。探偵仕事？　うちの学生でも絡んできたのかい？）

本当に光くんといい宮島といい話が早くていい。

「佐々木翔子さんという去年卒業した女の子だ。学部はわからない。ショートカットで宝塚の男役が似合いそうな子」

（ささきは普通の佐々木？　しょうこは？）

「大谷《おおたに》翔平《しょうへい》の翔に子供の子」

（佐々木翔子さん。うん、知らないな）

「だろうね」

人生そうは上手くいかない。

（犯罪絡みじゃないだろうね？）

「今のところはね。どこにでもある男と女の問題っぽい話だ。犯罪にならないことを、もしくはなっていないことを願っておく」

（その佐々木翔子さんの何が知りたいの？）

「高校生の頃の住所と携帯番号とメアドはわかっている。大学卒業時の住所もしくは今現在の住所がわかればもっといい。就職先もしくはアルバイト先なんかわかったらすごく助かる」

(電話番号わかってるのに電話しないってことは、かなり微妙な案件?)

「微妙だ。そもそも、その佐々木翔子さんが関係しているかどうかもまだわかっていないんだ」

(なるほど。多くは期待しないで小一時間ぐらい待ってみて。モモちゃんにこっそり確認してみるから)

「誰だモモちゃんって」

(学生課の子。桃太郎《ももたろう》っていうんだ。本名だよ)

「すごいな」

宮島がそういうふうに言うんなら信頼できる人なんだろう。

(まぁ卒業時の住所ぐらいはわかると思うよ)

「頼む」

持つべきものは信頼できる友人だ。

このままますすきのを事務所まで歩くことにした。歩くのは、全然苦にならない。刑事の頃は車での移動がほとんどだったけれど、捜査の基本で街中を歩き回ることも多い。自然と歩くことに慣れていく。

普通の人はあまり意識しないだろうけれど、人間は特に鍛えるための運動をしなくても、歩いているだけで歩くための筋肉は鍛えられて、体力がついていく。走る体力と歩く体力は別で、百メートルの全力疾走はできなくても、十キロ歩いても平気な体力はつく。元気なお年寄りが長い時間歩いていても平気でいるのはそういうことだ。

毎日一時間でも歩いていれば、その手の体力はつく。そしてそれが刑事、あるいは探偵には必要なものだ。

昼間のすすきのは、いつもスカスカしている。漂っている空気がよそよそしい。夜になれば人でいっぱいになるビル、建物の中に人がいないからだ。真夜中のオフィス街と同じようなものだけど、そこに満たされる空気がまるで違う。

歓楽街の建物は人の賑《にぎ》わいがあってこそ、オフィス街の建物は人の静けさがあってこそ、正しく息をするんだ。

刑事をやっている頃に味わったけれど、住宅街の普通の家は、そこで暮らす人がきちんと過ごしていないと呼吸をしていない。

だから、空き家はすぐにわかる。あるいは、中の住人が異常な生活をしていると、家の呼吸が乱れているのが見える。

犯罪の匂いを嗅《か》ぎ取れる刑事は、猟犬は、そういうふうになっていくんだ。

「おっ」

すすきのを出る前にＬＩＮＥが入った。

【びっくりだね。全部わかっちゃったよ】

【全部とは】
【佐々木翔子さんの現住所とアルバイト先】
【モモちゃんと顔見知りだったとかか】
【モモちゃんの彼女が佐々木翔子さんと友達】

【モモちゃんの彼女は同じ大学出身か】

【そういうこと。メールで送っておく】
【サンキュ】
【わかってるだろうけど、絶対に迷惑掛けないで】
【了解】

あまりラッキーなことが続くと反動で良くないことが起こったりするんだが、とりあえずは喜んでおく。

佐々木翔子さんは大学卒業後に札幌のホテルに就職していたが、何があったかはわからないが半年足らずで退職して、今は札幌駅の中にある大手コーヒーチェーンでアルバイトしている。

まぁよくあることだろう。それが特におかしな、不審な行動というわけでもない。

現住所は高校生の頃の住所と変わっていなかった。その住所が実家で、今も住んでいることが確定。そしてバイトに今日も出掛けていることもついでに教えてくれた。夕方の四時には上がると細かいところまで。どうやって聞き出したのかわからないけれど、その辺は宮島も心得ているから心配しなくても大丈夫だろう。

実家にいるんだから、少なくとも佐々木翔子さんが勝木章さんと一緒に暮らしているかも、という線は消えたわけだ。

「ついでに愛人の線も消えたかもな」

アルバイトにきちんと出ているってことは、勝木さんと行動を共にしていないということだ。

「直接当たってみるか」

佐々木翔子さんは奈々さんからもらった親戚知人友人関係リストには載っていない。つまり、五年間も同じ講座に通いアシスタントのようなことをしていながら、奥さんは知らない女性。

十二分に秘密の、そしてごく親しそうな知人であることは間違いないんだ。


あの子か。

制服を着てカウンターで注文を受けている。

うん、いい子だ。

仕事の様子を見ただけでわかる。客商売には向いている。笑顔もいいし何よりも動きが良い。仕事をきちんと理解して身体に染み込ませている動き。

ああいうふうに動ける子は何をやらせてもそつなくこなすだろうに、同じような接客業でもあるホテルの仕事をどうして短期間で辞めたのか。何かしらトラブルがあったのか、それともホテルの仕事をこなす中で自分がやりたいことを見つけたのか。

案外、こういうコーヒーショップ的なことを自分でやりたくて今は修業中なのかもしれない。そういう志向をするタイプの女の子にも思える。

注文してみましょうか。

「はい、ご注文をどうぞ」

「ホットコーヒーをラージで」

佐々木翔子さんが上がるまであと十分。従業員が店から出て行く経路は摑んである。外へ繋がるあのドアだ。そのすぐ近くのガーデンテラス風に配置してある外のテーブルで待つ。

薄いピンクの柔らかな生地のロングカーディガンにグレーのパンツに蛍光ピンクのスニーカー。猫の絵が描いてある布のトートバッグを肩に出口から出てきた。

「佐々木さん」

声を掛ける。

ちょっと眼を大きくさせて足を止めてこっちを見る。

さっきのお客さんだ、そして何故《なぜ》自分の名前を知っているのかという疑問の入り混じった表情が浮かぶ。

　これが人気のない夜道だったら思いっきり腰が引けてすぐにでも逃げ出すような体勢を取るところだろうけど、夕方の札幌駅前だ。周りには人がたくさんいる。単純に、誰だろうこの人は、と、ただ立ち止まったままの姿勢でいる。

　自慢じゃないが、どんな人にも好印象を与えるであろう顔立ちをしていることは自覚している。笑顔でいれば。

　なので、ごく自然な笑みを浮かべ話しかける。

「佐々木翔子さんですよね？　S大出身の」

「はい、そうですけど」

「突然すみません。私は磯貝と言います。探偵をやっています」

　ゆっくりと立ち上がって名刺を作法に則《のつと》って出す。一度でも社会人経験のある人なら、こうして丁寧に名刺を出されると、一応はマナーをわきまえている人なんだと自分もそういう応対をする。ホテル勤務経験者なら思わず知らず背筋が伸びお辞儀の角度を思い出すだろう。そういう訓練を受けているはずだ。

「探偵、さん」

「そうです」

　表情が変化する。これも、思った通り。

ミステリのライトノベル創作教室に通うほどの人間なら、〈探偵〉というワードには思わず反応してしまうだろう。一気にその人物に興味が湧くだろう。

「実は、綾桜先生のことでちょっとお話を訊きたいと思ってお伺いしたのですが」

「綾桜先生の？」

「はい。佐々木さんは、〈北海道立文芸文学センター〉での綾桜先生の講座に通われましたよね？」

こくん、と頷く。特におかしな反応はしていない。〈北海道立文芸文学センター〉に通ったことは秘密でも何でもないからそうだろう。そして、綾桜先生という言葉にも特に大袈裟《おおげさ》な反応はない。

（やっぱり外れか）

しょうがない。

「綾桜先生が、どうかしたんでしょうか」

「お時間があるようでしたら、どうぞ」

椅子を勧める。周囲のテーブルに人はいない。ここなら会話しても大丈夫だろう。彼女は少しばかり訝《いぶか》しげな表情を浮かべて、座る。

ますます外れっぽい。普通の反応だ。

それなら、手っ取り早く済ませる。外れなんだから、もう翔子ちゃんだな。

「綾桜先生とは、最近お会いになりましたか」

綾桜先生がどうしたんだ、とこれ以上質問される前に、核心を突く。翔子ちゃんは、眼をぱちくりとさせた。

「いいえ」

強くはないけれど、きっぱりとした嘘のない、声。

眼。

表情。

これが演技なら彼女はもういつでもアカデミー賞主演女優賞を獲《と》れる。日本のではなくアメリカのを。

「最近、っていうのがそちらの基準でどれぐらいなのかわかりませんけれど、最後に先生にお会いしたのは去年の夏の講座です」

「そうでしたか」

決定。外れだ。

翔子ちゃんは講座のとき以外は勝木章さんに会ってはいないんだろう。そして思っていたより手強《てごわ》い女性だ。最近という言葉の基準に疑問を呈してから答える若い子に初めて会ったかもしれない。

「でも、メールはいただきました」

「メール？」

はい、と頷く。

「先生はLINEではなく?」

「先生はLINEをやっていないはずです。少なくとも私は知りません」

これはわざと訊いた。こっちが情報が少ない人間とわかれば自然と優位に立てるので、言葉もなめらかになる人が多い。

「それは、差し支えなければですが、いつ頃だったか教えていただけますか」

「二週間ぐらい前だったと思いますけど」

二週間前。

一ヶ月以上妻でさえ連絡の取れない勝木さんの、二週間前の生存確認がここで取れたのか。それだけでも会いに来た甲斐はあったし、調査料金も請求できる。

「あの、どういうことなんでしょうか。綾桜先生がどうしたんでしょうか。いつメールが来たのか確認してもいいですけど」

言いながらトートバッグからスマホを取り出した。ピンクの革のケースに入っている。この子はピンクが自分のイメージカラーなのかな。メールはスマホで受けて保存してあるのか。

「何があって探偵さんが先生のことを訊いてくるのか、教えていただけないとこれ以上はお話しできません」

しっかりした子だ。ちゃんとしている女性だ。初めて勤めたところをすぐに辞めたという情報で多少負のイメージを持ってしまっていたが、そんなことはない。

頭も良く、強い女性だ。

「特別どうということはありません。単に身上調査中というだけです。綾桜先生の講座の生徒さんにいろいろと講座の感想や先生の人となりを訊きたかっただけなんです」

「どうして身上調査などするんですか？」

当然の疑問だけど。

「それは、言えません。質問の順番がちょっと入れ替わってしまいましたが、もしもご協力いただけないということであれば、これでけっこうです。お時間を取らせてしまって申し訳ありませんでした」

失礼します、と、頭を下げて立ち去ろうとする。本当に何もなければ、翔子ちゃんも釈然としないまでも引き止めないだろうし、何かしらの興味が湧いたのならば、質問を受けてもいいと引き止めてくれるはずだ。

「あ、待ってください」

「あ、ご協力いただけますか？」

「先生には会っていないんですね？　最初にいきなり最近会ったか、って質問をしたってことはあなたも先生には会っていないんですよね？　本当はそれを確かめたかったんじゃないですか？」

鋭い。

この子は本当に頭がよく回るかもしれない。

「どういう意味でしょうか？」

ここは、笑みを浮かべて大人の対応を見せる。翔子ちゃんは、少しだけ唇を引き結んでから、眼を真っ直ぐに見てきた。

「変だな、と思っていたんです。綾桜先生について」

「変、とは？　何かメールの内容におかしな点でもあったのでしょうか？」

何かを決めたような表情を見せる。

「電話をしても、出ないのです」

電話に、出ない。当然だろう。奈々さんの話では常に電話は繋がらない。電源が切れているか圏外にいるとなっている。

「それは、電話が繋がらないという意味ですか？　それとも呼び出し音はするけれども出ないということですか？」

「後者です。呼び出しているけど、全然出ないんです。今までそんなことは一度もなかったし、出なかったときも後から電話をくれました。それなのに、今回はメールをもらった後に電話しても一度も出ないんです」

呼び出している。

「その電話をしたのも二週間前ぐらいですか？」

「そうです」

どうやら内緒話ができるところに移動した方がいいかもしれない。

「場所を変えて、詳しい話をお聞かせ願えませんか」

札幌駅前の十二階建てのビルの六階という中途半端な場所である上に、同じフロアにあるのは会社や事務所だけ。どうしてこんなところにコーヒーショップを開いたんだ、といつも思う。

しかも、今どき珍しくランチタイム以外は喫煙ＯＫのコーヒーショップだ。奥の席はそこだけ観葉植物に囲まれていて、内緒話には持ってこいの喫茶〈クイーン〉。

店主は僕が警察の人間だったと知っているから電話一本でそこの場所を取っておいてくれる。

「こんなお店、知りませんでした」

席に座るなり、翔子ちゃんが言う。

「少しばかり煙草の匂いがあるでしょうが、良いお店でしょう？　クラシカルなコーヒーショップの風情《ふぜい》で」

煙草がOKでも来る人間全部が煙草を吸うわけじゃないし、ビル内の店だから換気もしっかりしている。

「はい」

店の中を見回す眼の輝きが違う。やっぱりこの子はカフェの仕事をしたくてホテルを辞めたんじゃないか。

「父が煙草を吸うので、煙草の匂いはイヤではないです」

「そうでしたか」

イヤではなくても、非喫煙者の前で煙草を吸うことは憚《はばか》られる。ここは我慢しておく。ブレンドをオーダーすると、翔子ちゃんはメニューを見てマンデリンをオーダーした。ストレートコーヒーとは、ますます翔子ちゃんカフェ開きたい説が強化されたけど、そこには触れずに話を進める。

「さて、改めてお話を聞きたいのですが、その前に何故私が綾桜先生のことを調べているかをお伝えします。ただし」

右手の人差し指を立てて見せる。

「絶対に、他言無用の話になります。誰にも話さないでください。あなたは信用できる人だと思いました。なおかつ、私のこの仕事に深く関わるであろうことを見越してのお願いです」

いいですか？　と念を押すと、頷いた。

「勝木章さんを捜してほしいとの依頼を受けました」

「捜す」

「失踪していると思われます。もちろん依頼人が誰かは教えられませんが、すぐに想像はつくでしょう」

彼女でなくても、誰でもそんな依頼をするのは家族だろうと思う。そして、翔子ちゃんはたぶん勝木章さんの家族構成ぐらいは知っているだろう。

「わかりました。それで、情報を集めているのですね？」

「そういうことです。なおかつ、勝木さんが失踪しているかもしれないことを、できれば誰にも知られたくないのです。そのときが来るまでは」

こくん、と、頷いた。

「誰にも言いません」

「ありがとうございます」

たぶん、大丈夫だ。翔子ちゃんは信用できる。

「まず、佐々木さんと勝木章さんの関係性を確認させてください。変な意味じゃないです。あくまでも、どういうお付き合いだったかを確認したいだけです」

これにも、素直に頷いてくれた。

「講師と生徒、というだけです。ただ、綾桜先生は、私に才能がある、と言ってくれました」

「才能。作家になれる、という意味合いですか?」

「作家には誰でもなれるんだと先生は講座で言ってます。私の場合は、文章はまだまだで、それはともかく誰も思いつかないような設定やミステリのトリックの考え方がスゴいって。そこはちょっと驚いたと」

なるほど。そっちの方か。

「それで、高三のときに、やる気があるなら、何か思いついてアドバイスとか欲しいのならメールで送ってきていいよと言ってくれたのです」

「それで、メアドを知ったのですね」

「そうです。それから毎年、先生の講座の度に思いついたものを持っていったり、メールで送ったりしていました」

「今更ですが、小説家志望なのですか?」

少し首を傾げた。

「書くことが、大好きです。ひとつの作品を仕上げることは本当に楽しくて。それが仕事になるのなら嬉しいと思いますけど」

「では、どこかの新人賞に応募などは」

「したことはあります。先生のアドバイスを受けて。それは三次選考ってところまで行きましたけど、落ちました」

なるほど。ミステリの新人賞で三次選考辺りまで行くのなら、それなりの実力はあるわけだ。

「でも、やってみたい仕事がありますから、それは今のところはあくまでも趣味です」

やってみたいのはきっとコーヒーショップだと思うけど、その話はいずれ雑談でしてみよう。

「先生は、あなたにとってはあくまでもただの先生であり、それ以上の関係はないと思っていいのですね？」

はい、と、きっぱり言った。

「誤解されたら困るって私も思っていたので、直接会うのも講座のときだけです。それ以外では電話で話すだけですし、特別な感情もありません」

それはまぁ、良かった。今回の仕事的には外れだけど。

「先程の二週間前のメールというのも、その新作の設定なりトリックなりを送って、その返事ですか」

「そうです」

トートバッグからスマホを出してピンクのカバーを開いた。iPhoneか。

「正確には、十三日前です」

十三日前か。

「そのメールの内容も、ちょっと変だなって思ったんです」

「どういうふうに、変なのですか」

少し首を傾げた。

「何となく、言われたことが、あ、書いてあるアドバイスとか感想がピンと来なかったんです。それで直接確認してみようと思って電話してみたんです」

でも、電話を掛けても出なかった。普段なら、出られなくても折り返してくるのに。しかし、呼び出しはしている。

それはひょっとして。

「佐々木さん、すみません。あなたのiPhoneに入っている綾桜先生の電話番号を見せてもらえますか？」

「番号ですか？」

言いながらiPhoneを操作する。

「これです」

〈綾桜先生〉となっている。

番号を、確認する。奈々さんからもらった資料の中にある勝木章さんのスマホの番号とは、明らかに違っていた。

(どういうことだ?)

勝木さんはスマホを二台持っているということか。それを妻である奈々さんも把握していなかったということか。携帯の二台持ちというのが珍しくはなかった時代も確かにあったけれども、今、個人で二台持っているというのは、社用のものは別としてもあまり聞かない。周囲にはそんな人間はそうはいない。

ましてや、勝木さんはSNSをやっていない。その勝木さんが、スマホを二台持つ意味は、何だ。

「念のために確認ですが、佐々木さんが知っている綾桜先生はこの方ですね?」

iPhoneに入れておいた勝木さんの写真を見せた。覗き込んで、はい、と頷く。

「間違いないです。綾桜先生です」

別人ではない、か。ひょっとしたらと思ったけれども。奈々さんに後で確認した方がいいな。

「メールは、その番号のスマホから送ってきたものですか?」

「違います」

「違う?」

「パソコンのメールアドレスからです。スマホのメアドじゃないです。私の原稿は、探偵さんはＷｏｒｄってわかりますか」

「わかりますよ」

もちろんです。

「Ｗｏｒｄのデータで送って、それに先生は感想とかアドバイスとかを書き込んで送り返してくれるので、先生はスマホではやりません。パソコンとかタブレットとか、Ｗｏｒｄのデータを扱いやすいものじゃないと」

Ｗｏｒｄのデータ。

勝木さんのデスクトップパソコンは、今のところ誰も開けないと聞いている。間違いなく鈴元はそう言った。パソコンのデータを見たいならハッカーを呼んでくれ、と。

それは、十三日前もそうだろう。

パソコンからではない。

じゃあ勝木さんは、Ｗｏｒｄを扱えるタブレットかノートパソコンを持ち歩いて失踪中ということになる。それならデスク上の自分のパソコンと同じメアドでＷｏｒｄのデータも送ることができる。

しかし、そんな情報も奈々さんからもらったものには、なかった。

執筆はすべてパソコンだと。

【新しい趣味】

桂沢 光 Katsurazawa Hikaru

カメラのシャッター音って、たぶん機種によっても違うんだろうけど、何か不思議な音のような気がする。

言葉にするとカシャッ、カシャッ、って音で文字通りにシャッターのようなものがカメラの中で開いたり閉じたりする音なんだろうけど、フィルムカメラはそうだとして、デジタルカメラってどういうふうになっているんだろう。

考えたけど、そういうのはまったくわからない。全然知識がない。電子レンジはどうやって物を温めるんだろうっていうのと同じぐらい構造がわからない。

畑にそびえ立つ赤と白に塗られた鉄塔。この赤と白の色合いというか模様は、きっと何か規則があってそれに沿って塗られているんだろうな。そういうのも、この仕事をしなきゃわからないもの。

世の中って、たくさんの仕事があって、それぞれがその世界にしかわからない知識や規則でできあがっているんだってつくづく思う。

間宮さんがデジカメを構えて、鉄塔に向かって何度も何度もシャッターを切っている。

カッコいいなー、って思う。

前にも宮島先生がそうやって写真を撮っているのを見ていたときに思った。カメラを構えてシャッターを切っている姿が、カッコいいなって。写真を撮ることをシューティングって言うそうだけど、何となくわかる。

人がこうやって何かを狙っている様子って、きっと人間は本能的にカッコいいって思ってしまうんじゃないかな。男も女も関係なく。

間宮さんが、たたた、って走って場所を移動して、また撮って行く。見ていると鉄塔だけを撮っているんじゃなくて、いろんな部分やその周りの風景や、いろんなところを切り取って撮影している。

すごく真剣な表情だから声を掛けるのも躊躇《ため》らってしまう。

いいなって思う。

何かに夢中になれるって本当にいいと思う。

(あれ)

何か誰かとそういう話をしなかったっけ。磯貝さんとだっけ。趣味がないから趣味を見つけたいって話。文さんとしたんだっけ。

カメラもいいな。さっき間宮さんと言ってたバードウォッチングもいいかもしれない。そういう静かなものの方がいいんじゃないかな。

僕は全然アクティブな人間じゃないから、そういう落ち着いてできるものの方が夢中になれるかもしれない。

間宮さんが、カメラから顔を離した。何かを考えている。

「もう少し真下から撮りたいんですけど、ダメですよね」

「真下」

真下というのは、鉄塔のすぐ下で。

うん、無理かな。

「畑の中に入って行くことになっちゃうよね」

鉄塔が畦道のところにでも立っていたならいいんだけど、畑の端に立っている。その端のところは、そこの不思議な農家の敷地内だ。

「勝手に入ったら、不法侵入」

「そうですよね」

誰かの姿が見えたのなら、声を掛けてみてもいいんだけどさっきから辺りを見回しているんだけど、人っ子一人いない。

そして、農家から人も出てこない。ピンポンしてみてもいいかもしれないけれど、何かこの家は、さっきも間宮さんが言っていたけど少し不気味な感じがして、ダメな予感がしてしまう。

そもそもこの家に人の気配ってものがないんだ。人間って不思議なもので、普段はそんなこと何にも感じていないのに、そこの家が無人かどうかがわかるときってあると思う。ああいう大きな家に住んでいるから余計にわかってくるのかもしれないけど。

この家には生活の匂いがあまりしない。ひょっとしたら、集積所というか、そういう廃棄物を集めておくだけのところかもしれない。

間宮さんが、うん、って頷いてまた何枚か撮った。

「僕の知り合いにもね、カメラが好きで建物の写真ばっかり撮っている人がいるんだ」

「建物ですか」

「そう、建築工学科の准教授だから半分趣味で半分仕事でもあるみたいだけど」

准教授！ って驚いていた。

「そんな先生と知り合いなんですか。どこの先生ですか」

「S大。たまたま知り合ったんだけど、しょっちゅううちに来るからもうほとんど友達みたいになっちゃって」

「建物って、古い建築物とかですか？」

「そうだね。メインはそういうのみたいだ」

まさか一眼レフに盗聴器発見器まで付けちゃうような人だとは言わない。それは誰にも言わない約束だ。

「もし機会があったらお会いしたいです。写真見たいです」

「うん」

全然大丈夫。宮島先生は気さくな人だから。

「光先輩」

「うん？」

「お昼ご飯、何か食べたいものあります？」

またカメラを構えながら間宮さんが言った。

「特に何も考えていなかったけど。何でもいいよ？　カレーでもハンバーグでもラーメンでも」

お寿司でも、ファミレスでも。文さんが言うには〈何でもいい〉っていうのがいちばん良くないって話だけど、でも本当に何でもいいんだからしょうがない。好き嫌いはほとんどないし。

「良かったらですけど、帰りもうちに寄っていきませんか？　食事もできるので」

「いいよ」

メニューにあったよね。パスタとかグラタンとか。

「家族なので裏メニューとして美味しいスペシャルを作ってくれますから」

「うん」

それは楽しみだ。

「でも、さっきも思ったけど大変だよね。繁盛しているのに二人だけで、食事も出しているんだから」

そうなんですよ！　ってカメラを下ろして僕を見た。

「実は、前は従業員の人が一人いたんですけど、ついこの間、出産するので辞めちゃったんです」

「あ、そうなんだ」

「だから、てんてこまいなんですよ。私が家に戻ったところで、大学に通いながらじゃ全然戦力にならないし」

それは、そうだ。いちばん忙しいのは大学の講義がある時間帯なんだから。

「今、アルバイトの募集掛けているんですよね。でも調理もホールも全部できてあのお店にぴったり合う人ってなかなかいないらしくて。今日も面接があるって母が言ってました」

「うちの学校の学生じゃむずかしいしね」

「そうなんですよねー。バイトしたい子はたくさんいるんだけど、遠いのでムリです」

人手不足って話はよく聞くけれど。

飲食店の仕事のことなら、よくわかる。もちろん誰にでもできる仕事ではあるんだけれど、向き不向きがけっこうはっきりしてしまって、それはお店の雰囲気にも直結してしまうので、けっこう難しいんだ。

「向こう側の鉄塔まで行っていいですか？」

「いいよ」

指差したのは、ずっと向こうの次の鉄塔。そもそも鉄塔の間隔ってめっちゃ広いから歩くのはキツい。車まで戻って移動した方がいいので、歩き出そうと思ったときに、向こうから軽トラックが走ってくるのがわかった。

明らかに、農家の人が使っているもの。道路が狭いので、あの軽トラが通り過ぎてから歩き出した方がいいと思って、二人で道の端に立ち止まって何となく待っていたんだ。

運転しているのが女性だっていうのはすぐにわかった。そんなにスピードを出していたわけじゃない軽トラが、僕らの前を通り過ぎたので、二人で歩き出したら、軽トラは静かに止まった。

何だろうと思っていたらドアが開いた。ひょいと身体を乗り出してこっちを見たのは中年の女性。明らかに農作業をしている最中の恰好をしている。

ニコッと笑った。

「どこに行くの？」

明らかに、乗ってくかい？　っていう感じの声の掛け方だった。少し日焼けしている細身のキリッとした雰囲気のおばさん。いや、中年の御婦人。

「あ、堤防の上に車を停めているんです。そこまで」

あぁ、って感じで頷いた。

「堤防通って行くから、乗っていく？」

乗っていく？ って言って車の中じゃなくて荷台を指差した。もちろん軽トラだから助手席には一人しか乗れない。二人乗るんだったら荷台しかない。

でも、それはたぶん道交法違反なんじゃないかって思ったんだけど、間宮さんがすぐに頷いた。

「ありがとうございます！」

「どうぞー」

いや、いいんだろうか。でもまぁ他に誰もいないし、ひょっとしたらここは農道で、農道ならそういうのも許されるのかもって思いながら、荷台に飛び乗った。間宮さんの手を取って、引っぱり上げた。

「座るか摑まるかしてね。行くよー」

軽トラがゆっくり走り出した。間宮さんも僕もここは摑まって行くところじゃないかって思って、しゃがみ込んで荷台の端を摑んだまま前を向いていた。

ものすごくゆっくり走っているはずなのに、すごいスピード感。

「楽しい！」

間宮さんが思いっきり笑顔だった。同じく、すっごく楽しかった。これはあれだ、子供の頃に乗った遊園地のゴーカートと同じ感覚だ。車の動きが身体と直結するような感覚。堤防脇の坂を上って行くときなんか、まるで空へ上がっていくような感じだった。

「トトロとかでこんなのなかったですか？」

「あったかもね」

何かの映画でもあったと思う。昭和の頃を描いた映画だ。昔はこんなこと何でもなかったことなのかもしれない。あっという間に、ミニクーパーを停めたところに着いてしまった。

軽トラがゆっくりと停まる。

「はい、どうぞー」

二人で飛び降りる。窓を開けていたおばさんに頭を下げた。

「ありがとうございました！」

名前も聞いていないおばさんは、にっこり笑った。

「いい車ね。この辺の子？」

「あ、私は上江別《かみ》の方です。〈アーリー・アメリカン〉って喫茶店知りませんか？」

あら、って眼を丸くした。これぐらいの年代のおばさんって、年齢がまったく見当つかない。四十代だとは思うんだけど。

「知ってるわ。そこの子なの？」

「そうなんです！」

僕を見たので、頷いて答えた。

「僕は、小樽です」

小樽！ってちょっと驚いたように声を上げた。

「そこの鉄塔の写真を撮りに来たんです。彼女の趣味で」

それぐらいは言っておかないとって思って教えたら、おばさんは、へー、って声を上げて少し驚いた。

「そこは、うちの畑よ」

「そうなんですか！」

「この辺はキタキツネがけっこういて、フンとかもあるから踏まないように気をつけてね！」

あっ、って思う間もなく軽トラが動き出して、おばさんは行ってしまった。それは先に訊くべきだった。最初に訊いていたら、中に入って鉄塔を撮っていいかどうか、訊けたのに。

「失敗したね。訊けば良かった」

間宮さんが、少し顔を顰めていた。カメラを構えて、去っていった軽トラを追っていた。

「あ、そうですね」

何かに気を取られたような、生返事。ずっとカメラを構えている。軽トラを追っている。シャッターも切った。

つられて僕も軽トラをずっと見ていたけれど、あっという間に堤防を降りていって、そうしてずっと向こうの農家の方へ入っていった。あそこが、たぶんあのおばさんの家なんだろう。すると、あそこら辺からこの辺までの畑全部が、あの人の家の畑ってことになる。

「勝木さん、っていうんでしょうかね」

「え？」

「あのおばさん、うちの畑って言ってたから。そうするとあの家もあの人のところの家なのかなって」

〈勝木農業廃棄物回収〉って看板があった農家。

「そう、かな？」

それは、確かめないとわからない。間宮さんが下の道路を指差した。

「ちょっと、あそこの道路を走ってください。あの鉄塔を撮るにはあの道路しかないんで」

「いいよ」

僕がミニクーパーに乗り込もうとしたときだ。

急にシャッター音が響いてきたので顔を上げると、間宮さんがまたカメラを構えて、さっきの鉄塔を撮っている。堤防からの角度で撮りたくなったのかと思って見ていたんだけど。

（あれ？）

さっきの不思議な農家を撮っているように思った。

見たら、人の動く姿があった。

誰かが出てきたのか。人の気配はないように思ったけれど家の中にいたのか。間宮さんが慣れた動きでカメラのレンズを外して、カメラバッグに入れた。まるで熟練の職人みたいに流れるような動きで違うレンズを取り出してカメラに付ける。

そして、すかさずカメラを構えて撮る。

動きだけ見たら、本当にプロカメラマンだ。邪魔したくなかったので、声を掛けないでそっと歩いて近づいた。確かに、あの農家の敷地内を歩いている人がいる。

男の人だ。

はっきりとはわからないけど、少し長めの髪の毛。たぶんジーンズに、作業着のような上着。眼鏡を掛けているのは、わかった。遠くて僕の眼ではどんな顔をしているかとかはまったくわからない。少し細身の人じゃないだろうか。

間宮さんの撮っている写真にははっきり写っているんだろうか。さっき取り換えたレンズは望遠だろうか。でも望遠は今日は持ってきてないって言ってたから、使っていたレンズよりかはズームが利くやつに換えたんだろうか。

どうしてなんだろう。

どうしてそんなことをしたんだろうか。

男の人の姿が木立《こだち》に隠れて見えなくなった。時間にしたらほんの十数秒だったんじゃないだろうか。

訊くまでもないと思う。

間宮さんは、あの農家の人が出てきたのを見て、すかさず写真を撮っていたんだ。つまり、それが目的だったということじゃないのか。ここに来たのは、鉄塔の写真を撮りに来たんじゃなくて、あの男の人の写真を撮りに来たんじゃないだろうか。

「あ、ごめんなさい！」

間宮さんが振り向いて笑った。

「こっちの角度から撮ってなかったの思い出して。行きましょう！　向こうの鉄塔まで！」

めっちゃ明るい笑顔で言うから、訊けなかった。本当にそうだったのかもしれないしな。

車に乗った。エンジンを掛けて走り出す。

「さっきさ、あの農家から人出てきたよね？」

「うん、出てきましたね。やっぱり人住んでいたんですね」

「写真撮った？」

あぁ、うん、ってすぐに頷いた。

「鉄塔を撮ったときに、一緒に写っていたかもしれないですね」

デジカメだから確かめればすぐにわかるんだけどね。

何だろう、ってハンドルを握りながら思っていた。考え過ぎなんだろうか。

そう、大学に入ってから磯貝さんや宮島先生と知り合いになっちゃって、うちのも含めていろんな事件なんかに関わってしまったから、何でもないことを変なふうに考える癖がついちゃったのかもしれない。

（マズいぞ）

本当にどうでもいい、何でもないことかもしれないのに、世の中の出来事を斜めに見るようになってしまったのかもしれない。そうなっていたらゼッタイに磯貝さんの影響だと思う。あと、文さんも。

たぶん、間宮さんの言う通りだ。堤防の上から鉄塔を撮っていなかったので、それで慌てて撮ったんだ。

農家の人が出てきたのは、単なる偶然。

でも、出てきたのなら、それに気づいたのなら、じゃあもう一度戻って敷地内に入って撮っていいかどうか訊いてみます！　とか言うんじゃないか。あれだけもう少し近くに寄って撮りたいって言っていたのに。

まだ知り合ってほんの少ししか経っていないけれど、間宮さんの性格ならそう言い出しそうなものだけれど。

「戻ってみる？」

　ハンドルを握りながら訊いた。

「え？　何ですか？」

「さっき、男の人がいたから、訊いてみる？　敷地内に入って鉄塔の写真撮っていいですか？　って」

　運転していたから脇見はできなかったけど、間宮さんが一瞬躊躇《ためら》った表情をしたようにも思えた。

「あー、いや大丈夫です。バッチリ撮れたんで」

「そうか」

　それならいいんだけど。

　堤防を降りて、農道みたいなところを走っていく。間宮さんが窓を開けて、少し身を乗り出すようにしてカメラを構えて、写真を撮った。

「停まる？」

「大丈夫です」

　さっきのおばさんが入っていった家の入口のところに来た。入口って言ってもそこからずっと先に家がある。広い農家の敷地。

「やっぱり、勝木さんでした！　ポストに書いてありました」

間宮さんがこっちを向いて言った。

わざわざ確かめたのか。

ひょっとしてそれを確かめたくてこの道を走ったのか。だって、次の鉄塔に行くのならあのまま堤防を走っても行けたんだ。

☆

鉄塔を三本撮って、一時半になる前に、間宮さんの実家の喫茶店〈アーリー・アメリカン〉に着いた。もうこの時間ならランチのお客さんも少なくなっている頃だって言っていたけど、店内にはまだけっこうお客さんがいた。

「あら戻ってきたの」

お母さんが間宮さんと同じ笑顔でまた迎えてくれた。

「うん、ご飯食べていく」

そう、ってお母さんが頷いて、ちょっと店内を見渡した。

「ちょっと待ってね桂沢くん」

「はい」

お母さんが、一人でテーブルに座っている女性のところに行って、何か話している。女性が笑顔でこっちを見て頷いている。誰だろう。僕たちとそう変わらない年齢の人だと思うけど。

お母さんが戻ってきて、間宮さんと何か話している。

「え、ホント！　良かった」

「ちょうどいいから、相席《あいせき》で」

「オッケー」

間宮さんが待っていた僕に近づいてきた。

「あそこの席の人、今度アルバイトで入ってくれるんです」

「あ、そうなんだ」

決まったのか。それは良かった。

「ご飯食べていくんですって。私も挨拶できるから、相席ですみませんけど」

「いいよ」

全然何でもないよ。

「座っててください。私、厨房《ちゆうぼう》手伝って来ますから」

「あ、僕も何かする？」

これでも料理は全然得意なんだけど。

「大丈夫です。待っててください。特製ランチでいいですよね？」

「いいよ」

歩いて、テーブルに向かう。お母さんから聞いていたんだと思う。女性も笑顔で迎えてくれた。向かい合って座る。細身の、ショートカットの女性。同じぐらいの年齢だと思うんだけど。

「すみません。一緒にお願いします」

「はい、どうぞ」

笑顔の素敵な人だ。この人は、確実に客商売に向いていると思う。そういうのは本当に大事なんだ。

「ここでバイト、決まったんですね」

女性は、こくん、って笑顔のまま頷いた。

「すぐにでも来てほしいって言われました。前のバイトはあと一週間残っているので、その後に」

「そうなんですか」

良かった。本当にこのお店忙しそうだから。そんなに席数がないから何とかなっているみたいだけど。

「ここの、娘さんですよね？」

彼女が、厨房に入っていった間宮さんの方を見て言った。

「そうです。あ、僕は家族ではなく、彼女の友人です」

「じゃあ、娘さんは小樽の大学生だってさっき話の中で聞いたんですけれど、あなたもですか？」

「そうです」

小樽のM大二年生ですって教えた。

「彼女は、一年生ですけど。アルバイトってことは、あなたも学生ですか？」

訊いたら、ちょっと微笑んで首を横に振った。

「去年、S大を卒業したの。今は、アルバイト暮らし」

S大か。

去年卒業したってことは僕より三つか四つ年上の人か。S大なら話題にするのにちょうどいいや。

先生すみません。今日はさっきからネタに使っています。

「S大に知り合いの准教授がいるんです。宮島先生っていうんですけど」

彼女が、宮島先生、って小さく呟くように繰り返してちょっと考えた。

「私の学部は違うんですけど、たぶん建築工学科の先生ですよね？」

「そうですそうです」

「何度か、カメラを持ってあちこち撮影しているのをお見かけしたことあります。サイトも見たことあるし。ちょっと変わっているけどカッコいい先生ですよね」

そうか、な？ 少し笑ってしまった。確かに宮島先生は顔はそこそこイケメンかもしれないけど、変な人ですよ、とは言わない。

「僕の家にもよく撮影しに来るんです。うちはかなり古い家なので」

「あなたの、おうちがですか？」

そう言って、すぐにちょっと驚いたように眼を丸くした。

「ひょっとして小樽の家って〈銀の鰊亭〉ですか⁉」

「そうなんです」

宮島先生は自分のサイトにうちの写真を載せてるからね。それを見て知っていたんだと思う。

「〈銀の鰊亭〉は一度行ってみたかったんです！ 今は、ランチとかもあるんですよね？」

「ありますよ。ぜひどうぞ。あ、こういうのあるんです」

作っておいた〈銀の鰊亭〉のカードを出して渡した。これも立派な営業活動。知り合った人に配っている。そういえば間宮さんのお母さんに渡すのを忘れていた。

「お待たせしましたー」

間宮さんとお母さんが、プレートを持って来た。

「はい、特製のランチプレートです」

「ありがとうございます」

間宮さんも座った。

「初めまして！　ここの娘で、間宮ひかるです。どうぞお店の方をよろしくお願いします！」

「こちらこそ！」

「光先輩、もう話しました？　同じ名前だって」

「同じ？」

彼女が少し眼を大きくさせた。

そうだった。まだ名乗っていなかったっけ。

「僕は、桂沢光っていいます。偶然なんですけど、こちらのひかるさんと同じ名前なんですよ」

「私はひらがなで、先輩は漢字です」

へぇ！　って少し眼を丸くして微笑んでから、そうだ、って言って続けた。

「私も名乗っていなかったですね。佐々木です。佐々木翔子。どうぞよろしくお願いします」

佐々木翔子さんか。

【夜の顔】

磯貝公太 Isogai Kouta

勝木章さんは、綾桜先生は、どこからどんなデバイスを使って翔子ちゃんにメールを送ったのか。翔子ちゃんに届いているメールの内容を見ても、あたりまえだがそれは何もわからない。

とんでもないハッカーがいれば、ひょっとしたらこのメールがどこから送られたかわかるのかもしれないが、そんな友人も知り合いもいない。

「このメールだけですね？　その他にここ一ヶ月の間に先生から連絡が来たり見かけたりしたことはないでしょうか」

うん、と、頷いて翔子ちゃんは言う。

「ありません。それだけです」

「ちなみに、その送ったものに対するアドバイスがピンと来なかったというのは、どんなところでしょう」

少し考えた。

「一言で言うと、薄かったです。当たり障りのない感想みたいなもので、悪く言うとやる気ないだろオマエ、って言いたくなる感じでした」

「今まではそんなことはなかった？」

ないです、と、きっぱりと言った。

「だから、変だなと思ったんです。ひょっとして病気か何かで具合でも悪いんだろうかって考えました」

「なるほど」

どういう内容なのか興味が湧いてしまった。

「佐々木さんのスマホではそのＷｏｒｄのデータは見られないんですか？　今ここでは」

「圧縮ファイルなので見られません」

見てもどうということはないだろうが、材料は多い方がいい。

「僕のパソコン宛てにそのＷｏｒｄのデータを送ってもらうことはできますか？　もちろん、僕が見るだけです。どこかに出したりは一切しません」

「いいですよ。メアドは、あ、名刺にありますね」

「それです」

さささっ、と、翔子ちゃんはスマホをいじる。自分もそれなりに詳しいつもりだが、そういうのを見るとデジタルネイティブってやっぱりあるよなぁと思う。

「送りました」

「帰ってから見てみます。ありがとうございました」

これ以上は何もないだろうと切り上げようとした。

「あの、それで先生がその後どうなったかは、見つかったとか、教えてくれるんでしょうか？」

翔子ちゃんが言ってきたので、当然だなと思って頷いた。

「もちろんです。途中経過などはお話しできませんが、何らかの結論が出た場合はきちんとお伝えします。ただし」

間を置いたら、翔子ちゃんは顔を顰めた。

「悪い結果になる場合もある、ですよね」

「それはそうですし、そもそも結果が出ないまま中途半端に終わってしまうこともあり得ます。結局綾桜先生失踪について何の情報も得られずに、この案件を打ち切る、もしくは打ち切られるという場合ですね」

あぁ、と頷いた。

「その場合ももちろんお伝えしますが、仮にそうなったとしても私から得た今までの話は、誰にも言わないでくださいね」

「でも、ひょっとしてですけれど、磯貝さんが捜索を打ち切る、つまり依頼終了になった後で、私が先生について何らかの情報を得る、ってことも可能性がないわけじゃないですよね？」

「その通りですね」

むしろ翔子ちゃんの方が、僕よりもその可能性が高いとも言える。

「その場合はどうしたらいいですか？　磯貝さんに連絡した方がいいんですか？」

「それは、状況によります」

いろいろパターンが考えられる。

「まずひとつ」

「はい」

「僕と別れた後に綾桜先生から何らかの連絡があったのなら、その際には探偵が捜しているなどという情報は決して与えずに、その連絡に対しての返事だけして、すぐ僕に連絡をください。仮に直接見かけた場合にもです」

「見かけたとしたら、後を追った方がいいんですか？」

大胆なことを言うね。

「探偵の真似事《まねごと》をしなくてもいいです。普通はただ見かけたのなら声を掛けたりしますよね？　その後でどうしたかを僕に連絡くれればいいです。もちろん、行き先とか滞在先がわかればそれに越したことはないですけど、むやみに突き止めようなどとはしないでください。

普通はしませんよね？」

「しません」

「いつも通りの行動をしてください。ただ、僕へ連絡するというだけにしてくれれば」

「わかりました」

「もうひとつのパターンとして、僕から見つからないまま捜索を打ち切った、依頼の案件は終了したと連絡が入った後に、綾桜先生とコンタクトが取れたのなら、それはそのまま普通に教えてもらっている先生と出会った、で、終わらせてください。僕に連絡はしなくていいですし、ましてや僕に捜索を依頼した人物に連絡を取ろうなどとは思わないでください」

「私は、先生が失踪しているなんていう事実を知らないっていうことで済ませるんですね？」

「そういうことです。心情としてはすぐにでも連絡を取りたくなるかもしれませんが、本来、佐々木さんには何ら関係のないことです。あなたがそうやって動くことで他人の人生の行く先を左右してしまう出来事に繫がってしまうかもしれません。他の人の人生をその手でどうこうしようなんて思わないですよね？」

少し唇を引き締めてから、翔子ちゃんは頷いた。

「あなたは、以前ホテルに勤務していたと聞いています。ホテルウーマンとしての教育の中でもありませんでしたか？　緊急性もしくは犯罪性があると確実に考えられる場合を除いて、客のプライベートに立ち入ってはいけないと」

「ありました」

どこのホテルでもそういう教育をするはずだ。翔子ちゃんは仕事ができる女性だと思う。

彼女に仕事を辞められたホテルは将来の有用な社員を失ったな。

「それに、探偵の仕事は守秘義務がいちばんです。こうやって協力してくれた直接の関係者への情報提供はしますが、それ以外で情報が漏れることは死活問題です。ご協力くだされば、あなたの今後の人生で探偵が必要なときが訪れたのなら喜んで格安料金で対応しますから」

まぁ探偵に仕事を依頼する事態なんか訪れない方がいいに決まっているんだけど。

「それでは、そういうことで」

「あ、私、今の職場をまた移るかもしれないんです」

「そうなんですか？」

こくん、と頷く。

「違うコーヒーショップでバイトを募集していて、そのお店がとても魅力的なお店で。あの、実は自分で店を開きたくて」

「コーヒーショップをですか？」

微笑んで、大きく頷いた。

ビンゴだったな。さすが腕のある探偵だ。

「そこのお店は理想的なお店なんです。そこでバイトをできる機会を逃したくなくて、今度面接に行くんです」

「それじゃあ、もしもそちらに決まって仕事をするようであれば、連絡先として教えておいてくれると助かります。今聞いておきましょうか？　どこのお店です？」

「江別市なんです」

江別か。それはまた渋いところに。

「〈アーリー・アメリカン〉っていう喫茶店です」

名前を聞いただけで何となく店の様子が浮かんできた。想像する通りの店であれば、確かにいい雰囲気だ。


事務所に戻って、一息ついた。

新しいコーヒーマシンで旨《うま》いコーヒーを落として、飲む。

煙草はこんなご時世なので、この事務所で吸うときには思いっきり窓を開ける。幸い最上階のいちばん奥なので、煙草臭いと苦情が来ることもたぶんないだろう。そもそもこのビルは禁煙じゃない。消火用のバケツに常に水を張ってそこに吸い殻を入れてから捨てることを要請されたけれど、それはかなり臭くなっていけない。

バケツに水は張っておくが、それはあくまで緊急の消火用に取っておいて、吸い殻は蓋《ふた》付きのブリキ缶に入れ、溜まったら水を吸わせてビニール袋に入れ密封して燃えるゴミで出す。

火事には本当に気をつけなきゃならない。時々、ネタとして親しい人間には話すが、これまで人生の中で節目節目に火事がついて回っている。

親戚が、家が焼けてしまって我が家に転がり込んできて、それで家族が崩壊寸前まで追い込まれたことがあるし、初めて付き合った女の子は火事で引っ越ししてしまってそれっきりになった。

そして、刑事を辞めるきっかけになったのも、まぁ火事だった。

本当に、気をつけなきゃならない。このまま火事に縁があるようなら、自分の死因が火事になりかねないんじゃないかって思っている。

「さて」

奈々さんとの契約通り、綾桜さんの失踪に関する情報が入る間は捜索を続けて、そしてその都度報告をする。時間給の連絡もする。

昨日今日に関しては、実働時間は何だかんだで五時間ほどだろうけど、まぁ割引価格だ。五時間のところを三時間にしておいてさらに端数は切り捨てて、昨日今日で一万円でいいだろう。とりあえずそれぐらい稼げれば細々とは生きていける。交通費も地下鉄しか使っていないから、込みでオッケーだ。

奈々さんにＬＩＮＥをする。

【新たな情報を得ています。仕事終わりにご報告させていただきますが、事務所に来られま

すか？ それとも私がギャラリーに伺いましょうか】

すぐに返ってくる。

【八時過ぎに事務所に上がっていきます】

【了解しました】

一応、気を遣わないで済ませられるように、夜の食事はどうしているのかは確認しておいた。見かけたことはなかったが、もう一人スタッフの女性がいるそうだ。夜の食事はその女性と交代で六時過ぎに済ませるとか。

それなら、仕事上がりの時間帯に報告がてら食事でもいかがですか、などと社交辞令のお誘いもしなくて済む。ビルの上と下で連絡には便利だけれど、電話連絡だけで済ませられないっていうのは、ある意味で不便でもある。

意外と、そういうところに気を遣うんだ。刑事の頃でも食事時に訪問したり話を聞いたりするときにはその辺を確認した。そして、実は警察持ちで一緒に食事をしながら話を聞くときもある。あくまでもそれが有効な手段であると判断したときだけだが。

「美味しいお菓子でも買っておくか」

マドレーヌとか、フィナンシェとか、そういう焼き菓子程度なら向こうも変に気を遣わないだろう。個人事務所ならその程度をお客に出すのは普通だ。

何しろ初めてのお客様だ。しかも、女性だ。優しくしておこう。

今日は黒のスキニーのジーンズに白のゆったりとしたシルクのようなブラウス。それに薄手のコートというファッション。ギャラリーをやっているのだから当然のようにお洒落なんだろうとは思うが、本当にファッションが洗練されている。そのままドラマの撮影に行っても通用すると思う。

「さっき買ってきました。僕も甘いものは好きなので」

「あら」

フィナンシェを出すと、笑みがこぼれる。

「〈キャンティ〉ですね」

「そうです。美味しいですよね」

「好きです」

三条通《さんじょうどおり》にあるケーキショップだ。個人経営でかなり昔からあそこにあるから、地元で愛される名店なんだと思う。

「どうぞ食べながらお聞きください。余計な話はせずに要点だけで済ませます。綾桜先生、という呼び方を使いますね」

コーヒーを一口飲んで、こくん、と頷いた。勝木章さんとかご主人とかいろいろあるが、今日の時点ではその名前の人物の情報だ。

「知人や友人には当たれないということを考えて、ファンの方はどうだろうと考えました。あるいは書店員さん、綾桜先生のことをよく知る人間はいないものかと。何か失踪に関する情報を得ている人間はいないものか。もちろん、愛人の存在というのを含めてです」

はい、と、声を出さずに奈々さんは小さく顎《あご》を動かした。少しだけ眉を顰《ひそ》める。

「〈北海道立文芸文学センター〉で講師をしていたことはご存じでしたか？」

あぁ、と、口が少し開いた。

「知っています」

「資料にはありませんでしたが、知っていたけど単に書いていなかった、ということでしょうかね」

「そうですね。サイン会や講演など、その辺りのことは書いていませんでした。いつやったものかなどは私は把握できていなかったので、曖昧《あいまい》なことは書かない方がいいだろうと」

鈴元からアドバイスされたか。どっちにしろすぐにその辺の情報は摑めるだろうから、それぐらいは仕事をさせろなどと鈴元は考えたか。あいつなら言いかねない。

「そこで五年連続で講師をしていらっしゃいました。老婆心《ろうばしん》ながら、今年もスケジュールに入っているのなら、そして本当に失踪しているのなら、それまでにどうにかしなきゃならないですね」

「そうですね」

小さく顎を動かす。

奈々さんはこんな感じの相づちの仕方が癖なのかもしれない。そう思ってみればギャラリーやその類いの人たちが、相手を見ながらする小さな仕草に見えてくる。

「その講座に参加していた学生さんが、少なくとも年に一回その講座で綾桜先生と顔を合わせています。そして、普段から自分の作品についてのアドバイスをメールなどでもらっていたという情報を得ました。佐々木翔子さん、という今は大学を卒業して働いている女性なんですが、聞いたことはありますか？」

「ありません」

すぐに首を横に小さく振った。この人の仕草は本当に小さく微《かす》かなんだけど、それが実にきれいでわかりやすい。印象に残る。見習うといいかもしれない。

「幸い、お会いして話を聞くことができました。実にしっかりとした若い女性です。愛人などという存在では決してなく、本当にただの講師と才能を持っているかもしれない小説好きの学生という関係ですね。本人もそう言っていますし、そこは間違いないかと思います。もちろん、綾桜先生が失踪しているという情報は決して他言はしないようにとお願いしてきました。それも、守ってくれると思います」

そうですか、と、顎を動かした。その瞳の奥を見透《みす》かそうとしたが、何の動揺も気配も感じとれなかった。

最初から愛人を見つけたなんていう話は期待していなかったのか、あるいはそれぐらいの話は最初から予想していたか。

「ただですね、彼女から重要な情報を得ました」

「何ですか？」

「佐々木さんは、二週間ぐらい前に綾桜先生からメールをもらっているんです」

「メール、ですか？」

ほんの少し瞳を大きくさせた。微かに。

「そうです」

正確な日付は言わないでおいた。訊かれたら答えるが、あえてそうした。これは、刑事時代の捜査のやり方だ。

「夫が、その佐々木さんにメールを送ったんですね？　二週間ぐらい前に。正確な日付は？」

訊いてきたか。

「十三日前でした。彼女が考えた小説のあらすじみたいなものにアドバイスをもらいたいと送ったメールへの返信です。これは彼女と綾桜先生の間ではよくあることだそうです。年に数回、多くても二、三回だそうですが、佐々木さんはそういうアドバイスを貰っているそうです」

「それは、つまり」

咽《のど》の辺りが小さく動いた。

「夫は、その、確実にどこかにいる、生きているってことになるんですよね」

「そういうことですね」

確かに生存確認だ。表面上だけだけど。

「ただ、どこからメールしたのかということが気になります。電話は、あなたも言ってましたが繋がらないんですね？　電源が入っていない」

「そうです」

「しかし彼女は、そのメールの内容に疑問点があったので直接訊きたいと電話したそうです。これもいつものことだそうです。しかし、まったく電話に出ない。電源が入っていないのではなく、呼び出しているけど出ない。すぐに折り返し電話をしてくれるのが常でしたが、それもない。おかしいな、と思っていたそうです」

ゆっくりと、奈々さんは頷いた。

「夫は、スマホを二台持っていたってことですか？」

「そうなります。佐々木翔子さんのスマホに入っていた綾桜先生の電話番号は、あなたの資料にあった電話番号とは違うものでした。念のために綾桜先生が同一人物かと確認しましたが、間違いありませんでした。そして電話を掛けてみましたが、確かに呼び出してはいますけど、出ませんでした。間違いなく、スマホを二台ひょっとしたらそれ以上かもしれませんが、持っているようです」

引き締めていた唇が微かに動く。

「二台持っていたのは知りませんでしたか？」

「知りませんでした。いつも使っているものしか。少なくとも私の前では、一台しか使っていませんでした」

そこに、何かあるのだろうか？

奈々さんの様子は驚いてはいるものの、夫が自分に小さな秘密を持っていたのか、という程度のもの。

「それぞれにお仕事をしてらっしゃるので、財布は別なのでしょうか？　つまり綾桜先生が自由にスマホを二台持っていても気づかない程度に。そしてさして驚きはしないぐらいに」

「そう、ですね。実際、夫が仕事道具であるパソコンを買ったりしても、私は家に届いたのを眼にして初めて、新しくしたんだね、と話すだけですから」

「毎日の食費や光熱費などは？　どうされていたんですか？」

「それは、夫から出ていました。光熱費や家賃などは夫の口座から引き落とされますし、食費などは夫から渡されて、それでやりくりを。仮に足りなくなったらもらったり、私が立て替えたり、その都度です」

「お子さんもいらっしゃらないんですものね」

はい、と頷く。

「余計な質問かもしれませんが将来や老後のために貯金など、その辺りはどのようにしているんでしょうか」

これは純粋な疑問だった。

「夫から渡される食費などはそれなりにまとまった金額になるんです。毎月ではないんです。サラリーマンではないですから」

「それは、そうでしょうね」

「印税が入ったときにたくさんまとめてくれる、という感じです。そして私が貯金に回していました。もちろん私自身でも貯金はしています」

子供がいなくて財布が別の夫婦ならそんな感じのものなのか。少なくとも奈々さんから浪費癖の匂いは感じられない。堅実な人間に思える。

「もうひとつ、佐々木さんの話を聞いて、疑問点が出てきました。プロットの添削はいつもＷｏｒｄのデータでやりとりしていたそうです。Ｗｏｒｄは知っていますね？」

わかります、と頷いた。

「スマホでもそのデータを扱えないことはないですが、綾桜先生は常にパソコンでないとそういうことはしていなかったはずだ、と佐々木さんは言います。つまり今回も綾桜先生は二週間前にパソコンから佐々木さんにメールを送ったはずなのですが、当然自宅にあるパソコンは使っていないはずです。しかし、仮にですけど、あなたの留守中に自宅に戻ってそういうことをする可能性はありますかね？」

困った顔をした。

「そう言われると、私は首を捻るしかありません。確かに、私が仕事中に家に戻られてもそれを知る術《すべ》はありませんから」

「あるかもしれない、としか言えませんね」

「そうですね」

やっぱりハッカーが必要になるかな。

「もうひとつの可能性としては、タブレットもしくはノートパソコンを持ち歩いているということなんですが、そういうのは先生は持っていましたか？」

顔を顰めて、首を傾げた。

「タブレットは、あります。でも、それは部屋に置いてありました。ノートパソコンは、わかりません。持っていたのかいないのか。少なくとも家で見たことはないので持っていないと思いますけれど」

「そうですか」

ないのか。でも、きっと使っていたんだろうな。スマホを二台持っていた以上は、タブレットを二台、ノートパソコンも持っていたって不思議ではない。

家にあるのを見たことはなくても、失踪してからでも購入はできるし、ひょっとして別宅があるのならそこに置いてある場合もあるだろう。

「つまり、現時点では少なくとも二週間前、綾桜先生がどこかから佐々木さん宛てにメールを送っていたという事実だけは確認されました。お約束通り、何らかの情報が入る間は捜索を続けますが、よろしいですか？」

少し間があって、僕を見て奈々さんはゆっくりと頷いた。

「お願いします」

「今日までの時給計算です。請求書が必要であれば作りますが」

作っておいた計算書をテーブルの上に滑らすと、一目見て、小さく頷いた。

「わかりました。請求書はけっこうです」

「お支払いは後ほど、都合のいいときでよろしいですが」

いいえ、と、ほんの少し頬が緩んだ。

「これぐらいであれば、その都度お支払いします」

「では、領収書を書きます」

奈々さんが、バッグから財布を取り出す。

「勝木さん、念のためにお願いしておきますが、情報をもらった佐々木翔子さんを探し出して、直接コンタクトを取るようなことはしないでください。僕の方も、佐々木さんにはその旨きちんとお願いしておきましたので」

「はい」

「何か正当な理由があって会いたいということであれば、必ず僕を通していただけますか。これは、無用なトラブルを避けるためのマナーみたいなものです」

探偵が人捜しをするときには、多くの人間に情報を伝えて回らなきゃならない。刑事も同じだが、警察の場合は相手に抑止力が働くが、探偵にそれはない。きちんと確認して、お願いしておかないと、いろんな厄介な事態になりかねない。

奈々さんが、ゆっくりと頷いた。

「むしろ、その生徒さんにご迷惑を掛けてしまったんではないかと心配になりますけど」

「何もないでしょう。聡明《そうめい》な女性だと判断しました、大丈夫です」

一万円と引き換えに領収書を渡す。

これが、探偵としての初めての収入だ。そう考えると何だか感慨深い。折り畳《たた》むことはしないで、そのままうやうやしく受け取り、机に持っていって引き出しにしまっておいた。

「あの、磯貝さん」

「はい」

「うちの、夫のパソコンを調べてもらうことはできますか？」

「ご自宅のですか？」

そうです、と頷いた。

「もしも、夫が私の留守中に戻ってきていて、そのメールなどをしているのであればこれはもう失踪とかではなく、何て言えばいいんでしょうか、ただの夫婦間の問題という話になってしまいますよね」

確かに。まぁ失踪自体も夫婦間の問題の結果と言えばそうなるのだろうけど。

「夫がそういう行動をしているだけならば、このまま捜索を続行してもらうのは何だか恥ずかしいというか、心苦しい気もするんです」

「確かに、そんな状況であるならば、うちに調査代金を払うのもちょっともったいないですよね」

苦笑いをした。

「正確に確認していませんでしたが、あのギャラリーでは奈々さんは雇われ店長という立場でよろしいんですよね？　常にフルタイムでギャラリーに出ている」

「そうです」

そうであれば、綾桜先生は奈々さんが出かけてから戻ってきて、いない間だけ部屋にいる可能性だってなきにしもあらず、か。

何でそんなことをしているのかはまったくわからないが。

「ご自宅はマンションですよね」

「はい。賃貸のマンションです」

「マンションの入口などに、監視カメラとかはありませんか」

残念そうに小さく首を横に振った。

「ありません。管理人もいません。けっこう古いマンションなんです。広いのだけが取り柄なんですけど」

どこか周囲に監視カメラが設置されていれば、戻ってきている綾桜先生の姿を確認できるだろうか。

探してみる価値はあるか。

「今夜はもう部屋にお帰りになるだけですか？」

こくん、と、頷く。

「では、たぶん僕もパスワードの突破はできないでしょうけど、綾桜先生の部屋もまだ見ていないことだし一度お伺いしてもいいですか。周囲の監視カメラの状況なども把握できそうです」

勝木夫妻の自宅は、中央区の南十七条西十二丁目の五階建てのマンション。

確かに古そうではあるけれど、レンガ色の外壁のすっきりした建物で好感の持てる造りだ。

交通手段が市電とバスしかなくどちらの乗り場へも少し歩かなきゃならないものの、住みやすそうなマンションだ。周囲も静かだし、車さえあれば、近くの石山《いしやま》通沿いには店もたくさんある。

マンションの周りを見たが、三ヶ所、監視カメラが設置してある倉庫とマンションと小さな会社を見つけた。録画を確認できるかどうかは、明日連絡を取ってみる。たぶん、一介の探偵には見せてくれないとは思うが、どうしようもなくなったら中央署にいる知り合いに何とか頼んでみる。

「お邪魔します」

「どうぞ」

マンションの四階の部屋は、確かに広い造りだった。３ＬＤＫか。夫婦二人の暮らしなら十分過ぎるほど。

片づいている。そして、良い匂いがしている。インテリアのセンスもいい。壁に掛かっている絵といい置いてあるソファや家具といい、どこかのショールームに入ってきたような感じだ。

これはもう完璧に奈々さんのセンスなんだろう。アート・ギャラリーに勤める女性と結婚するとこうなるのか。

「あ、コーヒーなどはけっこうですよ。確認したらすぐに帰りますから」

仕事とはいえ、ご婦人一人の部屋に夜に長居するのは良くない。経験上、何でもないことからトラブルへと発展する可能性があるのが、そういう状況だ。マンションに入ってくるときだって、誰とも会わないかどうかを注意しながら入ってきた。そういうときに限って、いきなりお隣のドアが開いたりするんだ。今回はなかったが。

綾桜先生が書斎にしている部屋もけっこうな広さがあった。十畳ぐらいはあるか。壁には本棚が並んでいるが、既製品だ。ただ、しっかりと寸法を測ってきちんと並ぶようなものを買っている。

あまり特徴のないパソコン机の上に、パソコン。プリンターは複合機。ファックス機能もある。今はきっとそんなに使わないだろうけど。

テレビもあって、ゲーム機が繋がっている。部屋に他人を入れていた雰囲気はない。ソファもその他の椅子もない。

居間とのインテリア感覚の格差がスゴい。果たしてこの夫婦は上手くやっていけてたんだろうかと心配になってしまうが、それが失踪へと繋がるものなのか。

「特に散らかしもせず、片づけもしない。ごく普通の感じですね？」

奈々さんが、薄く微笑んで小さく顎を動かした。

「一ヶ月に数回、思いついたときに自分で掃除をしていました。私がやることはほとんどなかったです。大掃除のときに、本やそういうものを整理するのを手伝うぐらいで」

そうだろうと思う。でもまぁ、案外こんな感じの方が夫婦ってのは上手くいくのかもしれないし、そうでもないのかもしれないし。

男と女はわからない。それは、刑事をやっていると、いや、やったら痛感する。事件の大半は、ほとんどは、その男と女の感情のもつれだ。

「ちょっといじってみますね」

パソコンの電源を入れる。立ち上がる音がする。ディスプレイにパスワード入力を求める画面が出る。四桁の英文字か数字、あるいはその混合だろう。

「いろいろやってみたんですね？」

「やってみました。誕生日とか、結婚記念日とか、そういう思いつく限りのものは」

ハッカーのような専門業者に心当たりがあるのを思い出した。不思議な装置を取り付けたら、ものの数分でパスワードを当てて解除できる。

「奈々さんがこの部屋に入ることはほとんどないんですね？」

「ありません。月に一回か二回、あるかないかだと思います」

「ゴミ箱の掃除などは？」

「ゴミの日に自分で持っていきます」

「もちろん、他に誰も入らない」

「そうです」

そういう部屋のパソコンに、立ち上げのパスワードを設定するだろうか。まぁするかもしれないが、いちいち煩わしくないだろうか。パスワードの設定をしないようにすることも簡単にできるはずだが。

「ちょっと打ってみますね」

四桁。

最低のパスワードを打ってみる。1・1・1・1。

「ワオ」

思わず声が出てしまった。

立ち上がった。

「え」

奈々さんも後ろで驚いていた。

「やってみませんでしたか？ 1・1・1・1。最低のパスワードなんて言われてますけど」

こくこくと頷いた。まぁ誰もやってみないだろう。でも、事件の現場に残されたパソコンを立ち上げる必要があるときに、とりあえず打ってみることはよくある。たぶん、どこの刑事でも一度はやったことがあるはずだ。

そういう人間はけっこういるんだ。めんどくさいから、とりあえずそれにしとくという人間が。

「メールを確認します」

メールソフトを立ち上げる。ズラリと保存されているメールの件名が並ぶ。送信済みを選んで二週間前を探す。

「ありましたね」

佐々木翔子さん宛てに送ったメールだ。ここから、発信している。

つまり、綾桜先生は、ここに帰ってきている。

少なくとも、この日は。

【夜の奇遇】

桂沢 光 Katsurazawa Hikaru

「江別の〈アーリー・アメリカン〉」

文さんが喫茶店の名前を繰り返した。

「そう」

「ひかるちゃんの実家がそこなのね。実家が同じ飲食店仲間なのね」

そういうのも仲間っていうのかどうかはともかく、確かに文さんもひかるちゃんも実家が飲食店だ。

「美味しかったよ。コーヒーも食事も」

文さんの表情が、何かいろいろ一瞬で変わった。何か考えているような、思いついたような。

「知ってるわ。〈アーリー・アメリカン〉」

「そうなの?」

「写真しか見たことないけど、素敵なお店よね。本当に文字通りのアーリー・アメリカンって感じで」

「そうそう」

本物のアーリー・アメリカンってものをきちんと調べたことないけれど、きっと間違いなくそんな感じ。

「ネットで見たの？」

訊いたら、うん、って文さんは頷いた。

「素敵なお店はチェックしてるの。特に、古いものやそういう感覚を売りにしているところはね」

「それはうちの商売の参考にもなる、と」

「そうね。でもそこのメニュー自体はけっこう普通みたいね。特にアメリカン！　って感じでもなく」

「それはまぁしょうがないよね」

詳しくはないけど。文さんも、そうよね、って頷いた。

「アーリー・アメリカンってことは要するに西部開拓時代の雰囲気。その頃のメニューなんかろくなものはないでしょうからね」

怒られるだろうけど、そうだろうね。

「これでステーキとかでもやっていたらそれっぽかっただろうけど、基本はコーヒーショップですものね」

「うん。コーヒーはかなりこだわっていた感じ。サイフォンと、あとネルとペーパーをいろいろ使い分けていた」

それはたぶんひかるちゃんのお父さんがメインでやっているんだ。ずっとカウンターでコーヒーを落としていたから。

「今度行ってみたいわー。江別ならここからでも一時間よね」

「高速通ればね。休みの日にでも行ってくる？」

「そうなると他にもいろいろあちこち巡りたいから、今度ね。ちゃんとプラン立ててから。コーヒー飲みたくなってきたわ。淹れてくる。飲むでしょ？」

「飲みます」

文さんがささっと僕の部屋を出ていく。足音も立てないで厨房へ向かうのがわかった。

ひかるちゃんを小樽のアパートまで送っていって、そして帰ってきて晩ご飯を食べてまだ夜の八時過ぎ。

今日の予約が入っていたお客様が急に熱を出してしまってキャンセルになったんだ。それで、今日食べちゃわないと鮮度が落ちて、お店では出せなくなってしまう食材を使っちゃって、皆で夜のまかないをささっと食べて、営業終了した。

たまにこういう夜があるんだ。この時間にはもう働いている皆が帰ってしまって僕と文さんだけになってしまう日。

もうお風呂にも入ったし、二人ともテレビはそんなに観る方じゃないし観たいものは録画して後でゆっくり観る。だから、それぞれの部屋でそれぞれに過ごすこともあるけれど、どっちかの部屋で録画したものを観たり、ネットで映画を観たり、いろいろ話したりする夜もある。

遊び歩いていいんだからね、って文さんは言う。

大学生なんだからいろいろあるでしょう、って。二十歳になればお酒も飲めるんだし、デートだってしたりするし。夜はこのだだっ広い家で一人きりになる自分のことなんか気にしないでいいんだからねって。

全然気にはしていない。

火事があってからは警備関係のものはさらにきちんとした。こう見えて、夜誰かがどこかの窓を割って侵入しようとでもしたら、どこの窓だろうと警報が鳴って警備会社に通報が行く。扉の鍵は全部最新式で簡単には開けられない。もちろんこれも無理に開けようとすれば通報だ。

その他にもあちこちに監視カメラがある。何かが動けば録画も開始される。キツネとかタヌキとか半ノラの猫とかが通っても反応しちゃうのはあれだけど、後から確認して、そういう動物の生態を見るのはけっこう楽しい。

とにかく、きちんとしているから、心配で夜は必ず家にいるようにしてる、なんてことはない。

ないけど、そもそも僕は出不精な人間みたいだ。引きこもり傾向にあるとは言えないけれど、大学が終わって真っ直ぐ家に帰ってきてそのままずっといても全然平気な人間だ。だからそういう生活にまったく不満はないけれども、将来は何を、自分は何をして生きていくんだろうってことは、大学に入学した頃からずっと考えている。

母さんは、この〈銀の鰊亭〉を継ぎたいなら継いでもいいとは言う。文さんと話し合わなきゃならないけれど。

もちろん継ぐ必要なんかまったくないので、継がないで、全然別の仕事をしてもいい。地元にいる必要もないし、東京でもアメリカでもイギリスでも好きな場所や国で生きてもいい。

自分の好きなように生きなさいって。

でも、好きなように生きる手段のひとつに、この家を入れておくことは全然問題ないからねって。ずっとここに住んでもいい。住まなくてもいい。

文さんの気配がした。

「開けてー」

「はいはい」

襖《ふすま》を開けると、お盆を持った文さんが立っていた。コーヒーのいい匂い。どうしてか

Ｐａｄを脇に挟んでいる。この部屋にもあるのに。

「ねぇ、光くん」

文さんがコーヒーをテーブルに置いて、一口飲んでから、自分の部屋から持ってきたｉＰａｄを手にして言った。

「彼女ね、ひかるちゃんね、どうして、鉄塔を撮りたかったのかしら」

「え？」

どういう質問なのかよくわからないけど。

「鉄塔を撮りたいって光くんに言ったのは聞いたわよ。確かに鉄塔っていい被写体よね、ってここで二人して話したけれどね」

「そうだよね」

文さんがｉＰａｄをスイッ、といじった。

「たぶん、これがひかるちゃんのインスタだと思うのよ。〈hikaru〉って名前」

「インスタ？」

ひかるちゃんのか。そういえばやってるって言ってたけれど、僕はインスタやってないから確認していなかった。

「ほら」

文さんが僕の横へにじり寄ってきて、ｉＰａｄを見せた。Instagram の画面。確かに

〈hikaru〉って名前になっているけど。

「あーなるほど」

うちの大学だこれ。

「そうよね？　これ、光くんの大学のところよね。そしてこのネコちゃーんが」

「ネコちゃーんが？」

「光くんが、前に言ってた大学の警備員詰所のところにいて、病気になってひかるちゃんと一緒に病院に連れて行ったネコちゃーんじゃないのかしら」

「あ」

チャオだ。

「そうだね。チャオだ。間違いなくこの〈hikaru〉って人はうちの大学の人だ」

もちろん警備員が全員チェックするわけじゃないから、大学の学生じゃなくたって入ってくることはできないわけじゃないけど。

「他にもネコちゃーんの写真がたくさん」

「どうでもいいけどなんで伸ばすの？　ネコちゃーんって」

「この間 Twitter で誰かがそう書いてるのを見て気に入っちゃったの。〈ネコちゃーん〉って」

アクセントは〈ちゃ〉のところ。ネコちゃーん。

そうですか。文さん意外とそういうどうでもいいものに、くいっと引っ掛かってマイブームを作るよね。

「そしてほら、これカフェにいるネコちゃーんもアップしてあるけど、このお店」

そうだ。

「〈アーリー・アメリカン〉だ。ひかるちゃんの実家」

この猫は、スズメだ。田中もいる。ってことは、ひょっとしたらこの猫はいなくなってしまったっていうめろんだ。

でしょう？　って文さんが頷く。

「じゃあ、このインスタは間違いなくひかるちゃんのものか。探したの？」

探したのよ、って文さんは頷く。

「他にもいろいろカワイイものとかアップしているけど、写真上手いわねひかるちゃん」

「そうだね」

上手《じょうず》だ。写真って誰でも撮れるんだけど、そしてどんな素人《しろうと》でも偶然スゴくいい写真が撮れたりはするんだけど、このインスタに載っている写真はどれも、いい。

たぶん、構図とか光の具合とかそういうものなんだろうけど、素人の域を超えていると思う。どこかのカメラマンが撮ったと言われても素直に信じられるぐらいに。

「でもね、鉄塔の写真なんか一枚もないのよ。こんなに何百枚ももうアップしているのに、一枚もよ？」

「うん」

ない。確かにない。

「今日撮った鉄塔の写真は、一眼レフで撮ったものだからすぐにはアップできなかっただろうけど、もうひかるちゃんは自分の部屋に帰ったのよね。きっとパソコンとかで写真データを扱えるわよね。それなのに、今日撮った鉄塔の写真もアップしていないの。それどころか、今日光くんといろいろ回ったときに写真は他にも撮ったんじゃないの？」

「撮った」

一眼レフじゃなくて、iPhone のカメラでも撮っていた。僕の車なんかも撮っていたし。

「それも、ないわ。何か意図があるのかしら」

意図。

今日あちこち行って撮った写真は一枚もアップしていない。それはたまたまなのか、何かの意図があるのか。

建物の写真は、いくつかはある。

「あ、これ磯貝さんの事務所のビルだ」

「あら、本当。札幌行ったときかしらね、やっぱり写真好きはあのビル見たら撮るわよね。絵になるものね」

「撮るよね」

そういう古い建物や雰囲気のある、たとえば古いバス停とかそういう風景の写真もあるけれど。

鉄塔は一枚もない。テレビ塔の写真すらない。

「でも、今まで鉄塔を撮る機会がまったくなかったから、ない、ってことじゃないのかな？」

「そうとも考えられるけれど、何か、このインスタを見つけたときに違和感を覚えてしまってね」

違和感。

「違うわね。最初に光くんから話を聞いたときに、いろいろ想像したのよ。二人の恋の行方を」

「恋ではないです」

少なくとも今は。

「何でそんなことを考えるの」

「だって、愛する可愛い可愛い甥っ子が初めて付き合うかもしれない女の子よ？」

いいえ、初めてではないです。モテるとは言えませんが、付き合った女の子ぐらいは、います。

「どんな子なんだろう、いつ会えるかしら、いい子ならいいわ、とかとかいろいろ想像しているうちに、ふと思ったのね。どうして鉄塔を撮影したいのかしら？　って。そう思った瞬間に何か違和感を覚えてしまってね」

「それで探したの？」

「インスタをね。写真好きな女の子なら絶対にやってるって思って」

よくわからないけど。

「それはどういう違和感なの？」

「どうして、ひかるちゃんは鉄塔を撮りたいって光くんに頼んだのか。確かにそれは本当に偶然だと思うのよ。この間も言ったけど、たまたま知りあいになった大学の先輩が猫好きで、世話好きで、人畜無害そうで車も持っていてアッシーくんとして使えそうだって思ったと思うんだけど」

「アッシーくんはもう死語だよ文さん」

知識として僕は知ってるけど、そもそもそんな言葉を使ったバブルの頃に文さんだって生まれていないでしょう。

「いいのよ。つまりね、ひかるちゃんは以前から撮りたかったのよ鉄塔を。でもそんなに鉄塔を撮りたかったのなら、そんなような写真が他にもインスタに上がっていていいはず。まったくないってことは、撮りたかったのは鉄塔じゃないいんじゃないかって」

文さんが、人差し指を立てた。

「そこに、他の明確な目的、というものがあったんじゃないかって思ってしまったの私は」

「明確な目的？」

「鉄塔が撮りたかったんじゃないのよ。他に何らかの目的があって、鉄塔はたまたまそこにあったんじゃないかしら。でもそれを他人に言うのは憚《はばか》られるので、だから鉄塔撮影を口実にした。しかも余計なことを訊かないお人よしの先輩だから余計にオッケーって感じたんだけど、私おかしなことを言ってるかしら」

おかしなことを言ってるかもしれないけれど。

でも。

ふいに、頭に浮かんできた場面。ひかるちゃんが、まるでプロのカメラマンのように素早く撮っていた場面。

あの家から、人が出てきたところ。

「何か思い当たった？」

文さんが僕の眼を覗き込むように見ていた。

「ひょっとしたらなんだけど、ひかるちゃんは、鉄塔じゃなくて、そこにある何かを探していたのかもしれない」

「何かを探す？　何を？」

「それはまったくわからないけど」

あの不思議な雰囲気の農家の話を、文さんにした。

そのすぐ脇の鉄塔を、ひかるちゃんは撮影した。でも、そこに現れた、たぶんだけどその家の人を見かけたときに、ひかるちゃんの雰囲気が変わった気がした。

「なるほど」

文さんの眉間に皺《しわ》が寄った。

「そんな農家があったのね。Googleマップで見られるかしら」

自分のｉＰａｄで探した。江別のあの辺。

「たぶんこれだよ」

夏に撮った画像だと思う。一面が緑だ。つまりまだ田圃の稲が実る前に撮ったストリートビュー。いつ頃なのかはわからないけど。

「確かに不思議な感じね。田圃に囲まれているのに、ここだけこんもりした林みたいに木がたくさん生えているわ」

文さんが唇を尖《とが》らせた。

「もちろん光くんは北海道に生まれた子なんだから、ここが開拓の地だってことは知ってるわよね」

「一応は」

北海道における開拓民の歴史は、おおむね明治から始まっている。つまりまだ百五十年ぐらいだ。江戸時代から松前藩《まつまえはん》があった函館付近は別にして、だけど。

「江別のこの辺も、確か開拓初期に、開拓されたところよ。だから、こんなふうに木が残っているってことは、ここは開拓の頃から手つかずに残された林なのかもしれないわね」

「ものすごく大きな木だったよ。それこそ樹齢百年以上はあるみたいに」

「でしょうね。それにしても原野や原生林だったところをこんなふうに田圃や畑に変えていった、開拓に入ったご先祖様たちには本当に感心するわ」

「そうだよね」

何にもなかったところなんだ。そこにやってきて、土地を拓《ひら》いていって人が暮らせる町を作っていった。スゴいことだ。まぁ先住民だったアイヌ民族との問題は脇に置いといての話だけど。

「この家の持ち主とかは？」

「わからないけど、ひょっとしたら勝木さんという人」

勝木さん、って文さんが呟く。

「勝利にツリーの勝木？」

「そう」

「その人と、ひかるちゃんは何らかの関係があるということかしら」

もちろん全然何にもわからない。ふーん、と、二人して唸ってしまった。

「まぁ、ただの考え過ぎかもしれないけれど」

「いや」

文さんの考え過ぎじゃないかもしれない。あのとき、間違いなくあの家から出てきた男の人を撮ったときのひかるちゃんの反応は、ただ事じゃなかったと思う。

「いちばん手っ取り早いのは、ひかるちゃんに訊いてみることだね」

「そうね。その結果、恋人候補を早くも失うかもしれないし、二度と〈アーリー・アメリカン〉に行けなくなるかもしれないし、ひょっとしたら磯貝さんに電話することになるかもしれないし」

それはイヤだ。いや恋人候補でもないから会えなくなっても支障はないけれども、危なそうなことで磯貝さんに助けを求めるような結果になるのは、勘弁してほしい。

「あれ」

磯貝さんからLINE。

「噂《うわさ》をすれば、だ」

「磯貝さん？」

「そう」

【これからちょっと伺っていいでしょうか？　文さんも交えてちょっとお訊きしたいことが

あるんですが】

　文さんにそのまま見せた。

「いいわよ。お仕事かしら」

「何だろうね」

　文さんも交えてっていうのは、何だろうか。

【いいですよ。今事務所ですか？】

【実はもう向かっています。高速道路のパーキングにいるので、あと二十分ほどで着くかと】

「だって」

「いいわね。じゃあ美味しいスイーツ用意しておくからって」

「うん」

【新作スイーツの味見をしてください。美味しいですよ】

【楽しみです。飛んで行きます】

　相変わらず甘いものが好きな磯貝さんだ。

「噂をすれば影が差すって本当よね」

「びっくりだね」

「ひかるちゃんのことに繋がらなきゃいいけれど」

「勘弁してほしい」

「じゃあ、コーヒー新しいのを落としましょうか」

本当に飛んできたんじゃないかってぐらいに、磯貝さんは二十分どころか十分で着いた。もっと近くにいたんじゃないんだろうか。スーツ姿だったから、まだ仕事中だったんだ。公私の区別がつかなくなりそうだから、探偵として仕事をするときにはスーツを着るって言っていたから。

「すみません本当にこんな夜中に」

「いいですよ。何だったら泊まっていってください。美味しい朝ご飯作りますから」

「いや、ありがたいです」

実は前からちょっと考えていることがある。

磯貝さんと文さんって、どうだろうってこと。二人とも今は恋人がいないし、磯貝さんは三十六歳で、文さんは三十歳。年齢差だってちょうどいい。何よりも磯貝さんも文さんもお互いの事情を全部知ってるってことだ。何となく性格も合いそうな気がしているんだけど。

新作スイーツのプリンを出して食べてもらったら、思いっきり大きく頷いた。

「これは、美味《うま》いです。イケます」

「イケますよね？」

「十分、単体で売り物になりますよ。買いに来ます」

やっぱりケーキショップを作ることを考えるのがいいかもしれない。ケーキだけじゃなく、別邸を全部使って、それぞれ別のものを売るお店。

「お総菜とか、ケーキとか、パンとか」

「カフェもいいですよ！　この敷地の広さを使わない手はありませんよ。何かここでのんびりできるものをやって、同時にそういう食べ物を買って食べられるように」

専門用語で言うなら、箱はあるんだ。十二分に魅力的な箱が。

「いや、そんなふうにここが拡がるなら嬉しいですね。毎日来ますよ」

「何だったら、〈磯貝探偵事務所〉もここに」

磯貝さんが笑った。

「こんなスゴいところの探偵事務所に依頼に来るのは、間違いなく密室連続殺人事件とかですよ」

そう言って、そうなんです、って磯貝さんは鞄《かばん》から文庫本を出してきた。

「実は今日伺ったのはですね、ちょっと依頼されている案件のことなんです」

「探偵のですか？」

「そうです、こちらに関係があるかもしれないものが出てきて、ちょっと確認をしたかったんですよね」

「うちに?」

文さんと同時にそう言ってしまった。

「お二人ですから、依頼案件の内容を全部話してしまいますけど、もちろんご内密に」

頷いた。もちろんです。

人捜しを頼まれた。札幌在住のラノベ作家が失踪しているらしい。本当に偶然なんだけど、あのビルの一階のギャラリーの店長さんが依頼人で、しかも磯貝さんの元同僚の刑事さんの同級生だった。

「事務所開設の日にそんな依頼なんて、本当に偶然ですね」

「まったくです。あ、この本の作者です。〈綾桜千景〉さん」

「名前は知ってます」

本屋さんで見たことがある。読んだことはないけれど。

「そもそもライトノベルは読まないものね」

「うん」

「それでまぁ、いろいろと捜していたんですが多少手詰まりになりましてね。改めてこの綾桜さんの著作を全部チェックしたんですが、この本が見つかりましてね」

「『魚猫館《うおねこかん》のさくらちゃん　報酬は肉で!』?」

古そうな旅館っぽい建物をバックに、可愛らしい女将《おかみ》さんっぽい人と猫のイラストが表紙だ。スーツ姿の男性もいるけどミステリのラノベなら刑事さんとかそんな感じだろうか。

「てんこ盛りのタイトルね。どこをツッコんでいいのか迷うわ」

「確かに。この作品、舞台は小樽でして、しかも丘の上の歴史ある旅館の周辺で起こる様々な事件を、この猫と若女将が解決するって話でね」

猫と。三毛猫ホームズ的にだろうか。

「それは、ひょっとして」

文さんが言うと、磯貝さんは頷いた。

「この丘の上の旅館っていうのが、明らかに〈銀の鰊亭〉がモデルだなと思われるんですよ。読んでみるとわかりますけれど、旅館の内部構造などは確実に〈銀の鰊亭〉なんですよね」

「来たことがないと、書けないぐらい」

「その通りです。そうです。そして若女将の名前は綾子《あやこ》なんですよ」

綾子。

「それって、うちの母ですかね」

母さんは、文さんの姉の名は、綾《あや》。

「その可能性はなきにしもあらずかな、と思いました。でもペンネームが〈綾桜〉で、しかもこの猫の名前が〈さくら〉ですから、自分の名前から取ったとも考えられますけど、何せ旅館が明らかにここなんです」

「うちに取材に来たことがあるんですかね」

「それを、確認したかったんですが、文さんは当然、まったくわからないですよね」

ゆっくり文さんが頷いた。

「一ミリも。姉に訊いてみますか？」

「そうしていただけると」

「あ、僕電話するよ」

iPhoneで電話したら、すぐに出た。めんどくさいのでスピーカーにする。

「母さん？」

（どうしたの？　何かあった？）

「いや、何もない。ちょっと〈銀の鰊亭〉のことで訊きたいことがあるんだけど、今いい？」

（いいわよ。なに？）

「スピーカーで文さんも聞いてるからね。あと磯貝さんも」

（あら、磯貝さんも？　お久しぶりです）

「どうもご無沙汰《ぶさた》しております。こんな夜遅くにすみません」

（まぁじゃあ磯貝さんからの質問？）

「すみません。ちょっと仕事のことでどうしても必要で」

（いいですよ。それで？　どんなこと？）

「以前にさ、小説家さんがお店に取材に来たことあった？　もしくは泊まりに来たこと。ペンネームは〈綾桜千景〉さんなんだけど。ライトノベルの作家さん」

（あやざくらちかげ？　ライトノベル？）

「そう」

んー、って言いながら少し沈黙があったので、あ、これは覚えがないなってわかった。母さん、記憶力はすごくいいから。

（ないわね。少なくとも小説家さんが表立って取材っていうのは、私が覚えている限りでは、二人だけ）

名前を出したけれど二人とも北海道には住んでいない、けっこう有名な作家さんだった。

「来たんだその二人」

（何年前かしらね。もう十年ぐらい前かしら。それ以外に取材っていうのはテレビ局とか新聞社ぐらいね。あ、ドラマで使わせてくれっていうのはけっこうあったけれど）

「そういうのは断っていたものね」

（うん、そう。そのあやざくらちかげさんの本名がわかるんだったら、もしも泊まったのなら宿帳を見ればわかるんじゃないの？　本名を書いていれば、の話だし、調べるのは大変だろうけど）

「そうだね」

磯貝さんも頷いた。

「綾さん、ありがとうございました」

電話を切る。磯貝さんが少し息を吐いた。

「やはりわかりませんでしたね」

「調べてみますか？　本名もわかっているんですよね」

いやいや、って磯貝さんが右手を軽く上げた。

「いつ来たかもわからないのに、宿帳を全部調べるほど重要ではないです。ここに泊まったことがわかったからって、何の進展もないんですよ。ただ、もし綾さんが知っていて誰かと一緒に来たことを覚えていたのなら、っていう一点だけだったんで」

「その綾桜さんが、失踪ではなく、愛人と一緒にいるかもっていう部分ね？」

「そうです。いかにも愛人と来そうじゃないですか？　こういうところは」

笑った。確かにそうかも。

「お騒がせしました。もう大丈夫です」

「念のために、本名教えておいてください。暇なときに宿帳めくってみますよ。どうせいつも夜はいるんだし」

そうですか？　って磯貝さんが済まなそうな顔をした。

「勝木と言います。勝利の勝つに樹木の木、名前は章。それこそ小説の一章二章の章ですね」

「勝木？」

「勝木？」

文さんと二人で同時に言ってしまって、その様子に磯貝さんが少し驚いた。

「名前に覚えがありますか？」

「覚えというか」

その名前を、さっき二人で話したばかりだった。

【偶然という名の運命】

磯貝公太 Isogai Kouta

「えーと、どこから話せばいいかな」

「初めから全部じゃないの？　そうしないと話が通じないわ」

光くんと文さんがそう言い合って、光くんが話し始めた。

「大学で、後輩の女の子と知り合ったんです。猫を通じて」

「ネコちゃーんよ」

猫ちゃーん？

そして、鉄塔。

さらに、農家。

これが三題噺《さんだいばなし》のお題ならどんな話になってくるというのか。綾桜先生ならどんな物語を編んで行くのか。加えて、可愛らしいカメラ好きの女子大生とは。

そして、どうやら勝木という名字を持つ人物がいた。

「光くんにそんな素晴らしい出会いが訪れていたなんて」

「出会いって」

「そう、出会い！　って思いますよね？　少女マンガの冒頭のプロットでも十分おもしろいですよね？」

「イケますね。私が編集者ならそれで行こう！　と言います」

しかも、光くんに、ひかるちゃんときた。

「そういう偶然を奇跡と呼んでもいいんですよ光くん」

滅多《めった》にあることじゃない。

「本当に磯貝さんも文さんもおんなじ感じでネタにしますよね。それを言うなら、僕から見ると二人の出会いこそイケるって思うんですけど」

「二人？」

「私たち？」

文さんが自分を指差して、それから僕を見た。

二人って、僕たちのことですか。

「なるほど、年齢的には確かにちょうどいいですか。そして、お互い独り身《ひとりみ》ですしね」

「そうね。それこそお互いにけっこう過去をいろいろ知ってしまったし、そういう意味では少なくとも腹蔵《ふくぞう》なく話ができて、合いますよね」

「合いますね。ストレスなく話ができるでしょう。光くん、そういうのは大事だよ。人間関係なんて、話さえ合えば二十年は持つんだ。そのひかるちゃんとはストレスなく会話が成り立つんじゃないかい？」

「何の話ですか。それよりも、勝木さんじゃないですか」

もちろん、わかってる。

勝木さん。

手詰まりになって、綾桜先生の著作をローラー作戦で全部調べていたら、たまたまこの『魚猫館のさくらちゃん　報酬は肉で！』に行き当たった。同じ北海道に住んでいるんだから、〈銀の鰊亭〉のことを知っていても不思議ではないし、ミステリ作家ならば十二分に魅力的な素材だから使って当然、と思った。

本当に何かに行き当たるとは思っていなくて、息抜きのつもりだった。ここにやってきて、それこそこれをネタにして、文さんや光くんと楽しい時間を過ごそうと考えていたんだが。

まさか勝木さんに行き当たるとは。

「勝木という比較的珍しいであろう名字がそうそういるとは思えませんから、その江別にいる勝木さんは、綾桜先生の親戚なり何なりの関係はあると思えますね」

文さんも光くんも頷いた。

偶然だろう。あくまでも、偶然だ。ただ、その偶然が何かしらの、それこそ運命の出会いというものを連れて来ることだってある。

「親戚かどうかは、勝木さんの奥さんに訊けばわかるでしょうし、ひょっとしたら年賀状の住所録に書いてあったかもしれません」

今持ってきていなかったのが残念だし、どうせ友人知人には当たれないと細かくチェックしていなかったのも不覚だった。江別市にそういう人物がいたかどうかも今ここではわからない。

「でも、親戚だったとしても、何の進展もないかもですね。親戚なら失踪しているってこともまだ言えないんだろうし」

光くんが言う。その通り。

「確かにそうです。ただの親戚だとしたらですね。それよりも気になるのはひかるちゃんの方じゃないですか？」

「気になりますよね」

文さんの眉間に皺が寄った。文さんは普通にしていてもチャーミングな女性だが、そうやって表情を崩すとより可愛さが引き立つ。

「偶然による運命だとして、ひかるちゃんもひょっとしたらその綾桜先生を捜しているとかは考えられる？」

文さんが真面目《まじめ》な顔をして言うが、それは、どうだ。

「可能性はゼロではないでしょうが。まさかそれほどの運命的な偶然があるとは思えませんが」

「ひかるちゃんが、綾桜先生の愛人だとか？」

「いや光くん、それこそないでしょう」

「ないですよね」

さすがにそんなことがあったら、何だか人生を真面目に生きていくのが嫌になってしまいそうだ。

「いずれにしても、ひかるちゃんの件に関しては、その農家から姿を現した男性が重要な鍵を握るということになりますか。何せ、ひかるちゃんはその男性の姿を見かけたときに明らかに変わったんですよね？　雰囲気が」

「変わりました」

光くんが頷きながら、少し眼を大きくさせた。

「じゃあ、あの男性が綾桜先生だったりする可能性というのは」

「可能性としてはありますね。顔は覚えていますか？」

iPhoneを取り出して、入れておいた綾桜先生の写真を出した。

「この人が、〈綾桜千景〉こと勝木章さんですけど」

光くんがディスプレイを覗き込む。光くんに顔をくっつけるようにして文さんまでもが覗き込んだ。

眼を細めていた光くんは、首を横に振った。

「遠かったのではっきりとは顔がわからなかったんですけど、たぶん違います」

「でしょうね」

そんなに上手く行くなら世の中苦労しない。

「全然別人ですね。農家から出てきた男の人の印象は細身で、髪の毛も少し長めでした。綾桜先生の印象は、中肉中背ですよね」

「印象がまるで違うんですね」

「違います」

光くんの眼や感覚は信用できる。

「だとしても、ひかるちゃんが何故その農家の男の人を撮影したのか、何があったのかは本当に気になるところですね」

こっちの失踪事件には何の関わりもないだろう。あったら困ってしまう。ただ勝木という名前が偶然というには、でき過ぎな偶然だ。

「ひかるちゃんに直接訊いてみましょうか？」

光くんが言う。

「こっちの失踪事件のことは隠しておくとして、僕がどうしても気になるからって。あの農家の男性に何かあるの？　とか」

「それは」

どうだろう。考えてしまった。

ライトノベル作家の失踪と、カメラ大好き女子大生の秘密の行動。共通点は、勝木という名前。こっち側で勝手に交わらせてしまって、誰かに何か不利益や不都合が生まれてしまう可能性があるかどうか。

「まず、その農家の勝木さんが、勝木章さんとどういう関係かを判明させてからにしましょうか。それは、今から事務所に帰って住所録を当たればたぶんわかるでしょう。わからなかったら」

時計を見た。十時を過ぎている。奈々さんに電話するのが手っ取り早いが、依頼人とはいえ、女性に電話するのにはどうだろうか。いやどっちにしても。

「ひかるちゃんに確認するにしても明日になるでしょうね？」

光くんに訊くと、頷いた。

「ですね。夜中に電話やＬＩＮＥでいきなりそんな話をするのもなんだと思うんで、大学に行って直接訊いた方がいいですよね」

「であれば、僕も明日の朝には依頼人に確認できます。その結果を受けてからにしましょう。ひかるちゃんに先に訊いたところで、『別に何にもないよ』と言われてしまったらそれまでですし、せっかくの光くんのロマンスが台なしになってしまうかもしれませんから。こっちで確認して、それで何か結論が出れば、ひかるちゃんに訊かずに済むでしょう」

うん、と、文さんは頷いて、何か言いたそうな顔をする。

「何かありましたか？　他に気になることが」

「首を突っ込むのはあれなんですけど、その綾桜先生ね。さっき話の中で、メールを家から送っていたって言いましたよね。ある関係者の女性に」

「そうです」

「こうしてうちに話をしに来たってことは、監視カメラでは確認できなかったんですね？　その奥さんが仕事中の昼間に、綾桜先生がマンションに出入りしたかどうか」

頷いた。文さんもよく頭が回る。

「さっきの話の中では省きましたけどね。マンションに監視カメラはなかったんです。古いマンションでしてね。ただ、向かいにあった会社の倉庫の監視カメラがちょうどマンションの玄関の方も映る位置にあったので、中央署の知り合いに頼んで、一緒に見せてもらうことができたんです。そのメールを送った日付のものを」

「映っていなかったんですね？」

「いませんでした」

何人か、マンションに出入りした人物はもちろんいたが、どれも綾桜先生とは特定できなかった。

文さんが、首を傾げる。

「変なことを言っちゃいますけど磯貝さん」

「はい」

「メールって、日付時刻指定で、自動発信できますよね」

「できます」

「そこにいなくても、いたようなアリバイ作りはできますよね」

うん、って光くんも頷く。そこにツッコミますよねやっぱり。

「僕ももちろん考えました」

まるで綾桜先生が、昼間にマンションの部屋に帰ってきたかのような偽装をしたという可能性はないかどうか。

「可能性はあるものの、何故そんなことをするのかという合理的な理由が何もないんですよ。それができるのは、おそらくその奥さんか奥さんにかなり近しい関係者でしょうけど、そんなことをして何になるのか、と。いくら考えても、やる理由がないんです」

「そうよね」

文さんは口を少し尖らせる。

「その奥さんは依頼人で、夫である綾桜先生を捜してほしいって頼んでいるんですものね」

「そうです」

「ましてや、元同僚の刑事さんを通じてなんだから、まったくわからないとんでもない理由で磯貝さんを嵌《は》めようとしているってことも、ないわよね」

「あり得ません」

いや、この世に絶対ということはないが。

「少なくとも、依頼人の奥さんと私には、過去においても一ミリたりとも関係がありません。私を騙そうとか嵌めようとする理由は見当たらないんです」

しかし、間違いなく誰かがメールを送っているはず。

「ただ」

考えてはみたものの、それを確認するのは手間暇もかかるし、たぶん無駄足になるので考えないようにしていた。

「過去に一ミリも関係がないとは言いましたが、私の知らないところで関係があったかもしれないという可能性はなきにしもあらずです。そしてひょっとして恨まれていたりする可能性も」

「過去の、磯貝さんが刑事として担当した事件で、ですね？」

光くんが言う。この甥っ子と叔母は、本当に捜査に向いている。光くんの父親は弁護士なんだから血筋とも言えるけれど、母方の方は商売人としての気質か。細かいところにまで気が回る。

「そうです。私は何十件もの強盗事件や十数件の殺人事件も捜査してきました。その中の関係者に依頼人である奥さんがいて、私にはわからない理由で恨まれていて、今回何かしらの陰謀で嵌められている、というのは確かに考えられますが」

肩を竦《すく》めてみせると、光くんも頷いた。

「それは、ひかるちゃんが綾桜先生の愛人だっていうのと同じぐらい、まぁないでしょうってことですね」

「そうです。まず、あり得ない」

「でも、事件ってあり得ないことが起きますよね。うちの火事みたいに」

それは確かに。

☆

事務所のビルはもちろん警備会社の防犯システムは入っているが、それはそれぞれの部屋だけで、正面玄関はいつでも開いているから二十四時間いつでも出入りが可能なのがありがたい。まぁ防犯上はあまりよろしくないのだが。

小樽から事務所に戻って、すぐに鈴元が用意してくれていた資料を出す。

コピーされた年賀状の住所リスト。

五十音順になっているから、〈か〉の欄だ。

勝木。

いた。けっこうな人数がいる。全部で九人。

（そんなにか）

同じ名字を持つ家族が九軒というのは、どうだろう、わりと多い方じゃないだろうか。磯貝の名字の親戚は、知ってる限りでは三人しかいない。さかのぼればまったく疎遠になった人がいるかもしれないが。

江別市の住所は二人いた。

「勝木茂《しげる》、か」

そしてもう一人。

「勝木徹《とおる》」

勝木家には、生まれた男の子の名前は一文字にすべし、という家訓でもあるんだろうか。鈴元と奈々さんで印をつけてくれているんだから、家族もしくは親戚縁者で確定だろう。赤の他人という可能性は限りなくゼロに近い。茂さんも徹さんも、勝木章さんとの続柄は何も書いていないから、どういう親戚なのかは訊いてみないとわからない。

「親戚、か」

間違いなく親戚なんだ。光くんのロマンスの相手になるかもしれない、ひかるちゃんが撮影した人物は、このどちらかで間違いない。

綾桜先生の、勝木章さんの親戚を、ひかるちゃんは撮影したかった。茂さんか徹さんのどちらかを。いや、どちらか誰かもわかっていなかったかもしれない。名前を確認したというふうに見えたと光くんは言っていたから、勝木さんという名前すら知らなかったんだろう。

「誰かは知らないけど、そこにいるであろうことは知っていた、か」

何故、そんな人物を撮影したかったんだ？

そこに何か理由があった。

ひかるちゃんは、急いではいなかった。光くんと出会って足を確保できたことで生まれた機会だったんだろう。

急いではいなかったけれど、確実にその人物を撮影したかった。どんな男なのか確かめたかったのか？

それは。

「ひょっとして、証拠、か？」

その人物がどんな男であるのかを、何かの材料を集めて、何らかの証拠を得ようとしていたのか？

人物同定。顔写真を手に入れることなんか、捜査の基本中の基本だろう。

「いや待て」

そもそもひかるちゃんは、何故その男が鉄塔の側《そば》の家にいるだろうと知ったんだ？　人口何十人のど田舎じゃないんだ。江別は確か人口十万人以上の都市だ。札幌に隣接しているから、どこから札幌でどこから江別かわからない人だっているぐらいだ。

そしてやたら広い。

自分が調べたい男が、何故そこにいるとわかったのか。それを知ったのは、どうやって、か。

「謎だな」

光くんのためにも、こいつも何とかしたいな。そもそも、勝木さんが関わっているんだ。

アート・ギャラリー〈ｎｅｏ〉のオープンは午前十時。九時半にはもう来ているだろうと踏んで、下に降りてみた。

ガラスの扉の中を覗くと、案の定、奈々さんの姿はあった。ノックをするとすぐにこちらを向いて、笑みを見せて頷いた。

「おはようございます」

「おはようございます。すみません、朝から」

いいえ、と言いながらどうぞ、と身体を引く。

「お邪魔します」

何度も道路に面したウインドウ越しに中は見ているが、入ったのは初めてだ。絵画が壁一面に並んで、オブジェも飾られている。

「何かありましたか？　あ、コーヒーでも」

「いえいえ、ひとつだけ確認したいことがあったんです。電話でも良かったんですけど、上にいるのに電話もなんだと思いまして」

奈々さんはそうですね、と微笑む。持ってきたリストを開いた。

「住所録にあった江別市の〈勝木茂〉さんと〈勝木徹〉さんは、綾桜先生とはどういうご関係でしょうか？」

何の反応も見せずに、奈々さんは素直に小さく顎を動かした。

「茂さんは、伯父《おじ》にあたる方です。夫のお父さんの兄ですね」

「伯父さん」

「徹さんは、弟です」

「弟？」

はい、と、頷いた。

「私にしてみると、義理の弟ですね」

弟さんか。文字通り、家族だったのか。

「あ、それで、茂さんのところには、お姉さんもいます」

「お姉さん」

「夫の姉ですね。私の義理の姉です。三姉弟《きょうだい》なんですよ夫は。茂さんは農業をやられていて、夫の姉の美代子《みよこ》さんはそこを引き継ぐ形でやっています。徹さんもそうですね」

農業を。

「じゃあ、勝木章さんだけが、一人違う道に進まれたんですね」

こくん、と、頷いた。

「そういうことになりますね。あの、伯父や義姉《あね》、義弟《おとうと》に何か？」

「いや、そういうことじゃないんです。ご存じの通り少し捜索が手詰まりになったので、綾桜先生の家族関係をきちんと整理しようと思いまして。意外とそういうところから何か手がかりが出ることもよくあるものですから」

「そうですか」

お姉さんと弟さんが、伯父のところで農家をやっている。それは、あまりあるパターンではないと思うが。

「これは素朴な疑問なのですが、お姉さんと弟さんが二人とも伯父さんの農家をやるようになったのに、何か特別な事情みたいなものがあったんですか？　たとえば、伯父さんは独り身だったとか」

少し首を傾げた。

「どうでしょう。特別な事情と言えるのかどうかわからないですけど、伯父夫婦に子供がいないのは確かですね。そして、義姉は学生の頃から手伝っていたと聞いています。それと、義弟ですけど」

わずかに、眉を顰めた。

「義弟の徹さんは、少しなんですけど知的障害があるようです。普通に生活はできるんですよ。でも、身内で農業をやっているんだからと」

「なるほど」

身体を使った仕事をやってもらった方がいい、ということか。

「それで、お姉さんと一緒に、ですか」

「そうだと聞いています。でも、徹さん本当に優しくて素直な良い子なんですよ」

なるほど。

「普通の質問で他意はないのですが、綾桜先生、章さんとお姉さん、弟さんの仲はどうなのでしょうね」

これも、少し首を傾げた。

「私は兄弟姉妹がいないのでよくわからないですけど、極端に仲良しとは言えないと思いますが、ごく普通の姉弟だと思います。悪口とか夫から聞いたこともないですし」

「奈々さんは、その江別の方には行かれることはありましたか。先生と一緒にでも」

「結婚してから、お正月には必ず。その他では、車で近くを通ったときには顔を出していました。それぐらいでしょうか」

普通、か。

そして、姉弟がいたとは。

☆

「伯父さんと、弟」

「その綾桜先生の？」

ランチタイムが終了した〈銀の鰊亭〉。

夜のお客さんを迎える前にお邪魔して、話をした。残り物ですけどと出してくれたバナナのフリッターがとんでもない美味しさで、心底〈銀の鰊亭〉はこういうものを出す店を開いた方がいいと思ってしまう。

「そうなんですよ」

失踪した人間の家族構成は、普通なら最初に確認するような事項だが、今回は依頼のときに鈴元がいたことと、家族親戚友人には知られたくないというのがあったので、無関係だろうと決めつけまったく気にも留めていなかった。

「でも、無関係なんですよね。失踪には」

「おそらく、ですけどね。奥さんの様子からも、もしかしたら夫婦間の問題で失踪になって姉弟が隠している、なんていうのもないようでした」

うーん、と、光くんが腕を組んだ。

「失踪した小説家の、伯父か弟」

「その人を、ひかるちゃんは撮影したわけですね」

「まったくどう繋がるのか、繋がらないのかさえわかりませんね」

「その通り」

これはもう、ひかるちゃんに直接訊いてみるしかない。

「今日は大学で会いましたか？」

「講義は午前中だけだったし学部が違うので。特にＬＩＮＥとかも来てないです」

「まだ付き合っていないんですね？」

「付き合ってません」

「伯父と弟じゃ、年が大分違うわよね。光くんの見た感じでは若かったんでしょう？」

文さんに言われて、光くんが頷いた。

「印象としては、若かったよ。でも、二十代かもしれないし、若い印象の四十代五十代かもしれない。断言できるのは少なくとも七十代以上ではないなってぐらいの幅」

遠目から見た男性の印象なんか、よほど印象的なものがないとそんなものだ。

「やっぱり、確認した方がいいですかね？　磯貝さん」

「正直に言えばものすごく興味があるし、何かこちらの失踪案件に繋がるものが出てきたら助かるから訊いてほしいのですが」

何が出てくるかわからない不穏なものも感じる。

「反対に、若い女の子を困らせたり変なことに巻き込んだりするようなことはしたくない、というのも本音です」

また、うーん、と光くんが唸る。確かに、これは困ると思う。

「何でもないことのような気もしますけど」

ただ、これだけ光くんが困るというのは、ひかるちゃんの態度に本当に何かただならないものを感じたからだろう。

「文さん、何してるの」

光くんが言う。

さっき、突然何かを思いついたように、ずっとｉＰａｄで検索か何かをしているようだった。何をしているのかと思っていたけど。

「ちょっとね、思い当たっていろいろ検索していたの」

「何に思い当たったの」

「ひかるちゃんがね、農家の男の人を撮影した理由」

「え？」

今までの話の中で、何を思いついたと言うのか。

「少し前に、どこかでそんな話題を見たような気がするのよね」

「そんな話題って？」

「うーん、消しちゃったか、消されちゃったか」

文さんが顔を顰めながら言う。

「Facebook、LINE、Twitter、インスタ、どこで見たんだったかな」

そんなに全部文さんはやっているのか。

「あ、あった」

文さんが、手を軽く振った。

「光くん、ひょっとして、これじゃないの」

「何？」

「ひかるちゃんが、農家の人を撮影した理由」

「理由」

「ネコちゃーんよ」

「ネコちゃーん？」

Twitterだった。文さんはこっちにｉＰａｄを向ける。

検索して出てきたのは。

「虐待《ぎゃくたい》、ですか」

「動物を殺してる？」

飼い猫や半ノラ、もしくは迷い犬、あるいは保護された犬猫をもらい受けて、それらを虐待して殺している人物がいるのでは、と、おおまかにそういうようなツイートか。

「けっこうリプライがありますね」

証拠もないのにそんなこと上げるな、とか、ひどい、とか、通報しろ、とか、ありとあらゆるリプライがついている。まぁそんなものだろう。

「これは、場所の特定がないけれど、札幌圏ってことなのかな」

「そうみたい」

「このツイートをした人物が指摘している、犬猫をその男に引き渡した保護施設が札幌にあるってことですね？　ちょっと詳しく見せてください」

全部読む。削除されたツイートもあり、全容があまりはっきりしないが、最初にツイートした本人も現場を見たとかそういうことではないようだ。

「死んだ犬を抱えていたっていうのはちょっとホラーですね。ここだけ妙にリアルな感じがあります」

「でも、どこで見たのかも書いていないし、このツイート主もなんかちょっとアレな感じですよね。あ、動物を虐待して殺すっていうのは、警察沙汰ですよね？」

光くんが言う。

「もちろんですよ」

動物愛護管理法という立派な法律がある。

「警察に一報していただければ、所定の係が受け付けます。生活課とかそういうものがありますからね」

逮捕だってできる。

「こんなことをしている男がいるんじゃないか、っていうあやふやなツイートですね。まったくはっきりしていないからわかりませんけれど、こういう男をひかるちゃんが見つけたってことですか？」

文さんが頷く。

「そうじゃないのかしら。ひかるちゃん、実家で飼っていた猫が連れ去られたかもしれないんでしょう？」

「そう言っていた」

「ひょっとしたらこういう男に連れ去られてて殺されているかもしれないって考えたとしたら？」

「その男を見つけたかもしれないけど、証拠がないから、まずは写真を撮ったってこと？」

「それが、農家の男。綾桜先生の伯父か弟ですか」

話としては通じないこともないが。

「それにしたって、何故見つけたか、ですね」

「あ！」

光くんが、手を打った。

「航空写真！」

「航空写真？」

「ひかるちゃん、グライダーに乗せてもらったって！『お願いしたら、鉄塔の上も飛んでくれたんです』って言ってた！」

グライダーからの写真。

「偶然、男が犬猫を殺しているところを撮った、ですか？」

「考えられるよね？　それがあの鉄塔のところだったら？」

【猫と人はどこへ行った】

桂沢　光 Katsurazawa Hikaru

確かにひかるちゃんはそう言っていた。

グライダーに乗せてもらったって。

「そういえば、僕も飛んでいるのを見たことあります。グライダー」

「あるわね、滝川にそういうのが。江別の河川敷に発着場があるのは知らなかったけれど」

文さんがｉＰａｄをいじりながら言う。

「あぁ、ここねグライダーの発着場。確かにあるわ」

「そのときに、鉄塔の上を飛んでいたときに、望遠レンズを付けたカメラを構えていたら、男が鉄塔の近くか自分の敷地内で犬とか猫を殺して、あ、その現場じゃないか。それなら通報するだろうから、何かを埋めているのを見つけたんじゃないかな？」

「それが、犬猫の死体のように思えたってことかしら。あるいはしっかりと見えたかカメラで捉えた。そうして虐待のツイートと結びついて、自分のところの猫もそうやって埋められているんじゃないかって？」

「そこの家の死んじゃった犬猫かもしれないし、それはもちろん見ただけじゃわからないから、誰にも言わないで一人で調べようとしているのかも」

言ったら、なるほど、って磯貝さんが頷いた。

「その場所が、勝木さんの家の付近の鉄塔だったんじゃないかと当たりをつけていたんですね、ひかるちゃんは」

「たぶん」

「空を飛んでいたときには、おおまかな場所しかわからなかったのねきっと。土地鑑《とちかん》がなかったんじゃないかしら、ひかるちゃん。この辺には。だから、直接行ってみて写真を撮りたかったのよ」

「あわよくば、動物虐待の犯人じゃないかと思われる男のはっきりとした写真を撮って、何らかの証拠にしたかった、ですか」

文さんと磯貝さんが顔を見合わせながら言う。やっぱりこの二人って気が合うというか会話のリズムがピッタリというか。でも、この調子で二人でずっと怪しい事件の話を目の前でされたら、ちょっと鬱陶《うっとう》しいかもしれないけど。

うーん、って唸りながら三人で顔を見合わせてしまった。

「しっくり来ますね」

「来るわよね」

「なんか、そんな感じ」

もしもそうだとしたら、ひかるちゃんは写真を撮ったこの後、どう行動しようと思っているんだろうか。それとも満足しているんだろうか。

「仮にね、磯貝さん」

「うん」

「こっそりこの勝木さんのところの土地を掘って、犬猫の骨が出てきたら、警察としては？」

「いや、犬猫の骨だけじゃあ何もできませんよ。そもそも他人の土地にこっそり入って掘ってはダメです。逆に捕まりますよ」

「そうですよね」

それはそうだけど。

「仮に犬猫の骨が見つかっても、そうですねぇ、何十体もの骨でも見つかるという異常な事態にならない限り、警察は捜査には入りませんね。五、六体分の骨が見つかったところで、それこそ古くからの農家なんですよね？　だとしたら、今まで代々家で飼っていて死んじゃった犬猫をここに埋めていたんだって言われて、実際に飼っていた証拠でもあったらそれで終わりです」

「そうよね」

文さんも頷いた。

「実は、うちにも死んじゃった犬や猫のお墓があるわ。敷地内に」

「え、あるの？」

全然知らない。

「前に聞いたことがあるわ。光くんが生まれる前の話なんじゃないかしら、ここで犬猫を飼っていたのは。きっと姉さんなら知ってると思う」

そうだよね。文さんはまったく昔のことを覚えていないんだから。

そうか、ここにもどこかに犬猫のお墓があるのか。

「ペットの骨のＤＮＡ鑑定なんてできましたっけ？」

磯貝さんに訊いたら、頷いた。

「捜査としてはやったことないですけれど、できますよ。ペットの医療関係とか血統書関係で親子の鑑定とかですね。お金はかかりますけど。だから」

そうですね、って磯貝さんは少し考えた。

「少なくとも僕がいた署で前例はないはずですけど、仮にいなくなったひかるちゃんのところの猫の毛と断定できるものが家に残っていて、そしてそこに埋まっていた骨もＤＮＡ鑑定をして同一の猫だと断定されれば、それは有力な証拠にはなります。ただし」

「その人が猫を連れていったという証拠がなければ、犯罪にはできないわよね？　迷い込んできた猫を飼っていたら死んでしまったから埋めた、と言われちゃったらそれで終わりね」

文さんが言って、そういうことですね、って磯貝さんは頷いた。

「殺人事件と同じってわけにはいきません。その人の家の庭に人骨が埋まっていたら、それはもうかなり有力な殺人の状況証拠にはなりますが、犬猫では難しいでしょう」

「でも状況証拠のひとつにはなりますよね。あくまでもひかるちゃんがそういうことを考えていて、やってしまったとしたら、の話ですけど」

「あくまでも、人骨埋まっていたら、ですね。でもダメですよ。他人の家の土地を勝手に掘ってはいけません」

「掘りませんよ」

少なくとも僕は。

「掘っちゃって、そこに何故か綾桜先生の死体が埋まっていたら怖いわね」

文さんが何故かニヤリと笑って言った。何で笑うの。

「それは」

磯貝さんと同時に言ってしまった。

「怖いどころか、かなりヤバいよ。身内の殺人事件ってことになっちゃう」

「姉弟の骨肉の争いってことになりますね。まぁでもそんな事件はどこにでも転がっているんですけれどね」

あるのか。そうか、あるよね。殺人事件の大半は身内の犯罪だって話も聞いたことがある。

「しかし、そうですね」

磯貝さんが少し首を捻って考え込むような顔をした。

「死体が埋まっていなくとも、綾桜先生、勝木章さんの失踪に、身内の姉や弟、あるいは伯父が関係しているか何か事情を知っているという線は、なくもないでしょうね」

「何らかの理由でね」

文さんが言う。

「そもそも失踪の原因なんて大本《おおもと》を辿《たど》れば家族の問題に行き着くものじゃないかしら？　会社が倒産して逃げたとかいっても、それはつまり家族に顔向けできないとかそういう理由よね」

「まさしく、ですね。訊いてみる価値はあるというか、そもそも失踪人捜索の場合はまずは身内に話を聞くのが基本なんですけれどね」

「でも、そうなると身内や友人にまだ知られたくないっていう依頼人の頼みからは外れちゃいますよね」

「そこなんですよね」

磯貝さんが唇を歪めた。

「まぁ最初から条件がきつくて捜すのは難しいってわかっていました。失踪人捜索は一人でやる分には、正直なところ運を天に任せるしかないです。結局このまま案件終了になるだろうな、という気はしていたんですが」

「何らかの、とんでもない偶然でもない限りね？　誰かが綾桜先生を見かけたとか言ってくるとか」

「その通りです」

　偶然か。そうだよね。

「案件終了になるには、あとどれぐらい猶予があるんですか？」

「それはまぁ依頼人との話し合い次第ですけれど、もう既に新しい情報は三日入っていません。親戚や身内以外の綾桜先生を知っている人たちを捜すのも手詰まりになっています。なので、あと一週間ぐらいですかね」

　十日もまったく捜索が進行しなかったら、新しい情報が入ってこなかったら、そろそろ止めておきましょうかって言うそうだ。

「その間も、動いた分だけの支払いは生じます。今回は特別割引で基本的には交通費と必要経費だけですけど。今回ここに来てこうやって関係のない話をしているのに一応ガソリン代は後から請求に含めます。微々たるものですけれどね。もちろん一週間経つその前に依頼人からもうけっこうです、と言ってくるかもしれませんが」

　一週間か。

「でも、その後で依頼人の奥さんが、じゃあ親戚身内にもバラしちゃってもいいですから捜してくださいって話になったりはしないんですかね」

「どうでしょうかね」

磯貝さんは首を傾げた。

「そういう場合もあるでしょうけれど、少なくとも今回の依頼人、綾桜先生の奥さんはどこか冷めているというか、諦観《ていかん》しているというか、そんな感触があります」

「綾桜先生は、夫はこのまま愛人とどこかへ行ってしまうんだろうなって思ってるって感じ？　仮に見つかっても離婚だろうって思っている？」

文さんが言うと、頷いた。

「人の心の中まではわかりませんが、そんな感触はなきにしもあらずですね。なので、このまま案件終了になりそうな気はしています」

「僕が、訊いてみましょうか？」

「何を、誰にですか？」

それはもちろん。

「ひかるちゃんに」

今、三人で推測したことも含めて。

「まず、ひかるちゃんに話をしてみるんです。綾桜先生のことは抜きにして、この間の件もあるし、何があって鉄塔の写真が撮りたかったのかな、って。それで、何となくでも推測が当たっていたら、直接あの農家の人に会って話を聞いてみるんですよ。ひかるちゃんがグライダーから撮った写真っていうのが、僕たちの想像通りだとしたら、今頃ひかるちゃんは同一人物かどうかを調べて、さぁどうしようかって考えてますよね？」

ふむ、って感じで磯貝さんが眼を細めた。文さんは嬉しそうにした。どうして嬉しそうなんだろう。

「いいんじゃない？　磯貝さんの仕事は抜きにしても、どう考えてもひかるちゃんの行動には謎があるんだから、そこを確かめてから、その農家の人に話を聞いてみるっていうのは」

それに、って続けて文さんが磯貝さんを見た。

「同じ勝木に行き当たったたっていうのは、何度も言ってるけれど、とんでもない偶然よ。そこに綾桜先生失踪事件の突破口、とまではいかなくても解決への糸口を求めるのは、これはけっこう分《ぶ》のある賭《か》けじゃないかしらって思うんだけど」

賭けですか、って磯貝さんが繰り返した。

「たとえば、光くんとひかるちゃんがその農家の男性、綾桜先生の伯父か弟に話を聞くところに、僕がたまたま同席しているとかですかね」

「そういうこと」

磯貝さんが、ふむ、って感じで口に手を当てて考えた。

「そうですね。僕は今は探偵ですからね。つい刑事の頃の感覚で考えて道を外れないようにと思ってしまいますけれど、自分のために賭けに出てもいいんですよね、商売なんですから」

「そうよ」

文さんが頷く。

「商売なんて元々賭けよ。賭けに負けるか勝つかで儲からないか儲かるか、よ」

まぁ乱暴な意見だけど、確かに一理はあると思う。磯貝さんが、うん、って頷きながら僕を見た。

「ひかるちゃんと話をするにしても、あくまでも、綾桜先生の失踪の件は伏せて、ですよね？」

「もちろんですよ」

「そして、もしも農家の人に話を訊くところまで話が進んだのなら、僕にまずは言ってくださいね。どうやって僕が関わればいいかを相談させてください」

「了解です」

「ねぇ、でも」

文さんはひらひらと右手を動かした。

「どこでひかるちゃんとお話をする？」

「どこで？」

「だって、大学でそんな立ち話は論外でしょう？　内緒の話をするんだから」

「そうだね」

確かにそれはそう。

「話をそらされても追及できませんね」

磯貝さんも頷いた。

「本当ならひかるちゃんの部屋で話すのがいちばんいいのよ。鉄塔のところで撮った農家の人の写真を確認したいからね。それにグライダーから撮った写真も。確認して初めて私たちの推測が正しかったかどうかわかるでしょ？」

その通り。

「だけど、まだ部屋に上がるほど、上げてもらうほど光くんとひかるちゃんは親しくないわね」

「そうですね」

今の段階で、いきなりひかるちゃんの部屋に行こう、と僕から言うのはちょっとイヤだしムリだと思う。

「そして光くんにいきなり強引にでも部屋に上げてもらうような、女性をくどくテクニックを習得しろというのもキツいでしょう？」

「キツいね」

「磯貝さんに教えてもらおうかしら？」

「人をジゴロみたいに言うのは止めてください。僕にもそれは無理です」

確かに部屋に行くのがいちばんいいんだけど、でも。

「撮ったデータが全部メモリーに入っているカメラを持ってきてくれれば、それで済むよね」

「済むわ」

「ってことはさ、ひかるちゃんをうちに誘えばいいんだよ。〈銀の鰊亭〉の写真を撮りに来ないかいって」

データが全部カメラのメモリーカードに入っているかどうかは、それこそ賭けになっちゃうけど。

「前にそう言っていた。来たいって。そうしたらカメラは必ず持ってくるし、素人なんだから、今まで撮った写真が全部メモリーカードに入っている可能性は高いよね？」

「そうかもしれないわね」

ああいうものは大抵は大容量のメモリーカードを入れてあるはずだから。

「失敗したのは消してしまって、一枚のメモリーカードを入れっぱなしというのはありますよね。僕もほぼそうです。あ、もしくは」

磯貝さんが思いついたように右手の人差し指を立てた。

「ここで写真を観る会でも開けばどうでしょう?」

「写真を観る会?」

「S大建築工学科准教授の宮島俊が今まで撮りためた建築物の写真の数々を披露するという会ですよ。ひかるちゃんは古い建物も好きだと言っていたんですよね?」

「言ってました! 宮島先生のことを話したら会いたいって!」

「ピッタリ! そのときに写真、データも全部持ってきてって言えばいいわ。ついでに宮島先生に観てもらいましょうって。それなら仮にメモリーカードを交換していたとしても、持ってくるでしょう。ひかるちゃんは見せたくない写真だけ見せなければいいんだから」

「いいですね」

「何だったらお泊まり会でもいいわよって。さすがに一人で泊まるのはあれでしょうから、友達も一人ぐらいなら一緒に連れてきていいからって! その方が来やすいでしょう!」

「お泊まりも?」

「だって」

ニコニコして文さんが言う。

「仮に、光くんに話せないってなってしまっても、お泊まりして私がひかるちゃんと仲良くなればお布団の中で女同士で話してくれるかも。ね?」

布団の中で話すかどうかはともかく、確かにフォローの態勢としては完璧かもしれない。

「もちろん、そのときは僕もお泊まりさせていただけるんですね？」

「どうぞどうぞ」

皆でお泊まり会か。

☆

すぐ次の土日で、写真を観る会とお泊まり会をすることになってしまった。まさしく善は急げってやつ。善になるのかどうかはわからないんだけど。

〈銀の鰊亭〉の方は上手い具合に土曜の夜のお客さんだけで宿泊客はいないし、日曜も夜も予約はなかったので、文さんがランチも含めて貸切りってことでそのまま休みにしてしまった。

何故か文さんがいちばん嬉しそうに、ひかるちゃんに会えるわーっていそいそと準備をしていた。ひかるちゃんに会えるのがどうしてそんなにも嬉しいんだろうかって思うけど。楽しそうだからいいんだけど。

もちろん、ひかるちゃんは喜んでいた。

宮島先生を囲んで皆で写真を観るので、良かったらひかるちゃんも来ない？　って感じで誘ったんだ。夜になっちゃうだろうから、友達と来てタダで泊まってもいいよって話を持ちかけた。

〈銀の鰊亭〉のことは僕が〈アーリー・アメリカン〉に行ったときからずっとお父さんやお母さんと話をしていて、これはいつか行けるぞ！　って思っていて、それがこんなにも早く機会が訪れてしかも無料でお泊まりできるって何だこりゃ！　って自分の部屋で叫んだらしい。

喜んでもらえて良かった。

でも、本人が話したくないかもしれないことを訊くための企みなんだっていう罪悪感みたいなものは多少あるんだけど、そこは我が家を楽しんでもらうことで相殺《そうさい》してもらえないかって思ってる。

唯一、宮島先生が忙しいって文句を言っていたみたいだけど、磯貝さんからひかるちゃんの鉄塔の話をしたら、それは実に興味深い話だって乗り気になったようだった。

何よりも、磯貝さんが言っていたけど「あいつは自分の撮った写真を人に見せる機会を逃さない」って。確かに宮島先生はそんな感じだった。

土曜日の午後二時過ぎ。

天気はいい。

どうせ家の中だから天気は関係ないんだけど、ひかるちゃんと一緒に泊まるという友達を迎えに行くんだから好都合。

「宮島さんと磯貝さんは一緒に来るのよね？」

出がけに文さんが訊いてきた。

「そう。宮島先生の車で磯貝さんを拾ってくるって。四時過ぎには着くんじゃないかってLINE来てた」

「気をつけてね。安全運転で」

「了解」


これから出るってLINEしてあったから、ひかるちゃんはしっかりとカメラバッグとたぶんお泊まり用セットの入ったボストンバッグを提げてアパートの前で待っていたけど、一人だった。

「お待たせしました」

ううん、って嬉しそうに笑いながら軽く首を横に振った。

「忘れ物はない？　カメラとか、予備のメモリーカードとか」

さりげなく確認するセリフは考えておいたので訊いたら、大きく頷いた。

「大丈夫。ノートパソコンも持ったから今まで撮った写真も全部ある」

よしっ、って心の中で拳《こぶし》を握った。たぶんそれで大丈夫だろう。

「友達は？」

車に乗り込んでくるひかるちゃんに訊いた。

「あ、駅にいるので、すみませんけど、途中で寄ってください」

駅。小樽駅？

「JRで来たの？」

「そうです」

「小樽に住んでる子じゃないんだ」

うふふー、って感じで笑った。

「翔子さんですよ」

しょうこさん？　一瞬誰のことかわからなかったけど、すぐに顔が浮かんできた。

「翔子さんって、お店に行ったときに会った、アルバイトが決まった佐々木翔子さん？」

そうそう、ってひかるちゃんが頷いた。

「思いついて電話したの。翔子さんってS大出身でしょ？　写真も好きだって言ってたし」

「宮島先生のことも知ってたよね」

「でしょ？　なのでちょうどいいかなって。だって、仲の良い友達は確かにいるけど、建物の写真を観たり撮ったりするのに興味ある友達なんていないんだもん」

まぁ、確かにそういう子はなかなかいないかもしれない。

「翔子さんなら〈銀の鰊亭〉にも興味あったし、話したらぜひ行きたい！　って。めっちゃ嬉しそうだった」

「え、でも〈アーリー・アメリカン〉のバイトは？　今日とか明日は混むんじゃないの？」

「大丈夫。今日はもう終わってるし。お母さんにも私の方から言っといたから」

そうか。

「じゃあ、翔子さんとはもう仲良くなったんだね？」

「すっかり！」

そうか。

大丈夫だろうか。どうして鉄塔の写真を撮ったか、なんて訊くときに彼女がいていいものかどうか。まぁ最悪、その話を訊くときには、別の部屋にすればいいだけの話だ。何せ部屋だけはたくさんあるんだから。


駅のところで待っていた翔子さんを見つけて、遠くからその姿を見ると本当にスタイルがいいってわかるねってひかるちゃんと話した。

「モデルさんとかできそうですよね」

「本当に」

「羨《うらや》ましいですよ。今夜お風呂でしっかり観察しちゃいます」

あぁ、と笑うしかなかったので笑って、一生懸命そのシーンの想像はしないようにした。しちゃったかもしれないけど。

うちはお風呂もきれいで自慢なので楽しんでください。

翔子さんはすみませーん、って言いながらその長身を折り畳んでミニクーパーに乗り込んできた。乗るときはちょっと狭いけど、座ってしまえば大丈夫なはず。

「今日はありがとうございます！」

「いえいえ」

「本当に良かったんですか？　全然関係ない私なんか誘ってもらって」

「十分関係ありますよ。宮島先生の大学だったんだし」

ひかるちゃんの実家の従業員で、友達にもなったんだから全然問題ない。

「じゃ、行きまーす」

女性二人を乗せているんだから、いつも以上に安全運転。

車を買うときに、父さんにくれぐれもって言われた。人を乗せるってことは、その人だけじゃなくてその人を大事に思っている人たちの人生全てを乗せてしまっているのと同じことなんだから、全ての神経を安全運転に向けるんだぞって。確かにそうだと思う。

「この間は訊かなかったんですけど、宮島先生と桂沢さんはどういうお知り合いなんですか？」

翔子さんが後ろから身を乗り出して訊いてきた。

「あ、呼び捨てでいいです。僕は年下なんだし」

桂沢でも光でも。

「じゃあ、光くん」

はい。

でも、宮島先生と僕の関係を説明するのはかなりめんどくさいし、モロに事件の話になってしまう。なので、訊かれるだろうから、今日のためにあらかじめ磯貝さんと宮島先生と話して決めておいた。

「僕の父親の友人なんですよ」

「お父様の」

父の職業が弁護士だと言うと大抵の人は少し驚く。翔子さんも、へぇ！　と驚いていた。

息子はそんなに優秀ではないんですけど。

「職業柄いろんな職種の人と知り合いになるので、宮島先生もその一人ですね」

まるっきりの嘘でもない。磯貝さんは父さんの友達なんだし、宮島先生はそのまた友達だ。

「今日はもう一人、宮島先生の友人も来ます。柴田《しばた》さんっていう人でやっぱり弁護士の人です」

これは、完全に嘘。

磯貝さんが身分を隠すときに使うのは〈弁護士の柴田哲男《てつお》〉だそうだ。きちんと話を聞くときには本当のことを言うけれど、それまでは元刑事で探偵が来るとなると、普通の人は思いっきり興味を持つか警戒するか引くかのどれかだって言うから。

「その弁護士さんも写真を？」

ひかるちゃんが訊いたので、用意しておいた答えを言う。

「写真はもちろん好きだけど、宮島先生と一緒に住んでいるパートナーの人なんですよ」

へー！　って翔子さんもひかるちゃんもちょっと眼を丸くさせた。これは磯貝さんが言っていたんだけど、最近はそうやって男性同士でパートナーとして一緒に住んでいるっていうのが、いちばん女性の警戒心を解いて、好奇心と興味を引かせるんだそうだ。いろいろと聞き込みをするときにはものすごく効果があるって。

でも、これもまんざら嘘ではなくて、二人は一時期は一緒に住んでいたことがあるんだって。もちろん、そういう関係ではなくて、ただの仲の良い友人としてだけど。

二人の表情を見て、なるほどな、って思った。

ひかるちゃんも翔子さんも、〈弁護士の柴田さん〉にすっごくいい印象を持ったみたいだ。

ひかるちゃんと翔子さんの部屋は別邸じゃなくて本邸に用意しておいた。いちばんお風呂に近くて僕や文さんが過ごす部屋にも近いところ。

磯貝さんと宮島先生の部屋は別邸の〈陽光屋〉。そこはいい感じに広くて、スクリーンを置いて写真を観るのにはちょうどいい部屋。もちろん内風呂はちゃんとついている。これも二人がパートナーという設定を裏付ける小道具としての用意。

ひかるちゃんと翔子さんを部屋に案内して、文さんを紹介して、皆であれこれ話していて。そろそろ宮島先生たちが着くかしらって文さんが言ったときに、宮島先生から僕に電話が来た。

「はい、光です」

(あぁ久しぶり。宮島です)

「どうしました？　車の中ですか」

(もうすぐ着くよ。で、磯貝がちょっと別の仕事で遅れるんだ。なので一緒じゃなくて自分の車でそっちに向かってる)

「あ、そうなんですね」

(駐車場は大丈夫だよね？)

「全然平気です」

(さっき電話あったから、僕とは十分ぐらいの差でそっちに着くかな)

「わかりました」

(よろしく)

電話を切って、磯貝さんって言わないようにと一度思ってから皆に言う。

「宮島先生はもう着きます。で、柴田さんは十分ぐらい遅れて着くそうです」

何か予想外の事態が起こったんだってわかったのは、宮島先生を〈陽光屋〉に案内して、やぁやぁ久しぶりとかなんだかんだ言いながら、写真を皆で観る準備をしていて、ひかるちゃんの話をしたときだ。

「間宮ひかるさんの友達も来ているんだよね？」

「そうです。佐々木翔子さんといって、S大学の卒業生ですよ。宮島先生のことも知っていました」

「え？」

宮島先生の手が止まって、僕の顔を見た。

「佐々木翔子？」

「はい。知ってました？　翔子さんは話したことはないって言ってましたけど」

「え、それ磯貝に言った？」

「まだです」

言ってないけど。

そのときだ。

母屋《おもや》の方から文さんとひかるちゃんと翔子さんが〈陽光屋〉に向かって歩いてきて、そして駐車場の方から磯貝さんが歩いてくるのが見えた。

「ダメだな」

宮島先生が言った。

「何がダメなんです？」

「手遅れだった」

手遅れ？

「あれ？」

「えっ？」

歩いていて、お互いの姿を認めた翔子さんと磯貝さんが同時にそう言って、そして顔を見合わせて一瞬固まって立ち止まってしまった。

「どうして、磯貝さんが」

翔子さんがそう言って、磯貝さんが何かを一瞬で悟ったような顔をして、頭に手をやった。

「間宮さんと佐々木さんはお友達ってことですか」

磯貝さんに言われたひかるちゃんが、眼をぱちくりさせた。

「そうです。うちでバイトしてもらっていますけど」

うち、って磯貝さんが繰り返した。

「〈アーリー・アメリカン〉ですか！」

迂闊《うかつ》だった、って言葉で言わなくても、磯貝さんがそう心で叫んでいるのがわかってしまった。

「まぁ」

その様子を全部見ていた宮島先生が言った。

「面倒臭いことを全部すっ飛ばせて良かったかもな」

【誰が誰に頼んだのか】

磯貝公太 Isogai Kouta

刑事だったときに、捜査をしていて不意打ちを食らうというのは、よくあった。

そう、よくあったんだ。

十中八九犯人だろうと目星をつけた被疑者に対して、決定的な確証を得るために張り込みや尾行をしているときに、被疑者がこちらの想定外の行動をしたり、予想だにしない人物と接触したりすることは。

その度に、反省していた。いついかなる事態になっても慌《あわ》てないようにあらゆることを想定しておかなきゃならない、と。そして、長年そうやってきてある程度は身に付いたと思ってはいたんだが。

これは本当にまったく想定外だった。

まさか、ひかるちゃんが連れてくる一緒にお泊まりする友達というのが、佐々木翔子ちゃんだったとは。

けれども、起こってみれば、それを想定していなかったのは迂闊だったと思わせるものだ。

何せ、光くんが、今回の依頼とはまったく関係ないのに、同時期に〈勝木さん〉と関わっていたのだ。これは本当に偶然以上の何かがあるのかもしれない、と、しっかり認識して全ての状況を見つめ直すべきだった。

そうやって考えていけば、簡単にひかるちゃんと翔子ちゃんは結びつくはずだったんだ。ひかるちゃんの実家が〈アーリー・アメリカン〉だっていうのは、その場で確認したらすぐにわかったのに。

目の前にいる翔子ちゃんは、やはり頭の良い子だ。

何かがあったのだ、と既に察した表情を見せている。

間宮ひかるちゃんは、まだ眼をぱちくりとさせている。

こっちを見ながら、この人は、〈磯貝さん〉と翔子ちゃんが呼んだこの人物は誰なのかと。たぶんここの、〈銀の鰊亭〉の関係者なのだろうけど何が起こっているのか、と疑問に思っている。

光くんと宮島が駆け寄ってきた。光くんもまだ事態が把握できていないかな。宮島は、わかっているな。

「まぁ」

宮島が、全員を見渡してから、ひょいと後ろを指差して言う。

「何はともあれ、皆で中に入ろうか。〈陽光屋〉は別邸の中でも最も素晴らしいものだよ」

そうだろうとも。

初めて入る〈陽光屋〉は確かに素晴らしい造りだった。

大人十人ぐらいが横一列に並んで靴を脱いで上がれるんじゃないかと思うぐらいの幅広の三和土《たたき》。

その奥正面の土壁にはこれも畳の横の長さ二つ分ぐらいはありそうな半円形の窓。

その窓にはまさに陽光のような、大きく拡げた扇子のような形の障子があり、日本画風の小鳥が描かれている。その向こうは小さな坪庭なのか、障子から柔らかな陽の光がこちらがわに溢《あふ》れてくる。

溜息《ためいき》が出てきそうなぐらいに日本的な、美しい空間だ。

「確かに、この玄関だけで相当に魅力的なショップが開けそうですね」

前に光くんがそんなことを話していたので言うと、頷いていた。

「素晴らしいです」

ひかるちゃんと翔子ちゃんがほぼ同時に言って、同じように溜息をついた。この玄関の造《ぞう》作《さく》の素晴らしさがわかるっていうのは、二人ともその方面の感性を持っているんだろうな。類は友を呼ぶってやつなのか。

「中はさらに素晴らしいよ」

宮島がまるでここの主のように言う。

「あれだよな磯貝。もう僕の写真とかは置いといて、茶でも飲みながらサクッと話をしなきゃならないんだろ？　お嬢さん二人に」

「そうなるな」

「そうなんですね？」

光くんが翔子ちゃんをちらっと見てからこっちを見て言う。まだわかっていないけれど、翔子ちゃんが僕が探偵だってことを知っているとは理解したみたいだ。

「じゃあ、お茶の用意をしますから、そちらに座っていてください」

「あ、私もやります」

文さんが言うと私も、と翔子ちゃんとひかるちゃんも光くんと一緒に、奥に進んでいった。向こうに台所があるんだろう。

すぐ脇に襖があり、そこを宮島が開けた。

「どうだ、これが〈陽光屋〉の客室だ」

「すごいな」

畳二十畳はあるかという部屋を半分程で仕切っている。欄間《らんま》は、普通の欄間よりはるかに大きく、そこにもおそらく陽光を模した細かな造作が施されているし、そこにいる鳥の木彫はたぶん鳳凰《ほうおう》だろう。

庭に面した縁側は仕切られておらず繋がっていて、そこが全部障子になっていて、その障子が、玄関のものと同じように半円の扇型《おうぎ》、陽光の形の桟《さん》で作られている。

「開ければ庭全景が一望できて、閉めればこの扇型に模《かたど》られた庭の景色が見えるというわけだ」

本当に素晴らしい部屋だ。

「そういうこと。名前の通りに晴れた日も素晴らしいが、雨の日なんかも美しいぞ」

「雪景色も最高だろうな」

「そうなんだよ。まだ冬景色を撮ったことないんで、そこはぜひ今度撮りたいんだ」

「いいな。二人で冬に泊まらせてもらうか」

もちろんそれなりのお値段はするが、二人で割り勘にすれば一泊ぐらいは何とかなる金額だ。

まぁ泊まりたいと言えば、タダで泊まらせてくれるだろうけれど。

「で？」

宮島が台所の方にくい、と顎を向けた。

「もうバレちゃったんだから、ゴメンナサイ、実は私は探偵でございましてって話をそのままするんだよな？」

「そうなるね」

この会の目的はひかるちゃんの謎の行動を探るためでした、と。

「写真を観る会は開催せずに終了か」

「いや、女性お二人が観たいと言えば」

やるのはやぶさかではないが。

光くんたちが、お盆を持ってやってきた。コーヒーの良い香りがしてくる。

「コーヒーと、それからうちで商品化しようかと思ってるプリンも用意しました」

そう言って、部屋の真ん中に置いてあった座卓の上に置いた。

「まだ何も話していません」

「うん。あ、どうぞ間宮さんと佐々木さんはそちら側に座ってください。光くんはこっちに」

宮島と男三人で並んだ。

「まずは、謝ります。申し訳ありませんでした」

声を揃えて、謝る。男三人で頭を下げる。ひかるちゃんと翔子ちゃんが、ちょっと引くのがわかった。

「何ですか？」

「私から説明します」

「いや磯貝さん、僕が」

「いやいや」

ここは大人の男としてやらなければ。

「まず、間宮ひかるさん」

「はい」

「私は弁護士の柴田ではありません。元刑事で、今は札幌で私立探偵をしている磯貝公太といいます。光くんと、そしてこの宮島と友人というのは本当です」

「探偵さん？」

ひかるちゃんが、眼を丸くした。

「隣の佐々木翔子さんとは既に別件で会っています。その別件も含めて、ご説明します。話が長くなるので、まぁコーヒーを飲みながらプリンを食べながら聞いてください」

何故、光くんに嘘までついてもらって、集まってもらったか。

こちら側の話からだ。


探偵として元同僚の同級生の夫、失踪したと思われる小説家の捜索依頼を受けた話。

捜さなきゃならないのは〈勝木さん〉。

そして、光くんとひかるちゃんが知り合った部分の確認。

〈勝木さん〉を捜していて、佐々木翔子さんを見つけて会った話。

ひかるちゃんが光くんと写真を撮りに行った部分の確認。

そして、そこに登場した別の農家の〈勝木さん〉。

これが失踪した〈勝木さん〉の縁者だったこと。

その二つの件を結びつけようとしたわけではなく、光くんと話していて本当に偶然〈勝木さん〉で繋がったこと。

ひかるちゃんの撮影は、明らかにその〈勝木さん〉の写真を撮るのが目的だったのではないかと光くんと推察したこと。

まったく関係のないところで結びついた〈勝木さん〉。

この偶然に何かあるのかを解き明かすために、何故ひかるちゃんが写真を撮りに行ったかをこちら側の目的を隠して確認しようとして、この会を考えた話。

コーヒーを飲みながら、そしてプリンを食べながら、ひかるちゃんも翔子ちゃんも驚くところで眼を丸くし、お互いの顔を見合わせ、一言も口を挟まずに聞いてくれた。

「そういうことだったんですか」

「本当にごめん。嘘をついてここに呼ぶ形になっちゃって」

光くんが言うと、ひかるちゃんは首をブルブルと横に振った。

「全然！　謝らなくていいです。よくわかりました。私を変なことに巻き込まないようにしようっていう皆さんの心遣いだったんですよね。ここに来られただけですっごく嬉しいし」

それに、と、一度言葉を切った。光くんを見る。

「写真を撮りに連れてってもらったのに、何も言わないで、むしろ結果としてウソをついたような形になったのは、私の方です」

「嘘、ですか？」

「あ、ウソじゃないですか。本当の事情を隠して何も説明しなかったんですから、むしろ混乱させちゃったのは私の方かもしれないです」

ひかるちゃんは、小さく息を吐いた。光くんを見て、それから皆を見回した。

「正解です」

「正解」

「光先輩と磯貝さんたちが考えたことです。私は鉄塔の写真を撮るふりをしながら、あそこの鉄塔のところにある家にいる人を撮ってみようと思いました。誰なのか、どんな人なのかを確かめようと」

「じゃあ、その目的も正解？」

光くんが訊くと、ひかるちゃんは頷いた。

「正解です。何もかも当たっていたので、驚くというかちょっと怖い！ってなったぐらいに正解です」

探偵さんってスゴいですねって言う。

スゴいのはそこに気づいた文さんなのだが、それはとりあえずは言わないでおく。ここに来ていないから後で説明すればいい。

「じゃあ、動物虐待があったの？　それを目撃したの？」

隣で翔子ちゃんが言う。ひかるちゃんが、ちょっと首を傾げた後に頷いた。

「その現場を目撃したわけじゃないんです。本当にたまたまだったんです。うちの猫がいなくなったときに、お客さんが噂していたんですって。動物虐待をするために、犬や猫をさらっていく人がいるんじゃないかって。そんな話を聞いたときに、ちょうどグライダーに乗せてもらったんです」

「そこで、写真を撮った？」

「そうです」

頭を振って、自分の荷物を見た。

「写真、あります」

「見ていいですか？」

頷いたので、急いで用意してあったスクリーンに映す準備をした。プロジェクターに繋いでこっちの部屋だけ雨戸を閉める。ひかるちゃんが自分のカメラを操作して、写真を映し出す。

「おー」

思わず声が上がった。はるか上空からの写真。なるほど、グライダーの飛行高度というのはこれぐらいなのか。

「ほぼ快晴だったんですね」

「本当にいいグライダー日和だったそうです。これです」

眼下に拡がる畑。いや田圃か。

そして鉄塔。

農家。

人がいる。

「このときです」

別の写真が映る。農家にいる男性が、何かを抱えているのが真上から写されている。この近くにグライダーの発着場があるから高度がかなり下がっているんだろう。望遠レンズを使っているのもあって本当にはっきり写っている。

抱えているのは、犬か猫か。

農家の敷地に畑は隣接している。その隣接しているところに高圧線の鉄塔は立っている。

つまり、畑の端に、男性はそこに立っている。

「キツネにも見えますね」

「はっきりしませんけど」

茶色の動物だというのは、確実だ。そして。

「穴があるな」

宮島が言う。

その通りだ。地面に穴が掘られている。

ほぼ鉄塔の下。どう見ても、これからその動物を埋めようとしている様子だ。それ以外の状況は思いつかない。しかし、虐待の現場だという証拠ではない。光くんと文さんと話したように、家で飼っていた犬のお墓を作っている現場とも言える。

「この写真を、たまたま撮ってしまったんですね？」

ひかるちゃんが頷いた。

「それと、動物を虐待するために犬や猫をさらったりしている男の人がいるって話があったので、ひょっとしたらって」

それで、写真を撮りに行ってみたかった。上空からではなく、地上から。

「もっと調べようとしたの？」

宮島が訊いたら、ひかるちゃんが顔を顰めた。

「どうするかは決めていませんでした。もっとはっきり、変なことをしているってわかったんならどうしようかは決められたと思うんですけど」

はっきりとはわからなかった。

「敷地内にも入れなかったしね」

「そうなんです。上から見たときには、そして写真で確かめたときには、けっこう簡単にこの鉄塔の下に道路とかから入っていけるのかなって思ったんですけど」

「無理だったんだね」

上から見るのと実際の現場の印象はまるで違うものだ。それは刑事として事件を追っているときにもよく感じた。

現場を見ないと何も始まらないというのは、真実だ。

「でも、この写真だけでこの男の人が動物虐待をしているって結びついたの？」

「あ、それはホントに恥ずかしいですけど、さっきのお客さんのウワサで」

翔子ちゃんが頷いた。

「そんな話をしているお客さん、います。常連さんなんですけど」

「わかった？」

「わかった」

うんうん、って頷く。

「悪い人ではないと思うんですけど、ちょっとメンドクサイ感じのオバサンで、そういう話をよくするんです。確かめてもいないんだろうに、どこそこで何があってあの辺に変な人がいるとか」

「なるほど」

何となくはわかる。

「でも、動物好きなのは確かなんです。自分のところでも犬猫を飼っている人で、その話をしたときにはかなり真剣な感じだったそうなので」

結びつけてしまった。

「やはり、そういうことでしたか」

何の確証もない、か。

「でも、私もその話は聞いたんですけれど、妙なところだけ具体的でした」

「妙な、とは？」

「江別に住んでる男だ、っていうものすごく大ざっぱであやふやな話なのに、川のそばに家があるらしいのよねって」

「川のそば」

皆でスクリーンに映った写真をまた見てしまった。

「確かに、川のそばですね」

ひかるちゃんも頷いた。

「それもあって、どうしても確かめてみたくて」

「じゃあ、その後はまだ何も進めていないんですね？　あの勝木さんがどういう人間かとかは」

「調べてません。一応住所とかは調べて控えておきましたけど、そこからはまだ。遠いので」

今はひかるちゃんは江別市内の実家じゃなくて、小樽の大学の近くに住んでいるんだから当然だろうな。そうそう戻っていって動けるものじゃないし、確証もない。

「もしもですよ？　間宮さん」

「はい」

「私が光くんと一緒に、この勝木さんに直接会いに行って写真を見せながら事情を聞こうとなったら」

「行きます！」

食い気味に返事をする。

「もちろん、証拠もないのに疑うのはよくないですけれど、こうして動物の死体らしきものを抱えた写真を撮ってしまったので、ちゃんと確認したいです。でも、やっぱり一人で行くのはちょっと」

「ですよね」

「あの」

翔子ちゃんが、軽く手を上げた。

「いいですか？　この男性って、綾桜先生の弟さんなんですよね？」

スクリーンを指差す。

「間違いないでしょうね。奥さんに確認しましたから。綾桜先生の弟さんの、〈勝木徹〉さんでしょう」

翔子ちゃんの眼が少し大きくなった。

「私、綾桜先生から聞いたことがあります。この弟さんのこと」

「そうなんですか？」

「名前とか、住んでいるところとか、そういうのはまったく聞いてなかったんですけど」

大きく頷いた。この中で綾桜先生と唯一面識があるのは翔子ちゃんなんだ。しかも一応は師匠と弟子みたいな関係だ。聞いていても不思議じゃない。

「どんなことを話していたんですか？」

「弟は、小さい頃からとても優しい子だったんだと」

「優しい？」

「虫も殺せないような男なんだけど、農業関係の仕事をしてるから、虫とか、田圃にいるカエルとか、そういう生き物たちをつい殺しちゃったり邪魔にしちゃったりする毎日なので、それは可哀想なんだよなって」

なるほど。虫も殺せない、優しい男性。

「どういうときに、そんな話になったの？」

宮島が訊いた。

「私が、兄弟を登場人物にしたミステリのトリックやアイデアの話をしていたときです。確か三年前の夏です。それで、先生が自分にも弟がいるって話をし出して、一人で農家に住んでいるんだけど、迷っていた犬とか捨てられていた猫とかを拾ってきちゃうし、自分で育てた米なんかを野鳥の餌にあげちゃうような、本当に動物好きで優しい男なんだって」

犬とか猫とかを拾ってきちゃうのか。

「いますよね、そういう人」

光くんが、言う。

「何となく、一致しちゃいますね。その動物虐待男と。目的は違うんでしょうけど、動物を連れてくるってところは」

確かに、って皆で頷いてしまった。

「ひょっとしたら、そういうのもウワサの種のひとつになったのかな。全然違うかもしれないのに」

ひかるちゃんが顔を顰めた。あり得る話だ。

「ある人物に対する噂話なんてそんなものです。尾ひれがついて、とんでもない方向に向いてしまったりする。佐々木さん、勝木徹さんには少し知的障害があるようなんですが、その話は先生はしていましたか？」

「言ってました！　あ、でも全然普通に暮らしていけるんだよって。犬や猫だって、何もわからないで拾ってくるんじゃなくて、ちゃんと確かめてから連れてきているって話も」

「そんな話もしていたの？」

宮島が言って翔子ちゃんが頷いた。

「ミステリのトリックとか事件の設定の話をしているときですから。そこに出てくる人物の性格設定とかも重要ですから。だからそんなふうに関係のない自分の話とかに拡がっちゃうこともあります」

物語の設定など考えたこともないが、事件の背景を探っていく上ではそういう話もする。案外小説家と刑事は似たようなことを考えているのかもしれない。

あ、と、翔子ちゃんが何かを思いついたように口を開けた。

「どうしました？」

「そのときです。兄弟のミステリの事件の設定とかの話をしていて、先生の弟さんの住んでいる家は農家だから敷地も広いし、誰かを殺したらそこに埋めとけば完全犯罪になるなって。絶対に誰にも見つけられないってよく考えると話していました」

「ミステリの話ですよね？」

ミステリ作家の話は本当に物騒でしょうがない。

「もちろんそうです。そもそも死体が見つかるから犯罪になって警察に追われるんであって、見つからなければ、死体がなかったら犯罪にすらならないので警察もお手上げだって。でも、さすがに自分がそんなネタを使ったら、農業をやってる弟さんやお姉さんに絶対に怒られるから使わないけどって笑ってました」

「そりゃそうですね」

思わず頷いてしまった。

「警察は事件がなければ動きません。実は、そんな話は山ほどあります」

「あるんですか？」

ひかるちゃんが驚く。

「ありますよ。日本国内で一年間の行方不明者の数は相当数に上ります。そのほとんどは単純な行方知れずの人でしょうが、中には事件絡みで人知れず山の中に埋められたり、海に沈められたりした人も、きっとかなりいるはずですね」

「やっぱりそういうものなんですか？」

光くんが眼を細めた。

「もちろん確証はありませんけどね。そもそも事件じゃないから警察は扱いません。けれども、ヤクザな連中がそんなことをしているのは耳に入ってくるし、ごく普通の一般人の中にも、自分が殺した人物をどこかに埋めた人だっています」

「いるんですか」

「そういう事例はありましたよ。十年も二十年も経ってから自ら告白した人とかね。証言通りに掘ってみたら白骨死体発見ですよ」

山ほどとは大げさだったが、あるんだ。そういうことは。

「何だか山菜取りとか行きにくくなる話だよな」

「山菜取りに人が入るようなところに人は埋めないから安心しろ。危ない人たちはそういうことに使える山をちゃんと知ってる」

「絶対に人が入ってこないで、死体が見つからないような山ですか？」

光くんが訊いた。

「そうですよ。もしくはそういう場所を」

「じゃあ、警察の人たちもそういう場所を把握していたりはするんですか？」

翔子ちゃんだ。もちろん、そういうのに興味があるだろうな。

「完璧に把握していたらむしろヤバいですよね。一斉に山狩りにでも入って穴を掘りまくらなきゃならない。そんなことしたくないので把握なんてしてません。でも、過去にそういうことに使われたところなどはもちろん把握していますよ」

北海道なんか山だらけだ。死体なんか埋め放題かもしれない。

「磯貝さん」

翔子ちゃんが、呼んだ。

「はい」

「ひかるちゃんの話ではなくて、綾桜先生の失踪のことになっちゃいますけど、ちょっと疑問に思ったことがあるんですが、訊いていいですか？」

「どうぞ？」

「磯貝さんのところにきた、その元同僚の刑事さんって、磯貝さんとは親しかったんですか？　つまり同僚としてだけではなく、普段から仲が良かったとか気が合ったとかあったんでしょうか？」

どういう意図の質問なのかわからなかったけど、翔子ちゃんの眼の奥に何か感じるものが見えたような気がしたので、真面目に答えた。

「親しかったですね。同期で同い年で、いつもではなかったですが同じ班でした。気も合いました。一緒に飲んだり飯を食ったりもしていましたし、今でも元同僚の中ではいちばん親しい仲です」

翔子ちゃんが、ほんの少し唇を尖らせながら小さく頷いた。

「どうして、その元同僚の刑事さんは、磯貝さんに依頼してみてはどう？　って、勝木さんの奥さんに言ったんでしょうね？」

うん？

「どうして、ですか？」

「相談はされたけど警察は何もできない、そしてたまたま磯貝さんの探偵事務所が開設されたばかりだったし、スゴい偶然で同じビルだった。これは、磯貝さんに仕事を回してやろう、って思ったんでしょうかね、たぶんですけど」

何もかも同じように思った。

「そんな感じだろうと私も思いました」

「私はまだよくはわかりませんけれど、磯貝さんは信頼できて優しい方だと思います。だから、その同僚の方も安心だ、とも考えたと思います。見つかる見つからないは別にして、自分の同級生に、先生の奥さんに嫌な思いはさせないだろうって」

「まぁ、そうでしょうね」

何だかこそばゆいけれども、鈴元がそう考えてもおかしくはないと思う。翔子ちゃんが、じっとこっちを見た。

「先生の奥さんと、その元同僚の刑事さんはどうだったんでしょうか？」

「どうだったとは」

「高校の同級生だったって話ですけど、その頃から親しかったんですか？」

「いや」

そうは言っていなかった。

「高校時代はほとんど話したこともなかったと言ってましたね。同窓会で再会して、少し話すようになったときに、相談されたと」

翔子ちゃんの唇が歪んだ。

「もしもですよ？　あくまでも私の考えですけど」

「はい」

「私が先生の奥さんの立場だとして、夫の失踪を疑ったときに、ましてや愛人とどこかに行ってるかもしれないなんて思っていたとしたら、いくら刑事でも最初に同級生の男の人に相談なんかできないです。むしろ、まったく自分のことを知らない人に頼みます。それこそ、普通に警察署に行ったり、大きな探偵事務所や調査会社に頼みに行くと思うんですけれど」

何かが、頭のどこかで弾けたように思った。

「もしくは、その反対に、そんなことが相談できるぐらいものすごく親しい人に、ですね」

鈴元と、奈々さんの関係？

斜め上の方向から、何かが飛んできたみたいだ。

【隠されたのか、隠れたのか】

桂沢 光 Katsurazawa Hikaru

失礼します、って文さんが部屋に入ってきてすぐに、あら、って小さく声を上げた。勝木さんの農家が映し出されているスクリーンを見て、眼を一度大きくさせてから、僕を見た。

「いきなり核心に迫ることになったのね」

「うん」

文さんに、僕と磯貝さんと宮島先生三人揃って頭を下げるところを見られなくて良かったかもしれない。もしも見られたら、きっと何十年経っても「あのときはねぇ」って言われ続けることになっただろうから。

「そうなんだ」

文さんにひかるちゃんが鉄塔を撮りに行った経緯と目的を話して、それから翔子さんがさっき言い出した疑問のことも教えてあげた。

話を整理するのには、ちょうどいいタイミングだったかもしれない。文さんってそういう人なんだよね。何かっていうといいタイミングで話し出したり、現れたりするんだ。

「磯貝さんの元同僚の、鈴元刑事さん」

文さんがちょっと首を捻って、考えた。

「私は、お会いしたことあるのかしら？」

「いや、どうだったでしょうかね。あいつもあの事件では出張《でば》ってはいましたが、おそらく会ったことはなかったと思いますが」

磯貝さんが言った。この家にたくさんの刑事さんが来たことはあるんだ。あのときの火事の件で。もちろん僕は会ったことはない。ごつい身体と四角い顔でいかにも柔道かラグビーでもやっているな、と誰でも思ってしまうのが鈴元さんっていう刑事さんだって、磯貝さんは言った。

「誠実そうな刑事さんなのね？」

「いや、鈴元は誠実そうじゃなくて、実際に誠実な男なんですよ。刑事にしておくのには可哀想なぐらいに」

可哀想？

「刑事が誠実だと可哀想なんですか？」

ひかるちゃんが訊いたら、磯貝さんが苦笑して言った。

「誠実って、どういう意味だと思います？」

「えーと、真面目とか、心がこもっているとか、そういう意味ですよね」

その通り、って磯貝さんが言った。

「真面目に加えてそこに真心がこもっていなきゃあ、誠実とは言えないんですよ。ある意味では清らかなものですね。単に真面目に、というなら、どんな悪党だって悪人だって、仕事や何やらを真面目にやることはできるんですから」

確かにそうかもしれない。

「刑事という職業は、まず疑うことから始まるんです。何らかの事件が起こって犯人が不明だというなら、どんな人間がこれをやったのかと現場や証拠を元に推測する。犯人がわかっていて逃亡しているのならどこへ逃げているかと考える。疑う、とは常に悪い物事を推測するものです。誠実な人間がそんな毎日に耐えられると思いますか？」

皆が眉間に皺を寄せてしまった。

確かにそれは、誠実な人にはキツいかもしれない。

「でも、鈴元さんは刑事をやっているんですよね？」

訊いたら、磯貝さんが両手でくいっ、と何か方向を変えるような仕草をした。

「あいつは、その誠実さを常に被害者の方向に向けているんですよ。犯罪者にはその被害者に対して罪を悔いて心から謝罪して欲しいと常に願っている、優しき刑事です」

そんな人なんですね。宮島先生が、なるほど、って頷きながら言った。

「お前とは百八十度違うな」

「失礼だな。俺だって真面目な男だ。誠実ではないかもしれないけど」

確かに磯貝さんも真面目な人だと思うけど、誠実かと言われると、ちょっと方向性が違うかもしれない。

磯貝さんが、うん、と、頷きながら少し考えている。

「勝木奈々さんが、何故鈴元に相談したかなんて、考えてもみなかったですね。同級生で、しかも奈々さんが偶然同じビルで働いているってことで、何もかもその場で納得してしまったので」

「俺でも納得するさ」

宮島先生が言った。

「お前があのビルに探偵事務所を開いたのは、本当に偶然なんだからな。そのギャラリーはずっと以前からあったんだろう？」

「あったさ。少なくとも俺が入居を決める前からずっと」

「まったくの偶然だ。俺が鈴元刑事だったとしても、そりゃあちょうど良かった、相談に乗ってやってくれ、って言うさ」

「そうだな。しかし」

磯貝さんが翔子さんを見た。

「女性の観点からすると、不倫しているかもしれない夫の失踪を、さほど親しくもない、しかも刑事という職業の独身の同級生に相談はしない、と感じる」

翔子さんが、そうです、って頷いた。

「間宮さんもそう感じますか？」

こくん、って感じでひかるちゃんが頷いた。

「もちろん結婚したことはないですけど、想像だけで考えてみると、私もそんな相談は翔子さんと同じように、まったくのビジネスでやっている人か、すごく親しい人にしかしないような気がします」

「文さんはどうですか？」

「そうね」

文さんが、ちょっと眉間に皺を寄せた。文さんは結婚こそしていないけど、奈々さんと同じぐらいの年齢の女性だ。

「磯貝さん。私、記憶を失っているでしょう？」

そうですね、って磯貝さんも宮島先生も頷いたけど、ひかるちゃんと翔子さんがちょっと驚いた表情をした。

「あ、ごめんなさい。お二人は知らなかったわよね。私、事故で記憶喪失になっているの。後でゆっくり話すわ。それで、記憶喪失ってことは、つまり今までの人生の思い出も何もかも失っているということなの。たぶん、感じたことがあるはずの恋とか愛とかそういう感情を伴うものも全て」

　そうか。そういうことになるよね。

「だから、愛した人の浮気旅行だか失踪なんだかわからないものを、親しくもない刑事である同級生に相談するかどうかっていうのは、たぶん若いひかるちゃんよりも、全然感覚として摑めないかもしれないわ。そもそも同級生に対する感情なんていうものも、今の私はドラマや小説の中でしか経験していないの。ちょっとわからない感覚かもしれないけれども」

　なるほど、って頷くしかなかった。そういえば前にもそんな話を文さんとしたっけ。間違いなく経験しているはずなのに、同級生とか親しい人に対する思いは自分の中にまるでないんだって。

　死んでしまった家族に対してのものも。

「そういう私が、与えられた事実だけで考えるってことは、感情を抜きにしてまっさらな状態で判断するってことになるのだけど、勝木奈々さんと鈴元刑事さんは、ただの同級生ではないわよね？　って思ってしまったわ」

「そうですか」

「実は、最初に話を聞いたときにすぐに思ったの。その二人は、本当にただの同級生なのかしら？　って」

磯貝さんが唇を歪めた。

「女性としての意見は、奈々さんと鈴元はただの同級生ではないという結論になって、鈴元は私に嘘をついていたって話になってしまいますね」

「あ、いやでも」

翔子さんが慌てたように手をひらひらさせて言った。

「私、別にその刑事さんが嘘をついているとか、そんな失礼なことをすぐに考えたんじゃなくて、磯貝さんから最初に話を聞いたときに、後から感じたんです。なんか、違和感っていうかそんな感じを」

「違和感？」

「綾桜先生が愛人と失踪してるっていうことに」

「どういうことですか？」

翔子さんが、皆を見回した。

「私、年に数日だけですけど五年間ぐらい綾桜先生と一緒にいて、メールや電話なんかではいろいろ話をしています。綾桜先生は、小説のプロットはほぼ全体をきちんと組み立ててからその通りに書く人なんです。講座も、全体の構成をきちんと考えてからシナリオを作ってやっています。本人も言ってましたけど、何か行動を起こすときには、きちんと計画してやらないと不安でしょうがない人間なんだって言ってました」

パチン、と小さく指を鳴らして、宮島先生が頷いた。

「つまり、もしも愛人と旅行にでも出かけるのなら、バレないように、あるいはバレてもいいように何らかの手段を講じてきちんとするような人間だと、佐々木さんは思っているんだね？　だから、一ヶ月以上も連絡なしで、愛人と失踪しているかもしれないってこと自体に違和感を抱いた、と。だからその相談をしてきた二人は本当のことを言ってるんだろうかって思ってしまった」

「そうなんです」

翔子さんが、大きく頷いた。

「取材で出かけるときにも、きちんとスケジュールを立てて奥さんに渡してから行くんだって」

「スケジュールを？」

磯貝さんが、少し大きな声を出した。

「そう言っていたんですか？　取材旅行も奥さんにきちんと伝えるって」

「前にそう言ってました。覚えています」

がくん、と磯貝さんは頭を大きく前に倒して小さく息を吐いた。

「それが本当なら、奈々さんにも嘘をつかれたかもしれないってことになりますね」

「奈々さんにも？」

「あるいは、綾桜先生の性格が変わってしまったか、もしくは本当に綾桜先生の身に何かが起こってしまったか、ですね。奈々さんは最初に、取材旅行も『いつも特にどこに行くかは聞いていなかった』と言っていましたよ」

それは、全然違う。磯貝さんが、眼を閉じて考えている。

「鈴元にもう一度きちんと話を聞いてみるのは、簡単なことですけれど」

「あ、でも、本当に、私がそう感じただけで」

翔子さんが慌てて言う。

「そんなことで、刑事さんと先生の奥さんの関係を疑ったなんてことを話してしまうのは、ちょっと」

磯貝さんが小さく頷きながらも、まだ考えている。きっと最初に鈴元刑事さんと、勝木奈々さんが来て依頼を受けたときのことを思い出しているんだ。頭の中でまるで動画を再生するみたいに、ずっと思い出している。

何か、自分が見落としというか、その場では気づかなかったことはないのかって。本当にただの何でもない普通の依頼だったのかって。

「うん」

磯貝さんが顔を少し上げた。

「どう思い出しても、二人の間に特別な何かは感じませんでした。同級生で、当時は特に親しくはなかったけれど再会してから少し会うようになった。そして、失踪しているかもしれない夫のことを相談された。どうしようもないけど、たまたま僕が探偵になって同じビルにいるから、仕事として持ってきた」

一気に言って、僕たちを見た。

「そこに、何の違和感も僕は感じませんでした。それは間違いないようです。ただまぁ、二人の関係はどうなんだ、とは確かに思いましたが、それは元刑事としての習性みたいなものです。この二人の間には何か特別なものはないんだろうか、と」

「そう思ったけど、何もないと感じたのか？」

宮島先生に訊かれて、磯貝さんは頷いた。

「ないだろうな、と思ったよ。鈴元の態度にも、奈々さんの様子にも。もっとも俺の眼が節穴か、二人とも演技が最高に上手いのなら別だけどな。それでも」

翔子さんを見た。

「綾桜先生が、取材旅行に行くときにはきちんとスケジュールを奥さんに告げていたという翔子さんの話は、重要なものです。では何故今回は奥さんに、奈々さんに何も告げずに一ヶ月もの間、行方不明になっているのか？　と」

「さっきもお前が言ったが、綾桜先生の性格が変わったか意図的にそうする理由があったのか、もしくは本当の意味で綾桜先生の身に何かが起こってしまったか、のどれか、だな。それ以外は考えられないぞ」

僕もそう思ったし、文さんも頷いていた。

「仮によ?」

文さんが言った。

「綾桜先生の身に何かが起こって一ヶ月もの間連絡できなくなっている、としたら、それはもうとんでもない事態よね。刑事じゃなくてもどんな事態になっているかを仮定できるわね」

「四つは考えられます」

翔子さんだ。

「生きているのなら、自分の意志による本当の意味での失踪、あとは誰かに拉致《らち》され監禁されているか、記憶喪失になってどこかで彷徨《さまよ》っているかですね。あとは」

言葉を切って顔を顰めた。

「死んでいる、だな」

宮島先生が続けるように言った。

「それこそ、どこかに埋められているか、だ」

「その四つだけでしょうね。小説ならタイムトラベルしちゃったとか、どこかに転生しちゃったとか楽しいストーリーをいくつも考えられるけれど」

文さんだ。転生ストーリー、ものすごく流行《はや》っているもんね。

磯貝さんが、小さく息を吐きながら頷いた。

「鈴元に今夜もう一度話を訊いてきます」

「お前たちの関係は本当にやましいことが何にもないのかって？　そんなの無意味じゃないのか？」

宮島先生がそう言って、手のひらをパッと拡げて続けた。

「もしも、鈴元刑事とやらが勝木奈々さんと二人でお前に嘘をついていたっていうのなら、そこにはとんでもない理由があったはずだ。何たって元の相棒とも言うべき優秀な元刑事に嘘をつくんだぞ？　俺はもうその二人が共犯で綾桜先生を殺していてもまったく驚かないぞ」

「確かに驚かないけど、あり得ないよな」

「それはあり得ないな」

宮島先生も頷いて続けた。

「何が悲しくて、元刑事である探偵に自分たちの犯罪の証拠を探してくれって頼むんだ。まったく意味がない」

「そうよね」

文さんも頷いた。

「確かに意味がないわ。これで磯貝さんと綾桜先生に面識があって、何らかの罠《わな》でも仕掛けられているんなら話が別だけど」

「ないですね。綾桜先生と面識は」

「そうですよね。仮に、鈴元刑事と奈々さんの間に何かがあったとしても、それと綾桜先生の失踪はまったく関係ない可能性もあるわよね。綾桜先生と愛人、そして鈴元刑事と奈々さん、これらのW不倫って可能性もあるわね」

「文さん嬉しそうに言わないでください。そんな面倒臭いものには巻き込まれたくないですよ」

「あら、別に喜んではいないわよ。そんなふうならおもしろくなるかなって思って」

こういうときにニヤリって笑う文さんは、ドラマなら絶対に悪い女だ！　って顔をするんだよね。

「しかし、可能性だけならあるな。W不倫」

W不倫。

「鈴元たちを抜きにすると、綾桜先生の愛人というのが、独身の人じゃなくて結婚していたらですね」

「そうじゃなきゃW不倫にはならないわね。それなら、まだまったく顔の見えないその愛人に加えて、愛人のパートナーもまだ舞台に上がっていないわ。もしも何か磯貝さんに仕掛けられているんなら、そういう線だってあるってことよね」

文さんが言って、磯貝さんが本当に嫌そうな顔を見せた。

「まぁ手詰まりなことは間違いないんです。だから、間宮さんのこの件から何か生まれてこないかと思って、こんな会を設けたんですけど」

うん、って磯貝さんが大きく頭を動かした。

「いずれにしても、鈴元に電話して身体が空いてるようなら、今晩にでも話をしてきます」

「嘘をついたのか、ってですか？」

「いや」

苦笑して磯貝さんが首を横に振った。

「その質問は本当に無意味ですよ。どうにも捜索は手詰まりになったので悪いけどこっちから打ち切ってもいいか、というところから話をして、もう一度じっくり確認してきます。あの二人の間に本当に何もないのか。なければそれでよしです」

「あったら？」

「もしもあったのなら、そこから綾桜先生の失踪の解決に向けての新たな何かが出てくるかもしれません」

皆が、そうですね、って感じで頷いた。

「刑事さんだから、昼間に連絡しても迷惑なんでしょう？」

文さんだ。

「そうですね。抱えている案件がない場合もありますが、基本は夜中に電話します。元刑事なのにこんな昼日中に電話したら、何事かと怒られますよ」

「じゃあ、その結果がわかるのは今夜遅くか明日ね」

「そうなります」

今夜か明日。

「じゃあ、行ってみませんか磯貝さん」

「どこへです？」

「ここへ、です」

スクリーンに映し出したままの、ひかるちゃんがグライダーから撮った農家の写真を指差した。

「勝木さん、えーと、小説家の綾桜先生の弟さんの徹さんが暮らしているこの農家へ。そして、勝木徹さんにこの写真を見せて訊くんです」

「これは、何をしているところの写真ですか？　って？」

「そう」

ひかるちゃんに頷いた。

「ちゃんと説明してからですね。失礼にならないように。お仕事中でいないことも考えられますけど、直接行った方が話が早いでしょう。いなくても、あの辺はのどかだからのんびりできますよ。いい天気だし」

ぶらぶらと散歩するのにはいいところ。何にもないけど。

「それに、この勝木徹さんが留守でも、えーと勝木さんの伯父さんとお姉さん」

「勝木茂さんと、お姉さんは美代子さんですね」

「そう、そのお二人の家だって近くにあるんですから、そこに訊きに行くことだって僕らはできますよ」

「この写真は何をしてるのかわかりますかってかい？」

宮島先生が言う。

「そうです。同じ勝木さんなんだから、きっと親戚か何かだって僕とひかるちゃんが思うことは、全然不自然じゃないですよね」

「不自然じゃないわ。むしろ自然ね」

文さんが言う。

「いいんじゃないかしら。どうせひかるちゃんに確かめた後には、ひかるちゃんのために動いてあげようって思っていたんだし、それが磯貝さんの方にも繋がるかもしれないんだから善は急げよ。今から行けば暗くなる前には着くわ。ちょうど向こうだってお仕事を終える時間かも」

「どうせわからないことだらけなんだから、ひとつひとつ確かめましょう。何でもそうですよね？　勉強でも、捜査でも、仕事でも、疑問点やわからないことや難しいことは、慌てず結論を飛躍させず、コツコツとひとつひとつ可能性を潰していくんです。結局それがいちばんの早道なんですよね？」

「お父さんが言ってましたか」

磯貝さんが言うので、頷いた。

「弁護士の仕事は、刑事も検事もそうだけど、とにかく全部同じだって。可能性をひとつひとつ当たっていく。消していく。そうして、最後に残ったものが、事実なり、真実なり、あるいは本当の結論になるんだって」

「その通りだな」

宮島先生が大きく頷いた。

「勉強だって研究だってまさにそうだ。コツコツ、ゆっくりでもいいから毎日やっていく。それで本当に身に付いていくんだ」

「小説もそうだって、綾桜先生は言ってました。一度書き始めたのなら、どんなに書けなくて苦しくても、毎日一行でも一言でもいいから書くんだって。そうしないと、物語が自分のものになっていかないんだって」

翔子さんだ。

「そうですね。行ってみましょうか。話を訊いてみましょう。綾桜先生の弟さんに」

磯貝さんが言って、宮島先生も頷いた。

「ちょうどいい。機材は車に積んであるぞ」

「機材？」

宮島先生が、ニヤッと笑った。

「探偵のための七つ道具だ」

「あれですか？」

盗聴器を見つけられる一眼レフ。

「盗聴器は今回は関係ないだろう。無線で飛ばせる隠しピンマイクだよ。それを付けていけば、光くんと間宮さんが勝木さんと話しているのを、全部俺の車で受信できる。録音もね」

そんな道具を持っていたんですか。

「ま、今は光くんがiPhoneを通話中にして胸ポケットにでも差しておけば、全部聞こえるし録音もできるんだけどね。少なくとも電話代はかからないし、相手に気づかれることもないよ」

確かに。

☆

僕の車にひかるちゃんと翔子さん。そして磯貝さんの車に文さん。宮島先生は自分の車。分乗して、そしてできるだけ急ぐためにも高速道路を使うことにした。

全員で行く必要はまったくないんだけど、結局皆で行くことになってしまった。何事もなかったら、皆でどこかで美味しいご飯でも食べましょうって文さんは嬉しそうに言っていた。

「文さん、楽しそうでしたよね」

高速道路に入ったところで、助手席に座ったひかるちゃんが言ってきた。

「こんなに大勢で出かけることがまったくないから、わくわくしているんじゃないかな」

「ないんですか？」

あったかもしれないけど、文さんの記憶の中にはない。

「まだ説明していなかったけど」

文さん。僕の叔母である青河文は、火事のときに頭を打ち、煙に巻かれるという事故にあって、記憶をほぼ全部失ってしまって、二年経った今でもまったく戻っていないって話をした。

これは、翔子さんはもちろんだけどひかるちゃんにもまだ言っていなかった。

「別に秘密にはしていないし、文さんをよく知っている人ならわかっていることだけど、言い触らしたりしないでね」

この二人はそんなことはしないと思うけど。

「もちろんです」

翔子さんが後ろで頷くのがわかった。

「さっきも文さん言ってましたけど、記憶がないってことは思い出がまったく消えたってことで、その、大勢で出かけた経験も消えてるってことなのね？」

「そういうこと」

文さんの中に思い出は何もない。あるのは火事以降の回復してから過ごしている日々の記憶だけだ。

「だから、思い出の中に友人は誰一人いないんだ。親の記憶もないし、僕の母さんが実の姉なんだけど、その記憶もない。ただ、お姉さんなんだってことが納得できるというだけ」

「納得？」

「何となく、肌で感じるみたいな感覚だって言っていた。事故から回復して母さんに会ったときにそう感じたって」

僕のことだけ覚えていたってことも教えてあげた。

「だから、文さんの昔の思い出って、僕のことだけなんだ」

うーん、って二人して溜息みたいな声を出した。

「経験したことないからわからないけど、それってすごくキツいですよね。文さん、すごく明るくて元気なのに」

「元々の性格もあるんじゃないかな。昔からすごくマイペースな人で、しかも頭も良くて、母さんは我が妹ながらものすっごく変わった子だったたって」

「そうなんだ」

「だから、友達が増えるのをすごく喜んでる。ひかるちゃんも翔子さんも、良かったらどんどんＬＩＮＥとか、電話とかで話してもらってもいいし、遊びに来てくれてもいいし、誘ってあげて」

うん、って二人して頷いてくれた。

「私、文さんと気が合いそうです」

翔子さんが言う。確かに気が合いそうだ。何となく、同じタイプの人って感じがする。

「記憶は、まったく戻っていないんですか？」

ひかるちゃんが訊いてくる。

「本人は、そう言ってる。今までも母さんから話を聞いたり、卒業アルバムを見たり、いろんな記憶を刺激させるようなことをしてきたけど、まったく戻っていないって。ただ、たぶんだけど、自分が経験してきたことはしっかり感覚として甦《よみがえ》ってくるって」

「感覚として甦るとは？」

「母さんと話していてね、記憶は戻らないけど、あぁこうやってこの人と何度も何度も話していたな、っていう感覚はあるんだって」

なるほど、って翔子さんが言う。

「じゃあ、たとえば私が文さんと一緒に買い物にでも行って、どこかのお店で服とか買ったら、そういえば以前に誰かとこうやって服を買いに来たなっていうのが甦ってきたりするかしら」

「そういうこともあると思うんだ」

だから、なるべく僕もどこかに出かけるときには文さんを誘うことにしている。


高速道路をかなり飛ばしたので、六時前にはもう江別に着いた。

高速を降りて、狭い農道みたいなところに入っていく手前の四車線の広いところでゆっくりと車を脇に寄せて停めた。先頭の僕が停まったので、後続の磯貝さんも宮島先生も後ろに並んで停めた。

「ちょっと確認してくるから」

ひかるちゃんと翔子さんにそう言って、車を降りる。磯貝さんと宮島先生が近づいてくる。

「もう少し行ったところ、あそこの信号を左に入るともう狭い農道みたいなところです。そこから堤防を二分も走ると着いちゃいます」

「なるほど」

磯貝さんも宮島先生も僕が指差した方を見て頷く。

「堤防を走ると、車を停められるスペースがありますから、そこで待っていてください。無線の有効範囲は大丈夫ですかね？」

「堤防から見下ろす感じで農家？」

宮島先生が自分のｉＰａｄでここのGoogleマップを見ながら言った。

「そうです」

「直線距離としては二十メートルもないか。大丈夫だよ。遮蔽物《しゃへいぶつ》も障害物も何もないから、十分受信できる。聞こえづらかったら歩いて近づく」

「わかりました。翔子さんはそっちに移ってもらいますね」

そうですね、って磯貝さんが頷いた。

「もう既にお姉さんの美代子さんに会っている可能性があるわけですから、光くんと間宮さんの二人で行くのがベストでしょう」

「じゃあ、俺の車に。彼女はうちの大学の出身だからね。何かあったときに一緒にいても不自然じゃない」

確かに。

「じゃ、移動します」

車に戻って、翔子さんには宮島先生の車に移ってもらった。後でね、って翔子さんは手を振っていく。

「どうやって、声を掛けますか？」

運転席に座ったら、ひかるちゃんが少し不安そうに訊いてきた。

「いやもう、素直に」

「素直に」

「悪いことをしているんじゃないんだから、素直に訊くだけだよ」

突然すみません、こういう者です。

実はこういう写真を撮ってしまいました。間違いなくここですよね？

そしてあなたですか？　もしそうなら、何をしているんですか？　実は動物虐待の噂があって、そのときにこんな写真を撮ってしまったもので。

「そんな感じになるよね。ただ、念のために、写真を撮ったのは僕ってことにしよう」

「光先輩が？」

「ひかるちゃんは女の子だからね。もしも、弟さんに怒鳴られたり、恨まれたりしたら困るから」

【繋がる、意図】

磯貝公太 Isogai Kouta

堤防の上を車で走るのなんて何年ぶりかと考えたけれど、個人的にではなく全部捜査中に警察車両で走った記憶しかなかった。

それも、あまり嬉しくも何ともないドライブの記憶だ。少なくとも今は隣に文さんという美女が座っているのだから、あの頃よりは楽しい。

「これ、すれ違えるのかしら」

「ギリギリですね」

普通乗用車で本当にギリギリだ。

とはいえ、横は多少ゆるやかに河川敷へと続いているし草も今は刈られているので、横に逃げられないこともない。

「こういうところを管理する部署は、市役所かしら」

「でしょうね。同じ公務員でもよくは知りませんから訊かないでください」

「市が違ったら部署も違ったりするでしょうしね」

基本は土木課とかそういうところだろう。

捜査に必要になったらそういうところの情報も詳細に知り得るのだけれど、刑事の頃にその堤防の道の管理管轄がどこであるかを調べるような捜査はなかった。

ドラマであるような、河川敷に死体が転がっていたとか、証拠品を探して人海戦術《じんかいせんじゅつ》で草をかき分けるようなことも。まぁあったとしても管轄のところに許認可の申請書類を出すのは上の方の役割だけれども。

「あそこですか」

「そうね」

光くんの車がゆっくりと堤防を降りていった少し手前に、砂利を敷いたスペースがある。なるほどちょうど車を二、三台は停めておける。

「宮島、停めるぞ」

(了解。窓は開けておけ。感度が変わる)

「わかった」

イヤホンから聞こえてくる声は感度良好。ピンマイクもイヤホンも、刑事の頃に使っていたものよりずっと音質が良いかもしれない。

「宮島さんはどうしてこんな探偵道具を持っているのかしら。あの盗聴器を探す一眼レフに関しては理解できたけれど」

文さんが、耳に差したイヤホンを指差して言う。

「まぁ、趣味なんでしょうね」

元々手先が器用だったし、そういう機材関係のものは大好きな人間だ。盗聴器を探すボランティアめいたことをしているうちに、その辺のものをどんどん自分で集め始めた。無線機に、こういうピンマイクやら、集音器。

「さすがに人数分はありませんけれどね」

光くんと宮島と自分の、三人分しかなかった。なので、女性陣には男三人が会話している声は聞こえていない。

（今、家の前に着きました。聞こえますか）

光くんの声。

「感度良好。大丈夫ですよ。はっきり聞こえます」

（じゃあ、車を降りていきます）

「了解です。宮島はそのまま車の中にいてくれ。俺は降りて、歩いてあの家の方に向かう」

（一人でか？）

「一人で。念のためだ。ラフシーンなんかにならないとは思うが、なったときに動けるのは俺だろう。お前も行くか？」

（遠慮しておく。車を出せるようにしておくよ）

「磯貝さん、私も行きます」

「文さんも？」

「堤防辺りをスーツ姿の中年男性が一人歩いているより、カップルの方が不自然じゃないでしょう？」

（その通りだな）

聞こえたのか宮島が言う。確かにそうかもしれない。

「じゃあ、行きましょうか」

文さんとほぼ同時に車を降りた。

「でも、もしも何かあったらすぐに車に避難してくださいね」

「わかってます」

（ドアフォンを押したんですが、誰も出ないですね）

光くんの声。

（光くん、田圃の方に人がいる。男性だ。外にいるんじゃないか）

宮島の声に、視線を巡らせて確認した。

「光くん、家の反対側です。回ってみてください」

光くんとひかるちゃんが、ぐるりと回って田圃の方に向かうのが見えた。文さんと二人で、ゆっくりと堤防の下へ続く砂利道を降りて行く。

男は、若い男性だ。はっきりと見えた。少し細身かと思われる身体に、長めの髪の毛。モスグリーンのツナギを着ている。作業着なのか。

（すみませーん）

光くんの声が、イヤホンからもそして生でも少し風に乗って聞こえてくる。男が、何だ？というふうに光くんとひかるちゃんに顔を向けて、そして歩いていく。

その様子に、風情に、別段おかしなところはない。ごく、普通だ。むしろ作業中に声を掛けられて邪魔されたのに、それを何とも思ってないように、どうかしたのか君たちは誰だ？という感じで近づいていく。

（こちらの方ですよね？　勝木さんですか）

（そうだよ）

相手の声も光くんのピンマイクが拾って聞こえてくる。

（僕は、桂沢光と言います。小樽の大学生です）

（小樽？　大学生？）

声が、若く聞こえる。

ここから見える感じでは二十代か三十代。三十八歳の綾桜先生の弟なのだろうから、間違いなくそれぐらいの年齢だろうが、声質はもっと若く思える。高校生でも通用するぐらいに。

（どうしたの？）

表情はここからは見えないが、その声には好意的な響きがあるように感じる。

（実は僕、ここの写真を撮ったんです。グライダーに乗っているときに）

（グライダー通るよね、飛ぶよね。上から？）

（そうです。ここの、この家の写真を偶然撮ってしまって、それで確認したいことがあって訪ねてきたんです）

動物の死体のようなものを抱えているあの写真をいきなり見せて、その様子を確認しようとしたんだろう。光くんは、本当に捜査に向いていると思う。

おそらく、綾桜先生、勝木章さんの弟である勝木徹さんの表情はここからは確認できない。写真を手に取って、見て、大きく頷いた。

（うん、きっとこれはぼくだね。そうか、上から撮ったらうちはこんなふうに見えるんだね。おもしろいね）

動揺も、何も感じられない。ごく自然な、自然過ぎる反応。

（この抱えているのは、動物の死体でしょうか？）

（そうだね。キツネだよきっと。これを撮ったのはいつ？）

（一ヶ月ぐらい前です）

（じゃあそうだ。尻尾《しっぽ》も長く見えるしね。そこの道路のところにキタキツネが轢《ひ》かれて死んでいたんだ。可哀想にね。それで、ここに埋めてあげた。そのときにきっと撮ったんだね）

(キタキツネ)

(この辺、けっこういるからねキタキツネ。川の方に棲《す》み処《か》があるんじゃないかな。エゾタヌキもいるし、オコジョもいるよ)

エゾタヌキにオコジョ。どちらも野生のものなど見たことがない。

(オコジョもですか)

(あ、本当にオコジョかどうかはぼくはわかんないけど、エゾイタチとか言うよね。ああいうの見たことあるよ。キタキツネは数が多いみたいで、すごくたまにだけど、車に轢かれちゃったりしてる。何年ぐらいかなぁ。五、六年に一回ぐらいかなぁ。ぼくは三回ぐらい、死んでいるのを見たことある)

(そんなにですか)

そんなにいるのか、と、驚いてしまった。何度か野生のキタキツネは見たことはあるが、車に轢かれているのは見たことがない。

(そこに、埋めてるんですか?)

(そうだね。ここは、まぁお墓みたいになってる。飼ってた猫や犬も埋めたよ。ほら、おいで)

移動している。家の裏側の方。ちょうど、あの写真で彼が立っていた辺り。文さんと二人で反対側の道路に移動した。

(ほら、石がおいてあるでしょ)
(あ、そうですね)
予想通りか。広い敷地内に、埋めてあげていた。
どこの町にもペットの火葬をしてくれる葬斎場があるはずだ。そこに持ち込めばきちんと
焼いて、望めば共同の墓地に骨も納めてくれるはずだし、骨だけ持ち帰ることもできるはず
だ。
もちろん、自分の土地にペットの死体を埋葬する分には何の問題もない。狭い住宅街など
ではご近所同士で云々《うんぬん》の話は多少聞いたりもする。そうする人はあまりいないとは思うが、
大型犬をそのまま狭い庭に埋めているのを見て、いい気持ちがしない人もいるだろう。埋め
方が浅かったりしたら腐敗臭などの問題も発生するかもしれない。が、基本的には法に触れ
ることは何もない。
(そういうのは、市とかに言えば処分してくれるんですよね)
(うん、そうなのかな? でもこのときはぼくが見つけちゃったから。早くなんまいだをし
てあげようと思って。あ、ひょっとしてなんか問題になっちゃったの? それで来たの?
市役所の人、じゃないよね。大学生だったよね)
(あ、いや、違います。正直に言いますと、さらった犬や猫を虐待して、殺している人がい
るって噂があって、それでたまたまこの写真を撮ってしまったので、放っておけなくて確か

めに来たんです)

光くんは本当に正直に言う。でも、それで正解か。

勝木徹さんの態度に、少なくともこうして聞いている分には何らおかしなところは感じられない。言葉尻に多少二十代三十代の男性とは思えない子供っぽさを感じるのは、ひょっとしたら知的障害があるからかもしれない。

(あー、なるほど。誤解されそうになっちゃったんだね。でも、ぼくは動物をいじめたりしないよ。これは、本当にキツネ。埋まっているのは、これだね。ほら、石に書いてある)

(そうですね)

書いてある。キタキツネ、とでも何かで書いてあるのか。飼っていた犬や猫の場合はその名前も書いてあるのか。光くんが、手を合わせるのが見えた。ひかるちゃんもそれを見て同じように、手を合わせる。

(たくさん、飼っていたんですね)

(ぼくの知らない子たちもいるけどね。ぼくが知ってるのは、このロンとか、ニーとか、シロと、それからクゥ。他にもいつの間にか死んじゃっていた知らない猫とかもいるんだ。これとかね。だから、ここには名前がない)

農家には勝手に棲み着いてしまう猫もいると聞いたことがある。名前もつけないうちに死んでしまうのもいるだろう。

（わかりました。何か、勝手に変なこと想像してしまってすみませんでした）

（全然、別にいいよ。あ、この写真って、もらえないかな？　こんな写真なんか滅多に撮れないから）

（いいですよ。差し上げます）

何も、ないか。文さんと眼が合って、二人で同じように小さく息を吐いた。

「ただ、それだけだったみたいね」

「そのようです」

（あの、来るときに向こうの家も勝木さんって表札あったんですけど、前にトラックに乗せてもらったんですけど、ご家族ですか？）

ひかるちゃんの声。上手い。さほど不自然さを感じさせずに話題をそっちにふった。

（あぁ！）

勝木徹さんが、少し大きな声を出した。

（姉さん言ってた。カワイイカップルを荷台に乗せたって。君たちか！）

（そうなんです。鉄塔を撮りに来て）

（そうそう、写真撮ってたってね。向こうは伯父さんの家ね。君たちを乗せたぼくの姉さんも住んでる。ぼくはこっちにひとりで住んでる）

「光くん、綾桜先生は本名が表に出ちゃっています。〈勝木さん〉っていう小説家がいるとか話をふれますか」

光くんが、こっちを見たのがわかった。

(勝木さんって、少し珍しい名字ですよね。作家の〈綾桜千景〉さんという人も、本名が勝木さんなんですけど、ご親戚か何かですか?)

一瞬、今までの会話の中では感じられなかった間があったようにも思った。気のせいかもしれないが。

(兄貴だよ)

(お兄さん)

(勝木章ね。ラノベ作家の〈綾桜千景〉は、兄貴)

(あ、じゃあお兄さんもこちらに)

(兄貴は札幌。ほとんどこっちには来ないけどね。兄貴、知ってるの? 本、読んだことあるの?)

(あります)

(あ、じゃあ待ってて。サインした本あるの。新品。ぼく持っててもしょうがないからあげる。待ってて)

勝木徹さんが、小走りで家の中へ入っていく。

「光くん、綾桜先生の名前を出したときに、何か反応があったように見えたのですけど気のせいですか？」

（ちょっと驚いたみたいです。でも、おかしな反応ではなかったように思えました）

普通の反応だったか。勝木徹さんはすぐに戻ってきた。手に文庫本を持っているように見える。

（はい、これ。あげる）

（すみません、ありがとうございます）

（また鉄塔とかの写真とか撮るんだったら、今度は何も言わないで、畦道とかに入っていっていいから。どんどん撮って。いいのができたら、気が向いたらくれると嬉しい。いなかったら、郵便受けに入れといてもいいから）

（はい）

（じゃ、ちょっと行かなきゃならないから。もういいかな？）

（すみませんでした。突然お邪魔して）

（じゃあね）

手を軽く振って、ポケットから何かを出しながら歩き出し、倉庫の前に置いてあったスクーターに跨《また》がった。ポケットから出したのはキーか。変に思われないように、そっと文さんと一緒に歩き出した。

後ろを、スクーターの音が通り過ぎて行く。

「光くん、そっちへ行きます」

(はい、道路に出ますね)

(俺は車を出して向こうの勝木家の近くへ行く。双眼鏡で徹さんの様子を見るよ)

「頼む。こっちで待ってる」

堤防の上を宮島の車が走って行くのがわかった。徹さんのスクーターはかなりゆっくり走っている。

光くんとひかるちゃんは、勝木徹さんの家の敷地を出て、脇の道路から鉄塔を見ていた。

「どうでしたか。全部聞こえていましたけれど、徹さんの様子におかしなところはなかったですか」

「全然ですね」

光くんが言って、ひかるちゃんと顔を見合わせる。ひかるちゃんも大きく頷いた。

「普通でした。あの写真を見せたときにも、すぐに笑って嬉しそうに『ぼくだね』って。お墓のことも自然に話していたし、やっぱり虐待とかそんなのはただの噂ですね」

「そう思います。翔子さんも言ってましたけど、話しているだけで優しい人だっていうのは伝わってきました。お墓のことを話しているときにも、死んじゃったのが悲しいっていうのは、何ていうか、眼に表れていました」

眼は口ほどにものを言う、っていうのは本当だ。そうじゃない人ももちろん存在するが、大抵の人間は眼に感情が表れる。あるいは、眼で感情を読み取れる。

「綾桜先生の話をしたときにも」

「普通でしたね」

ひかるちゃんが手にしている、もらったサイン本は読んでいない作品だった。

「サイン本を、弟が持っているというのは普通なのかしら？」

文さんが言う。

「普通かどうか、身内に小説家がいないので何とも」

「そうね」

けれども、家族がサイン本を持っていても何らおかしいことではないだろう。それを、今日会ったばかりの赤の他人にあげるという行為は、多少気前が良過ぎるし人も好《よ》過ぎるような気もするが。

「人懐っこい人だったみたいですね」

光くんもひかるちゃんも頷いた。

「子供みたいに、きらきらする眼をしていました」

「写真をあげたときにも、すごく嬉しそうに。こう言うのは怒られるかもしれませんけど、まるで素直で素朴な小学生の子供みたいで、感情表現が豊かでこっちも嬉しくなってくるような」

接したことは少ないが、そういう人は多いと聞く。そして何よりも勝木徹さんはここに一人で住んで、きちんと仕事をしている社会人だ。

「収穫は何もなかったですね。綾桜先生の方面では」

「そうですね。でも、間宮さんの方では良かったですよ。彼が変な男じゃなくて」

ひかるちゃんが、少し微笑んで頷いた。

「スッキリしました。あそこのお墓も、きちんとされていました」

指差したのは、さっき徹さんと立ち話をしていた、鉄塔と敷地の境目のところ。ここからなら、確かに大きめの石が並んでいるのがわかる。話を聞いていないとそれが墓だとはまったく気づかないけれども。

（磯貝。徹さんの行動には何もなかった。普通に走って、普通に家の中に入っていった。周りを気にしている様子とか不審なところは一切ない）

宮島の声。

「わかった。こっちにいるから戻ってこい」

（了解）

これで、終わりか。

綾桜先生の行方について、直接弟である徹さんや実姉である美代子さんに訊くことは今はできない。

「とりあえず、この弟さんの家に綾桜先生の姿がないってことは、確かでしょうね」

「そう思いますよ」

皆で家を見た。

「他に人がいる様子はまったくなかったです。それこそ、犬や猫の気配もなかったですし、徹さんの態度にもなかったです」

「きっと今も犬や猫がいるなら、言ってきたはずですよ。見る？　とか言って」

ひかるちゃんも言う。

「そんな感じでしたね」

文さんが、ふらりふらりと、何歩か行ったり来たりして周りを見ている。

「ねぇ、ひかるちゃん」

「はい？」

「ここは農道よね」

文さんが言う。

「農道、でしょうね？」

「ですよね？」

ひかるちゃんも、光くんも繰り返した。

「確認していなかったですけど、そうでしょうね」

周りはぐるりと田圃なので、農道の可能性が高いんじゃないだろうか。もちろん国道じゃないのは確か。

「市道とか道道《どうどう》って、よくわかんないですよね」

「どこがそうなんだかね」

ひかるちゃんに、光くんが答える。

「道道、って本州の人に言うとキョトンってされますよね。向こうは県道ばっかりで、あ、都道や府道もあるんだろうけど、道道なんて言葉を他の地方の人たちはまったく知らないから」

ひかるちゃんが少し笑って言う。確かにそうだ。

「むしろ私たちも道道という言葉はあまり使わないし、県道って言葉はドラマやいろんなもので聞いたり目にしたりするのでピンと来ますよね」

「それは、確かにそうかもね」

もちろん、日常的に使う職業の人もいるだろうが、ほとんどの人は〈道道〉という言葉は滅多に使わないだろう。

文さんが、何かを確かめるように辺りを見回している。

「磯貝さん」

「はい」

「農道って、〈国道何号線〉みたいにそれぞれの番号ってあるのかしら。あれって、この農道の番号？」

文さんが指差したのは、目の前にある、勝木さんの家のすぐ脇にある電柱だ。そこに縦長の金属製のプレートが付いている。

そこにたくさんの数字が書かれている。

「いや、あれは電柱番号ですね」

「電柱番号？」

電柱番号？　と三人して繰り返した。

「知りませんか」

「わかりません」

ひかるちゃんも光くんも、文さんも同時に言って頷いた。

まぁ、知らない人も多い。そもそも普通に暮らしていて電柱に興味を持つ人などはかなり少ないだろう。

「電柱にはそれぞれ管理のために番号がふってあるんですよ。たぶん日本全国そうだと思いますけど、電柱を立てた会社や、架線《かせん》の事業所がそれぞれにね」

「え、電柱を立てるのと、架線を張るのは別々の会社なんですか？」

光くんが言う。

「一緒の場合もあるだろうし、別の場合もありますよ。電柱を立てたのは電力会社だけど、この線を引いたのはＮＴＴだとかね」

なるほど、とひかるちゃんが頷く。

「これは、便利なんですよ。ここみたいに、周りを見ても住所表記が見当たらない場合があるでしょう？」

「今、まさにそうよね。私、実はさっきからここの住所は何なんだろうって眼で探していたの」

信号も何もまったくないからわかるはずがない。スマホでマップを出しても、細かい住所などは出てこない。

「たとえばここで交通事故を目撃したとして、１１０番して、住所を訊かれてもわからないので、あの電柱番号を電話の向こうのオペレーターに言えば、警察の方でここの住所をすぐに確認できます」

あぁ！　と、文さんがさらに大きく頷く。

「なるほど。そういう使い道があるのね」

「スゴいですね」

「確かに便利だ」

「ひとつ賢くなったわ。じゃあ、あのかなり渋い感じのプレートの番号もそうなのかしら」

「うん、あれは何でしょうね」

さっき眼に入ってから気になっていた。

明らかに普通の電柱番号のプレートとは違う。かなり古そうな、錆《さ》びたプレートというよりトタン板なのじゃないか。それにほとんどペンキで手書きしたような感じで番号がふってある。

2401。

「何の番号でしょうね。本当にここの道の番号かしら」

「いや、どうでしょうね」

かなり古い。そしてこの電柱自体も相当古そうだ。電柱の立て替えというか、入れ替えをどれぐらいの頻度でやるのかはわからないが。

「ひょっとしたら、あのプレートはこの辺の地域の誰かが付けたものかもしれませんね。町内会とか、あるいは農業関係の組合とかその辺で」

「農業関係」

「いろいろありますよね。農家の人たちはこの辺だと向こうの住宅街ができる前からずっとここで農家をやっているわけですから、古い住所の番地とか、それこそ農道にしたこの道路の番号とか」

この辺りは開拓時代からずっとある古い土地なのだろう。住所の番地とかそういうものを、自分たちだけがわかるようにああいうふうに付けていても不思議じゃないし、住所表記だって変わることもある。変わって、時代が巡ってきちんとどこかに表記されるようになっても、古い手作りのものはそのままになってしまっているとか。

　そして、農家の人たちは何でも自分たちの手でやってしまうのも、よくあることだ。うちの管轄じゃなかったが、小さな川に自分たちで勝手に橋まで作ってしまっていることだってあった。電柱にプレートを付けるぐらいは、農家の人たちにとっては朝飯前どころか子供の夏休みの工作を手伝ってやるぐらいなものだろう。

「確かにそうかもしれないわね。うちの父も自分で何でもやっていたみたいだし」

　文さんが言う。

「やってたよ。めっちゃやっていたね」

　光くんが少し笑って言う。今は亡き、文さんの父親、光くんの祖父。青河玄蕃さん。

「しかし」

　2401。

　あの数字をどこかで見た気がしている。

　どこだった。誰かの電話番号か、あるいはマンションとかの住所表示か。

「よく見たら、電柱とか鉄塔とかって、そういう番号がやたらいっぱいあるのね。まったく知らないものばかりだわ」

文さんは、その電柱の向こうの鉄塔を眼を細めて見ている。

「あの鉄塔にも番号のプレートがある」

「でしょうね」

鉄塔には、それこそ管理のための枝番とかの番号がふってあるはずだ。以前にどこかでそれを確認した記憶がある。

「11の1ね、あの鉄塔の番号は」

11の1。

「111?」

その数字も、どこかで、見た。どこだった?

最悪のパスワードか。いやそれは四桁で1111だ。

111。1が三つ。

そして、電柱の2401。

何だ? 記憶を刺激される。

「ネタ帳」

「え?」

そうだ、ネタ帳のノートのメモだ。

綾桜先生の。あそこに書いてあった番号じゃなかったか?

違うか？　慌てて、スマホのカメラで写真を撮る。

２４０１と、１１１。

そして、この周りの風景。景色。

「すみません文さん」

「はい」

「すぐに事務所に戻っていいですか」

「どうしました？」

光くんが、訊く。

「何か、とんでもないものを見つけたような気がします。それを、確かめに行きます」

【隠された、意図】

桂沢 光 Katsurazawa Hikaru

　とんでもないものを見つけた？

「綾桜先生の失踪に関してですか？」

　言ったら、磯貝さんが頷いた。

「そうです。説明すると長くなるので、とにかく僕は事務所に戻ります。皆さんは、このまま小樽に戻るなり、どこかでお食事でもして楽しんでください。お泊まり会は残念ですが、僕は抜けます」

　宮島、と磯貝さんは呼んだ。

　宮島先生は翔子さんと車の中で待っていた。

「聞こえたよな。お前は皆さんと一緒に〈陽光屋〉での宿泊を楽しんでいいぞ」

（それでいいんだな？）

「いい。とりあえずは」

　せっかく〈銀の鰊亭〉にお泊まりの準備をしてきてもらったんだから、それをバラすほどのことじゃないって磯貝さんは続けた。

「何か事態が進展したら、すぐに連絡しますから」

「わかりました」

(磯貝、ピンマイクとイヤホン)

「おう」

磯貝さんが宮島先生に言われて、慌ててそれを外して、文さんにお願いしますって預けたら、何故か文さんがそのままイヤホンとマイクを自分につけた。

(間宮さんと文さんはそのまま光くんの車でいいね)

宮島先生が言ってくる。

「そうですね」

「待って」

文さんが言った。

(何です？)

宮島先生が言って、向こうに停めてある車に乗り込もうとしていた磯貝さんにも文さんの声が聞こえたらしく、車のドアを開けたままこっちを見た。

「何か、磯貝さんには話し相手が必要な気がするから、光くんが一緒に行った方がいいわ」

「僕が？」

話し相手？

「綾桜先生の件についてだよね？」

「そうよ」

それなら、さっきも二人が話していたけど宮島先生は磯貝さんの相棒みたいなものなんだからその方がいいんじゃないかって思ったんだけど。

文さんは続けて言った。

「完全に第三者の光くんの方がいいと思うのよ」

「何で？」

磯貝さんが眼を細めてこっちを見ている。少し離れちゃったから、何を話しているのかあまり良く聞き取れないんだ。

「カンよ。私たちは宮島さんの車に全員乗れるから、光くんそのまま自分の車で磯貝さんと行って」

それは、別にいいんだけど。

「ひかるちゃんは私がちゃんとご接待しておくから」

言いながらにっこり笑ってひかるちゃんの肩を抱いた。別にそんなことはしなくてもいいんだけど、きっと文さんも楽しみなんだろうから、いいかって。ひかるちゃんと翔子さんはきっと文さんとも気が合う友達になってくれると思う。

「磯貝さん、行きます」

少し大きな声で言ったら、磯貝さんはちょっと顔を顰めて、頷いた。

車のドアを閉める。エンジンを掛ける。僕も走って自分の車、ミニクーパーに乗り込んでその後に、続いた。

文さんとひかるちゃんが二人で並んで手を振ったのがミラーに映った。江別のこの辺りから札幌の〈磯貝探偵事務所〉までは、渋滞さえなきゃたぶん三十分とか四十分ぐらいのはずだ。

大した距離じゃない。

〈磯貝探偵事務所〉のあるビルの近くの駐車場に停めて、小走りで磯貝さんに追いついて、二人でビルの入口から入って大理石の階段を上がっていく。

「文さんはああ言ったけど、本当に僕必要ですか？」

言ったら、磯貝さんは苦笑いした。

「本当に、光くんもそうだけど文さんもいつでも探偵になれますね」

「文さんが」

「文さんの場合は、まさしくアームチェア・ディテクティブでしょうけど

アームチェア・ディテクティブ。

もちろんその言葉は知ってる。安楽椅子探偵って訳されるものだ。事件の現場に行くことなく、部屋にいて椅子に座って当事者たちの話を聞くだけで事件を解決してしまうような名探偵のことだ。

まぁ現実にはそんな人はいないだろうし、そもそも名探偵という存在そのものがもはやファンタジーの世界の住人になってしまっているから。

「文さんが、綾桜先生の失踪について何か見抜いたってことですか？」

「見抜いたのかどうかはわかりませんけれど」

そう言って、事務所の扉の鍵を開けた。

「少なくとも今、僕が確かめようとしていることに関しては、宮島がいても話し相手というか、相談相手には不向きかもしれませんからね。それを、何か感覚的に文さんはわかったんでしょうね」

相談相手。

感覚的に。

どういうことなのかまるでわからないけれど、ついて来て正解なのは、磯貝さんが助かったって思ってることはわかった。磯貝さんは、真っ直ぐに机に向かって歩いて、机の横に置いてあった紙袋の中から大きめのノートを取り出して、机の上に広げた。

デスクライトを点《つ》ける。

「これです」

「何ですか」

「これは、綾桜先生の奥さんである勝木奈々さんと、僕の元同僚の刑事である鈴元が二人で依頼をしに、ここに来たときに持ってきたものです」

「何かの資料ですか？」

「綾桜先生の、作家のネタ帳とでも言えばいいのか、創作ノートのようなものらしいですね。今までに書いた作品についてのメモがいろいろ書いてあって、それの最新、つまり失踪直前まで使っていたものらしいです」

なるほど。

それはすごく興味深い。作家のメモなんて見る機会は、たぶんこの先もほとんどないだろうから。

「何が書いてあるのかは、よくわかりません。ここにある人の名前はおそらく小説の登場人物の名前でしょう。ミステリ作家らしく、バラバラ死体とか殺人事件のあった村、なんてメモ書きもあります」

「そうですね」

やっぱりそんなふうにして、メモを書くみたいにしてストーリーをいろいろ固めていくものなのかな。

もちろん人によってやりかたはいろいろなんだろうけど。

「メモをした日付も毎回きちんと冒頭に書いてあります。ここら辺りは、失踪前日まで書いていたものなのでしょう。これを見てください」

磯貝さんが指差したところに、数字が書いてあった。

簡単な地図みたいなもの、ノートの罫線に線を引いた記号みたいなもの、そして。

四桁の数字２４０１と、三桁の数字１１１。

「え？」

眼を丸くしてしまった。

「磯貝さん、この数字って」

磯貝さんが頷きながらスーツのポケットからスマホを取り出して、さっき撮った写真を出した。綾桜先生の弟さん、勝木徹さんの家のすぐ脇の電柱に取り付けてあったプレートの数字。

２４０１。

そして、同じく田圃にあった鉄塔のプレートにあった数字。

１１１。

まったく同じ数字。

「光くん、これは、偶然だと思いますか？」

「偶然だったら、一生ネタとして話せますね。世の中には不思議なことがあるんだぞって」

「偶然だったらお互いにそうしましょう。では、偶然ではなかったら？」

磯貝さんがそう言って思いっ切り顔を顰めて、息を吐いた。

「コーヒーを淹れましょうか」

「あ、僕が」

いやいや、座っててくださいってソファを指差した。ものすごく安く買った革張りのソファ。

磯貝さんがコーヒーメーカーまで歩いて行ったので、僕はノートをそのまま持ち上げて、ソファまで移動してテーブルの上にそっと置いて、ソファに腰掛けた。

「このネタ帳に書かれた数字が、何の数字かってことは、ここに書かれてはいないんですね？　わかっていないんですよね？」

そうです、って言う。

「一通り読みましたけど、その数字が何を示しているのかは書いてありません。なのでそれを初めて読んだときには、何なのかまったくわかりませんでした」

挽《ひ》いた豆をコーヒーメーカーに入れながら、磯貝さんが言う。

「物語の構想上必要なものなんだろう、と、最初は思いました。もちろん奥さんである奈々さんは何もわかりませんと言ってましたね。当然、鈴元もです。綾桜先生が、函館に行っているかもしれないって話はしましたよね？」

「聞きました」

「それで、函館の電話番号か郵便番号、あるいは函館に関係している番地とかの住所関係だろうか、と、鈴元とも話して、後でググってみましたがどれもピタリと来るような、ハマるようなものはありませんでした」

「そもそもが離れて書かれていますものね。二つの数字が」

「そうなんです。どう見ても、繋がる数字ではないという感じでしょう」

別々の、意味がある数字なんだろう。

「でも、綾桜先生が書いたんだったら、そのまんまこの写真の、あの場所にあった数字のことだってのもあり得ますよね？」

そう言ったら、磯貝さんは頷いた。

「あり得ますね。どういう意図で書いたのかはわかりませんが、物語上必要な部分であの電柱プレートの番号と、鉄塔の番号を控えておいた、と。函館にはまるで関係ありませんが」

「ですよね」

全然わからない。

函館はまるで無関係なのかもしれない。

あそこにあった二つの番号を、数字を控えておいてどうしようと綾桜先生は思ったのか。

コーヒーが入る音がしてくる。

磯貝さんが戻ってきて、僕の向かいに腰を下ろした。

「綾桜先生が、このネタ帳にあそこの数字を書く意味というのを、車を運転しながらずっと考えていましたがまったく思いつきません。ここで構想している小説であそこを舞台にするようなつもりじゃなければ、ここには書かないでしょう」

「そうですよね」

「けれども、翔子ちゃんが言ってましたよね？　死体を埋める云々の話です。死体がなかったら、誰もわからないところに埋めてしまえば警察はわからないって話をしたときに、『でも、さすがに自分がそんなネタを使ったら、農業をやってる弟さんやお姉さんに絶対に怒られるから使わないけどって笑ってました』と」

言ってた。

さっき、そんな話をした。

「つまり、綾桜先生があそこを、自分の弟が住む家と田圃がある、この数字の電柱と鉄塔の付近を舞台にすることは、殺人事件が起こるような話の中心に持ってくることはほぼないだろうと思っていいんです。少なくとも、死体が埋まっているのがあそこだとするようなことは」

「ですね」

筋は通っていると思う。

「つまり、綾桜先生がこの数字を控えておく意味もない、と今は考えられます。そもそも、現実の場所を舞台に設定したとしても、こんな細かな数字まで一致させる必要は小説ではまったくないんですよ」

「そうですよね」

舞台が現実の場所でも、細かい住所の数字なんかは架空のものにするはずだ。もちろん例外はあるだろうけど。

「たとえば殺人事件のあった場所を、現実とまったく同じ住所にして表記しちゃったら、そこに住んでいる人からどんなクレームが入るかわかりませんよね」

「そうです。実際、そんなクレームというか、文句は警察に入ることもあるんですよ」

「あるんですか」

「何とかって小説でどこそこを舞台にしているがあれを止めさせろ、とね」

そんな人がいるのか。いるんだよね、きっと。

「綾桜先生も、中堅どころの方でしょう。その辺は心得ているはずです。ですから、この数字をそのまま小説内に使うはずがないと思われます」

「それなら、メモする意味は本当にないですよね」

数字の横に電柱とか鉄塔とかって言葉も書いてない。もしも、きちんとメモに取るなら、これは電柱にあったとか、鉄塔にあった番号とか書いておくと思う。でもそんなことは書かれていない。

ただ数字と、よくわからない簡単な地図みたいなもの、ノートの罫線に線を引いた記号みたいなもの。

「この地図みたいなものは」

四角形だ。フリーハンドで描いた四角形のような形。長四角もあるし楕円みたいになっているのもある。それが固まっていて、どこかの住宅街の地図みたいになっている。四角形に囲まれた部分が道にも見える。

頭に思い浮かべた。

さっきまでいた、綾桜先生の弟さんの住む家の場所。

「あそことは全然一致しませんよね」

「まったくしませんよね」

磯貝さんも言う。

「どこをどう引っ繰り返しても、あそこの道路と家の位置関係とは一致しません。そもそも地図かどうかもわかりませんからね。ただの四角形のような形を並べたようなものです」

「この簡単な地図のようなものと、記号みたいなものと数字はまったく無関係かもしれないですね。たまたま同じページに書いてあっただけで」

「むしろ、これを描いたからページに余白が生まれている。その余白を利用してこの数字を書き込んだと見るのが自然かもしれません」

そうかもしれない。

「書いたペンも違いますか？」

顔を近づけたけど、そこまではわからなかった。

「科学的な分析までしないとそれはわかりませんね。同じようなペンです。事実としては、現実にこうしてまったく一致する二つの数字が、ここに書いてあったと。そういうことなんです」

全然わからない。

どうしてこの数字がネタ帳に書いてあったのか。そして、どうしてあの場所にあった数字なのか。

「文さんが、宮島先生がいても話し相手というか、相談相手には不向きかもしれないって思ったっていうのは、どういう意味ですか？　これと一緒で今も全然わかんないんですけど」

訊いたら、磯貝さんは少し眼を細めた。

「まだ、わかりませんが」

「はい」

「この数字を、単純に綾桜先生が書いただけだったのなら、それが事実なら、文さんがそう感じたのはまったくの的外れということになります」

的外れ。

「しかし、もしも、この数字を綾桜先生ではない人物、第三者が書いたとしたら、いや、このノートに書き加えたとしたら？」

書き加えた？

「え？ でもこのネタ帳に書くことができる人なんて」

そうか。

「奥さんか、あるいは」

「鈴元です」

磯貝さんの元同僚の現役の刑事さん。

これを持ってきたのは、奥さんと鈴元さんなんだ。

「綾桜先生の奥さん、奈々さんは間違いなくあの数字を知ることができる人間の一人として存在しています」

「え、ちょっと待ってください」

思わず手を広げてしまった。

この数字を、奈々さんか鈴元さんがこのネタ帳に書き加えた？

何のために？

「奥さんか、鈴元さんが書いたとすると、それは」

つまり。

「磯貝さんに見せるために？」

磯貝さんが、ゆっくりと顔を顰めながら、頷いた。

「そう考えるしか、ありませんね。可能性としては、現段階ではその二人しかいません。他の、まったくの知らない関係者という可能性もあるでしょうけれど、小説家がネタ帳を誰かの手に渡すことはあまり考えられないでしょう。何より自分には関係ないことを書かせるとも思えません」

確かにそうだと思う。

「そして、もしも二人のうちどちらかが書いたとして、何故そんなことをしたのか、何の意味があるのか、それを探ろうとしたとき宮島先生は鈴元さんに会っているから、何かを確かめようと思ったときには、まったく面識のない僕の方が動きやすいってことですか。文さんはそこまで何も知らないで見抜いたというか、感じたってことですか？」

「そういうことですね」

どうして文さんはそんなのを感じたんだ。

「え？」

ちょっと待ってください、ってまた言おうとしながら自分で自分の口を塞いでしまった。

磯貝さんを見ると、じっと僕の眼を見つめている。

鈴元刑事さんと、綾桜先生の奥さんの奈々さんが、二人してこの数字を書き込んだとしたら。それを、わざわざ磯貝さんに見せたとしたら。それは、一体、どんな、どのような事態を指し示すっていうんだ？

頭の中をものすごい勢いでいろんな考えや想像の場面がぐるぐる回っているのが、わかった。ぐるぐる回って、三百六十度回って、そして頭を左右に振ってしまった。

「全然わかりません磯貝さん」

幾つかその理由が浮かんだけれど、でも何でそんなことをするのか全然わからない。

そう言うと、磯貝さんも、僕を見つめながら大きく頷いた。

「僕も、全然わからないんですよ光くん」

磯貝さんが、溜息をついた。

コーヒーが落ちた音がしたので、立ち上がってマグカップにコーヒーを入れて、戻ってくる。

良い香りがしてくる。

「いただきます」

コーヒーを飲むと頭が冴《さ》えてくるっていうのは、きっと本当だと思う。

「磯貝さん、わからないけど、整理するために僕が言っていいですか？」

「どうぞ。むしろその方が助かります」

「綾桜先生の奥さんと鈴元さんが、失踪捜索の依頼をするときに、この綾桜先生に関する資料を持ってきた。二人で集めて持ってきたんですよね？」

「そうです。少なくとも二人はそう言っていました」

「鈴元刑事さんも、全部中身を確かめて持ってきたんですよね？」

「そうです」

「ネタ帳にこの数字も書いてあるのを、鈴元刑事さんはあらかじめ知っていたんですよね？　そう言ったんですね？」

磯貝さんは、僕が言うのに被せるようにしてすぐに頷いた。

「知っていました。確かにそう言いました」

「鈴元刑事さんも、これは綾桜先生が書いたんだろう、ってことで話したんですよね？　ここで磯貝さんと」

「そうです」

それが、前提だった。

でも。

「綾桜先生がこの数字をここに書いたとは思えない」

「思えません」

磯貝さんが、少しだけ口調に力を込めた。

「いろんな状況が、あの場所にあった二つの数字をここに書き込む意味はないと言っているような気がします。気がするだけで何の証拠もないし、ひょっとして後日ひょっこり出てきた綾桜先生が『書いたよ』とさっくり言うかもしれませんが」

「今は、そう思えない」

「そうです」

だから、そうじゃないと仮定してみる。

誰かが、ここに、あそこにあった二つの数字を書き込んだ。

書けるのは、二人しかいない。

「鈴元刑事と奈々さん」

言うと、磯貝さんは小さく顎を動かした。

「お二人のうちどちらかが、この、現実にあそこにあった二つの数字をわざわざ書き込んで持ってきたとします」

「はい」

「とすると、それは、二人で共謀して磯貝さんに嘘をついたってことになります」

「なりますね」

二人で、磯貝さんに嘘をついた。

その嘘とは、この数字を書き込んだってこと。考えながらも、全然その意味がわからないって何度も思う。ネタ帳をめくってみて、確かめた。

「きっと筆跡はほとんど一致していますよね」

「鈴元が書いたのなら、そして気づかれないようにしようとしたのなら、まず間違いなく同じでしょう」

ざっくりだけど、他のページに書いてある数字と、あの二つの数字の筆跡は同じような感じだ。

そこにも、嘘。

「その嘘が指し示すのは、ひとつしかないって考えるしかないんでしょうか」

「僕もそのひとつしかないと考えています」

「ここに行け、ですよね？」

「そうですね」

「ここに行けば、綾桜先生の失踪の真実がわかる、ですよね？」

綾桜先生の失踪は、失踪じゃないってこと。

「それしかありませんよね？」

「ありません」

「そこに、この数字の場所に何かがある、ってことを教えてる、磯貝さんにヒントを出してるってことになりますよね？」

「なりますね」

何かとは、何だって考えると。

「それは」

大きく息を吐きながら、磯貝さんが、口を開いた。

「綾桜先生の死体がそこに埋まっているぞと、教えているのかもしれませんね」

死体が埋まっている。想像もしたくないけど。

「そういうことになりますよね」

「光くんも、そう思いますよね」

「思えます」

思えるけど。

「何度も言いますけど、全然わかりません」

理由が。

「綾桜先生の死体があそこに埋まっているぞ、と、ヒントを出したとしましょう。どうしてそんなことをするんです？」

どうして死体を埋めたのかは後回しにするとして。

「何で、わざわざ、自分たちの犯罪を磯貝さんに教えようと、こんなものすごい遠回しなことをするんですか？」

磯貝さんもきっとずっとそれを考えていたんだ。

何故、そんなことをする？　って。

「訊いてみるしかないですね。本当に、全然わかりません」

わからない。

「仮に、何らかの事が起こって、誰かが綾桜先生を殺してしまったとしましょう。その誰かとは奈々さんしか思い浮かびません」

磯貝さんは唇を引き結んだ。

「殺したのかあるいは事故なのか、どっちでもいいんですけど、死んでしまったんです。そして、それを隠そうとしたんです。奈々さんが鈴元刑事に相談したのか、あるいはその場にいたのか。とにかく二人で死体を隠した。その場所が」

ネタ帳を指差した。

「この二つの数字が指し示すあの場所です」

「はい」

「そこまではとりあえず良しとします。いや全然良くはないんですけれど、死体さえ隠せば、そして見つからなければ犯罪にはなりませんよね」

「少なくとも警察は動けませんね」

警察は、事件が起こらなければ動けない。それはもちろん鈴元刑事さんがいちばんよくわかっている。

「死体を隠せば、綾桜先生が失踪したと表向きにはできます。そしてそのまま綾桜先生が失踪したとして、七年でしたっけ？」

「七年ですね。失踪宣告」

失踪した人間の生きている痕跡が七年間まったく見つからなければ、死亡したと見なしていいんだ。

「配偶者である奈々さんは、正式に、法的にも独り身になることができますよね？」

「できます」

「二人で共謀して綾桜先生の死体を隠すなら、目的は、目標はそれしかないですよね。つまり、お二人は、奈々さんと鈴元刑事は」

「不倫の関係にあったということでしょう」

磯貝さんが、はっきり頷いて言った。

そう考えるしかない。まさか二人が実は生き別れた兄妹だったからとか、そんなことはあり得ない。

刑事である鈴元さんが、そんなことに加担する理由はそれしかない。

「もっともらしい理由を探すなら、たとえば綾桜先生がとんでもないＤＶ野郎だったとか、いろんなことが考えられますけど」

それも置いとく。

「とにかく、二人は死体をあそこに埋めたんです」

でも。

「どうして、それを、ヒントを磯貝さんに教えるんです？　そもそも、どうして捜してくれと磯貝さんに依頼してきたんですか？」

まったくわからない。

二人の犯罪を、磯貝さんに見つけてほしかった？

「それをこんな遠回しなことにするのは」

「遠回しもいいところですね。そもそも光くんがいなければ、僕があそこに行くことはまずなかったでしょう。失踪を親類縁者に知られたくないという前提の依頼ですから」

「そうですよね」

僕とひかるちゃんが出会わなければ、磯貝さんがこんなにも早くあそこに行くことはなかった。もし行ったとしても、文さんがあんなことを言わなければ、あの数字に気づくこともなかったかもしれない。

さっき見た勝木徹さんの農家の様子が浮かんでくる。死んでしまった動物たちを埋めたところ。大きめの石が置いてあるところ。

「あ」

石。

墓石の代わりの、大きめの石。

「どうしました？」

「わかりました」

「何がです」

「この、ここに描いてある地図のような四角形」

これは、石だ。

勝木徹さんが、亡くなってしまった動物たちを埋めてその上に置いた大きめの石。

「その、配置と、一致しているんじゃないかって」

【覚悟と、後悔と】

磯貝公太 Isogai Kouta

石の配置。

「実際に見たのは光くんとひかるちゃんだけですからね」

まったくわからないけれども、雰囲気はわかる。

「あ、ちょっと待ってください」

光くんはiPhoneを取り出す。

「あの写真のデータ、あります」

「グライダーからの」

「そうです。さっき念のために入れておきました。これです」

勝木徹さんの農家を真上から撮った写真。徹さんがキタキツネを抱えている。その周辺にいくつかの石。

勝木さんが邪魔になって見えない部分もあるが。

「確かに」

あの地図のようなものと、たくさんの四角形と同じような配置で石が並んでいるのが、わかる。

「間違いない感じですね」

「たぶん。そういえば、この、徹さんの身体で少し隠れていますけれど、ここにある大きな石には名前が書いてありませんでした」

「大きな石ということは、漬物石にするのにちょうどいい感じの大きさですか」

「漬物石ってものすごく久しぶりに聞きました」

「僕も生まれて何回かしか使っていませんね」

「でも、たぶんそれぐらいかもうちょっと大きいかです。大人の男がようやく持ち上げられるか、ひょっとしたら無理かもって感じの大きさでした」

それならけっこう大きい。もっとも農家なのだから、大きな石を運べるような機具はいくらでもあるだろう。

「その大きな石の下に埋まっているものも、大きいってことは十分考えられますね。それこそ、人ぐらいの大きさのものが埋まっている」

「そうかもしれません。他の、猫や犬の名前が書いてある石は、小さかったです。それこそ拳大ぐらいで」

地図のような四角形を眺める。石の配置か。石をほぼ四角形に描いたから、まるで市街地の地図のようにも見えたのか。

二人で、じっとそれを見つめてしまっていた。

コーヒーを飲む。そして、煙草に火を点けた。

「あぁ、すみません」

非喫煙者の光くんが目の前にいるのに。

「いいですよ。吸ってください。何だか煙草ってこういうときに吸うものなのかなって、わかってきたような気がします」

光くんが言う。

そうなんだ。煙草は旨いから吸うばかりじゃない。絡まる策や思考を解きほぐそうとしたり、沸き上がる苦い思いを打ち消したり、その反対にあえて苦さを得るためにも吸う。そういうときが人生には幾度も訪れる。毎日のように。

「磯貝さん」

「うん」

「これ」

ネタ帳の地図のような四角形の塊を、光くんが指差す。

「数字だけじゃなくて、これも奈々さんと鈴元さんが描いたってことも十分考えられますよね」

「そうですね」

むしろ、そう考えた方が素直に通じるだろう。

「綾桜先生がこの数字を書いたとは思えないように、これがあそこの石の配置だとしたら、これも綾桜先生が描く意味はないようにも思えますね」

「もしも数字も地図も二人が描いたとするのなら、もうひとつの可能性も浮かんできますよね」

「もうひとつ？」

光くんが小さく頷く。

「さっきから僕も磯貝さんも、この数字は奈々さんと鈴元さんが二人で相談して書いたもの。それは磯貝さんへのサインとかヒントみたいなもので、ここに二人で殺してしまった綾桜先生の死体が埋まっていますって言ってるようなものだ、っていう前提で話していますけど」

その通り。

「そうじゃなくて、殺してはいないけれども、ここに死体が埋まっていることを私たちは知っていますっていうサインなだけ、じゃないかって」

うん？

「どういうことですか？」

「奈々さんと鈴元さんが不倫の果てに、あるいは何らかの要因で綾桜先生を死なせてしまって埋めたんじゃなくて、他の誰かが綾桜先生を殺してしまってここに埋めたのを実は知っているんですよって言ってる、って考えもできますよね。つまり」

「弟さんですか」

光くんが頷く。

綾桜先生の弟さん、勝木徹さん。

「彼が、兄を殺して埋めてしまったと？」

「いや、全然そんなことは感じられませんでしたけど。さっき会って話して、とてもそんなことをする人には思えないですって言いましたけど、可能性としてはどうでしょう」

可能性としてだけなら。

「あり、ですか」

何らかのとんでもない出来事があり、徹さんは兄である綾桜先生を殺してしまい、もしくは死んでしまった兄をあそこに埋めた。

「奈々さんは、それを知ることができる立場にはいますね。鈴元は、僕の知っている限りではちょっと無理でしょうけれど、それも僕が知らないところであの兄弟と繋がっていたという場合もありますが」

「だから、奈々さんが鈴元さんに相談した。鈴元さんはこれを事件にすることもできなかったとかは？」

「いや、それは無理筋でしょうね」

鈴元は、刑事だ。

「たとえ奈々さんと不倫の関係にあったとしても、自分に直接関係のない殺人、もしくは死《し》体遺棄《たいいき》事件を知ったのなら、自分で動きます。それを隠してこんな遠回しに示してくるようなことはしないでしょう」

「ですよね」

正確に言えば確定できていないのだから、どんな可能性だってある。けれども、鈴元は自分には関係のない事件を誤魔化《ごまか》すような真似だけは絶対にしない。

「あいつは、僕以上に刑事です。だから、もしも徹さんがここに綾桜先生を埋めてしまったとして、それを鈴元がこんな遠回しに伝えてきたのならば、それはあいつがその犯罪に直接関係しているということです」

「自分では殺していなくても、ですよね」

「それも、ないとは思いますが、わかりません。その場合は徹さん、奈々さん、鈴元の三人が何らかの共犯関係ということになるでしょうね」

光くんが、そうか、と頷く。

「三人が何らかの共犯関係って考えた方が素直に通じますよね。ここは、勝木徹さんの家の敷地内ですから、仮に徹さんが関係ないとしたら、どうして奈々さんと鈴元さんがわざわざここに埋めたのかって疑問が大きくなりますから」

「その通りです」

何故、ここに埋めたのか。

「あくまでも仮定ですが、殺害現場がここだったというのが最も可能性が高いでしょうね。鈴元が関わっているのならば、死体を殺害現場から他の場所に移動させることがどんなに大変で危険なことかを承知していますから。何よりも」

「死体を埋めなきゃならないならもっと安全なところがあって、それを鈴元さんはよく知っている、ですね？」

「その通りです。僕だって知っています。光くんも、もしもそんなことをする事態に陥ったら真っ先に相談してください。懇切丁寧に穴の掘り方から絶対にバレない埋め方も教えますから」

「埋めませんよ」

「人生何があるかはわかりませんよ」

けれども。

「その場合でも、さっき光くんが話したときの徹さんの態度が疑問になります。三人が共犯ならば、自分の足下に兄の死体が埋まっているのに、他人にその場所の意味を丁寧に教えるでしょうか？　彼の態度にまったく怪しい感じは、不審なものは感じられなかったのでしょう？」

「感じられませんでした」

光くんが、難しい表情を見せる。

「ただの、ペットのお墓だよ、という本当に素直な感じでした」

「まぁ、それも」

実は、いろんな人間がいる。

「罪の意識などまったく感じない人間もいます。罪の意識はあってもそれを微塵《みじん》も出さない強心臓の人間もいるでしょう。そんなのは今までの事件でたくさん見てきました」

「いますか」

「いますね。この世で最も怖いのは幽霊でも天災でも饅頭《まんじゅう》でもないです。人間の心ですよ」

そんな事件は、山ほどある。田舎だろうと都会だろうとまったく変わらずに。

「彼がそんな人間かどうかはともかくとして、ですけれど」

光くんが、小さく頷きながら、コーヒーを一口飲む。

「どうしましょうか。どうやって確かめましょうか」

「どうしましょうかね」

できることは、ほとんどない。

「まさかこっそりあそこを掘ってみる、なんてことはできませんよね」

「できないことはないと思いますが」

もう既に光くんは徹さんと知り合いになった。

「もしも徹さんに知られずにやるのなら、何らかの適当な理由や用事を見つけて、光くんが徹さんをあの家から遠ざけてくれればいいんです。幸い、あの場所は二方向からは死角になっていましたよね」

二方向、と繰り返しながら光くんは少し考える。

「そうですね。家のある方向と林になっている部分。抜けている田圃の方と入口からは見えますけど」

「そこにだけ気をつけていれば、誰にも見られずに済みます。掘る作業は男が二、三人いれば比較的簡単でしょう。僕も今はただの探偵ですからね。刑事のときみたいに違法なことに手を染められない、なんて苦悩する必要もないです。ただ、余程の確証がないと、確実にここに埋まっているという証拠を得なければ、それはできませんね」

もしもそこに死体がなかったら。

「一生それを思い出す度に恥ずかしくてのたうち回る失態になりますよ」

「そんな過去を持ちたくないですね」

そう言って、うーん、と、光くんが唸る。

「どうしたら、この何とも言えないものをすっきりさせられますか。何だか僕たちあのときの思いを繰り返しているみたいになっちゃってますけど」

あのときの思い。

〈銀の鯱亭〉の火事にまつわる事件。

「確かにそうですね」

似たような、思い。

「ひょっとして僕と磯貝さんって、この先一生、二人でずっとこんなすっきりしない事件にかかわってしまうとか」

「嫌ですよそんなのは」

「嫌ですね」

すっぱりさっぱりと解決できる事件なら大歓迎だが。

「このまま、鈴元のところに行って、この数字を見つけたと言いますか」

「それで、鈴元さんと奈々さんは言いますかね？　実は、って」

「言わないでしょうね」

そんなことで言うぐらいなら、こんな遠回しなことはしないだろう。

「ひょっとしたらですけど、突破口は徹さんですか。通るっていう洒落じゃないですけれど」

「そうかもしれませんね」

もしも本当に死体があそこに埋まっているのなら、勝木徹さんはいったいこの事件にどう関係しているんだっていうのが、大きな疑問だ。

鈴元と奈々さんが不倫の果てに綾桜先生を殺してしまったというのは、刑事としてはとんでもない話だが。

「理由としてはストレートですね」

「わかりやすいですよね」

光くんも頷く。

「その通りです。大抵の事件は、わかりやすいものなんですよ」

一見複雑そうに見えても、要は男と女の痴情のもつれだった、なんてものがほとんどだったりする。

「そして死体を埋めてしまおうというのも、鈴元が刑事だからこそしっくり来ます」

死体さえ見つからなければ何も起こらない。

七年待てば晴れて二人は結婚もできる。

人を殺したという事実を抱えたままでもそれで幸せになれると二人が思うのなら、決めたのなら、それも、わかる。

だが、どうして弟である勝木徹さんのところに埋めたのか。

「どう考えても、共犯っていう言葉はともかくとして、関係しているとしか思えないですよね」

「こっそり埋めるのが可能だとしても、危な過ぎる橋を渡っていますからね」

三人が共犯だとしたら、いったいどういうふうな事件なのか。

「最大の疑問になりますね」

「殺してどこかに埋めるってところまでは、もちろんとんでもない話ですけれど、まぁ一連の流れとしてはわかりますよね。その埋める場所がどうして勝木徹さんのところだったのか」

「誰にも見つからない自信があったってことでしょうか」

「何とも言えません。そこにしっくり来る意味合いを見つけられたのなら、それが突破口になるのかなってことですね。鈴元と奈々さんに会いに行って、自白させるのに。そして最大の疑問というのなら、それだけじゃありませんよ」

「あ、そうでしたね」

光くんも頷く。

何故、鈴元と奈々さんは、失踪人捜しを依頼してきたのか。

「二人は何の関係もなく、本当にただ綾桜先生を捜してほしいって依頼してきただけ、ってことはないですよね？」

「ないとは思います」

その根拠となるものはあの数字だけだが。

「元刑事としての勘が言っています。いちばん最初に二人に何の関係性も見出《みいだ》せなかった自分の鈍さを恨め、と」

「どうしてわからなかったんでしょうか。磯貝さんの勘は鋭いはずなのに」

息を吐く。

「たぶん、鈴元だったからでしょうね」

刑事としての自分を何もかもわかってくれている男。

「あいつだったから、僕の勘を打ち消すことができた。奈々さんと二人で完全に作り上げてきた」

そうとしか思えない。

「最大の疑問がメガ盛りですね」

頷くしかない。

もしもこれで事件じゃなかったら、何をしたかったんだお前はと頭を殴りつけたいところだ。

もう短くなっていた煙草に気づいて、一口吸う。

そして、煙を吐きながら、消す。

火が消える。

煙がたなびく。

「そうか」

火と煙か。

「何です？」

「火のないところに煙は立たない」

そうですね、と光くんが頷く。

「でも、今は火もないのにいろんなフェイクが作れて、煙どころじゃなくてすぐに燃え上がっちゃいますけど」

「ひどい時代ですよね」

一昔前なら完璧な犯罪の証拠になるものだった写真や映像や音声なんかが、全て本物以上の緻密さでフェイクを作れる。

「もっともそんな緻密なフェイクを作れる人間は、バレるような犯罪をやりませんが」

「バレないことがいちばんなんですからね」

「その通りです。まぁ今回はそんなものはないと思いますが、ある意味でフェイクになっている火元があります。たぶん」

「火元、ですか」

それは何ですか、と光くんが眼を細める。

「全てまだ仮定の話ですが、これは僕の勘を打ち消すほどの、奈々さんと鈴元が二人で完璧に作り上げてきたフェイクの世界なんです」

「はい」

「でも、その世界のどこかに仕込んであるんですよ。仕込んだんです鈴元が。あの数字と地図まがいのものと同じような、煙を立たせる火元を。どうしてそんなことをしたのかは、訊かなければわかりませんが」

「それは、何ですか」

何もかも、二人が教えてくれていたんだ。

最初から。

「通帳ですよ」

そうだ。

鈴元が言った。手掛かりとして、最初から堂々と置いていった。

「話しましたよね。『通帳が家に置いてあったので記帳させてみた。すると、十五日ほど前に函館で現金を下ろしていた』と」

「聞きました。そうか、記帳ですか」

綾桜先生が函館に行っているんじゃないかと思わせた、手掛かり。

「その通帳を見せてもらいましょう。『十五日ほど前に』と、鈴元は何故か曖昧に言いました。今思えば正確な日付はわかるはずなのに、わかっていたはずなのに何故『ほど』と言ったのか。それも僕に対するヒントだったのかもしれません」

「わざわざ鈴元さんが言ったということは、間違いなくその日に函館で下ろされているんですよね。お金が」

「まず、間違いなく」

通帳を見せてくれと言うかもしれないんだから、そこに嘘はない。

「しかし、もしも、奈々さんかあるいは鈴元がその日に、現金が下ろされた日に函館に行っていたという証拠があれば？」

うん、と、光くんが頷く。

「つまり、綾桜先生がお金を下ろしたって、言ってみれば偽の存在証明を作ったってことですよね。それを磯貝さんに提示していた」

「どちらかがその日に函館に行っていたのならば、それだけでもう二人の嘘がわかります」

「問い詰めても、どんな言い逃《のが》れもできませんよね」

「できません」

どんないいわけを考えても、たとえば捜しに行ったんだとしても、何故それを最初に言わなかったんだということになるし、行った日に綾桜先生がお金を下ろしたという偶然は何だということになる。

そんな偶然は、ない。

「そこと、あの数字を二人に持っていけば、何かがわかるでしょう。それでも二人が失踪について何も知らないと言い張るんであれば、僕たちはただの妄想《もうそう》野郎で終わりです。調査もお手上げで終わり。ごめんなさいです」

「でも」

光くんが少し首を捻った。

「どうやって調べますか。二人のスケジュールを」

「鈴元の方は、僕が同僚たちに何とかして聞き出します。あいつにわからないように」

「できます？」

「難しいですけどね」

鈴元に知られないように調べるには、ボスだった枕崎《まくらざき》さんの手を借りるしかない。

「でも、枕崎さんには貸しがあるんですよ。どんな貸しかは言えませんが、それを返してもらうって方向で何とかなります」

ただ、鈴元が直接函館に行ったというのは、たぶんない。

「行くなら、奈々さんでしょう」

「僕もそう思います」

刑事である鈴元より、ギャラリーの店長である奈々さんの方がはるかに自由は利くはず。

「でも、奈々さんの方が難しくありませんか？」

難しい。

「ただ、奈々さんのスマホはiPhoneでした。そしてギャラリーのカウンターにMacBookが置いてありました。彼女は店長なんですから、間違いなくギャラリーや店長としてのスケジュール管理をそこでしているはずです」

「スケジュールの共有ですね？」

「そうです」

自分のiPhoneに入れたスケジュールはそのままMacBookの方でも共有される。

「賭けでしかないですけれど、奈々さんのiPhoneを見るのは不可能としても、ギャラリーのカウンターにあるMacBookならこっそりと見ることはできるのではないかと」

光くんが、少し唇をへの字にさせる。

「でも、通帳に記帳された日付が、奈々さんの休みの日とかだったら？　むしろその可能性が高いですよね？　だとしたら全然こっそり見る意味がないですよね。函館に行く、とか書くはずないんですから」

「アート・ギャラリー〈ｎｅｏ〉の店休日は不定期です」

その辺は、調査済み。

「絵などの入れ替えの日などで休むことはあっても、基本毎日営業。スタッフがいるので交代制を敷いているんでしょう。なので、記帳された日に奈々さんが、もしくはギャラリーが休んでいることさえわかれば、それで函館に行くことは可能だ、という話になりますね」

なるほど、と光くんが頷く。

「交代制なら、たとえばこの日は店長が休み、なら確実にスケジュール共有されていますね」

まず間違いなく。

「奈々さんが記帳された日に休んでさえいれば、後はいくらでも彼女の行動を追えます。車で向かったのなら道路のNシステムやら何やら、JRや飛行機ならチケットの購入履歴や監視カメラの映像などなど、警察に籍を置いたものなら追跡する手立てはいくらでもあります」

「今でもそれは磯貝さんはできるんですか？」

「実はできません」

やってしまったら犯罪になる。

「でも、元は刑事である僕がそう言えば、奈々さんは信じますよね。もしも本当に函館に行っていれば」

そこは、賭け。

「通帳の記帳が鈴元と奈々さんが仕掛けたヒントなら、そこを突けば何とかなるでしょう」

うん、と光くんが頷く。

「僕が手伝いましょうか？　磯貝さんが何かの用事で奈々さんの気を引いているうちに、さっとスケジュールを確認するとか」

「そういう方法もありますが、いちばん手っ取り早いのは大家さんにアート・ギャラリー〈ｎｅｏ〉の合い鍵を貸してもらうことですね」

ポン、と、光くんが手を打つ。

「文さんは、青河家はこの土地の持ち主」

「そうです。ビルのオーナーとも文さんは知り合いでした。もちろん文さんは覚えていないようですけど、子供の頃から知っていたみたいでした」

「何とかなりますかね？」

「きっと文さんなら何とかしてくれそうな気がするんですが」

合い鍵を借りられれば、誰もいないときにギャラリーに忍び込める。

「でもここに入っている会社は、個別に警備会社と契約していますよね？　ギャラリーだったら当然高価なものも置いてあるんだからちゃんとしているんじゃ」

「そこは」

蛇《じゃ》の道はヘビ。

「ここに入っている警備会社には、個人的に何とか話をつけられます」

「マジですか。できるんですか」

「刑事のときには絶対にできないことですけどね」

今は、できる。

「意外と簡単なんですよ。そうでなければ、たとえば帰った後に忘れ物に気づいてまた戻るときに、うっかり警報鳴らしちゃったりしたら困りますよね？」

「そうか。ここのシステムは簡単に解除とかできるようになってるんですね」

「いろいろとシステムはありますけれど、このビルで採用しているのは簡単です。こちら側、つまりアート・ギャラリー〈ｎｅｏ〉側で所定の装置にキーを入れるか解除するかどちらかです。なので」

「マスターキーがあれば、もしくは向こうでその時間だけ解除してくれれば」

「警報は鳴りません」

わかりました、って光くんは言う。

「それで、ギャラリーに入れたとしても、当然 MacBook だってパスワード管理していたら、立ち上がりませんよ。ハッカー雇いますか？」

「もう一人便利な男がいますよ。宮島が」

「宮島先生？」

「あいつに、カウンターの上を盗み見できるカメラを仕込んでもらいます。このビルの天井にはご覧の通り梁《はり》が多いんです。ギャラリーの天井もここと同じでした。これくらいはきっと宮島なら仕込めます」

本当に便利な准教授。

「それで、奈々さんが朝にパスワードを使ってMacBookを立ち上げているところを録画すればOKですよ」

光くんが眼を丸くさせた。

「磯貝さんは、いや刑事さんっていつでも犯罪者に鞍替《くらが》えできるんですね」

「何を今更です」

刑事は世の中のすべての犯罪の裏の裏まで知り尽くす。

「やろうと思えば警察は世界最大の犯罪組織になれますよ。世界ではかつてそうなってしまった警察もあるようですけどね」

あれは？ と光くんが思い出したように言う。

「メールはどうですか？ 翔子さんが受け取ったメール。あれもその線で行けば火元ですよね。二人が仕込んできた」

間違いなく。

「ただ、それを調べるのは無理でしょうね。日付時刻を指定して送ったメールの操作を、あるいは奈々さんが自分で打ったのだとしたら、あのパソコンからそれを追跡調査する知識など僕にはありません。光くんもないでしょう？」

「ないですね」

「さすがに宮島もハッカーまがいの知識はありません。なので、通帳です」

「もしも函館に行ったのが徹さんだったらどうしましょうか」

それは。

「どうしようもないですね。それを調べるのは、きっと死体を発見した後になるでしょうね」

【結末のつけ方を】

桂沢　光 Katsurazawa Hikaru

結局小樽に帰ったのは皆がもう布団に入っていた夜中だったので、顔を合わせたのは翌朝の朝ご飯の席。

もちろん、どうなったのか何があったのか、ひかるちゃんも翔子さんも知りたがっていたけれど、実際のところはまったくわからないことばかりなので、はっきりしたことがわかった時点で連絡するってことにした。それまで、今回のこの件に関しては、ひょっとしたらとんでもない犯罪になっているかもしれないので、誰にも何にも言わないことって約束して。

宮島先生には、たぶんこの後すぐに磯貝さんから連絡が行くと思うのでよろしくお願いしますって。

そして、文さんだ。

皆が帰って、いろいろ片づけものなんかを済ませてから、文さんには何もかも全部話した。これから、どんなふうに磯貝さんは仕事を進めるのかを。

宮島先生にも協力してもらってカメラを仕込むのには、どうあっても文さんの協力が必要だからだ。文さんは、力強く頷いてくれた。まかせておいて、って。

そしてそれらは、全部上手くいったんだ。

文さんは磯貝さんの事務所と奈々さんのギャラリーがあるビルのオーナーから合い鍵をしばらく借りることに成功したし、その合い鍵を使って宮島先生は見事にギャラリーの天井に監視カメラを仕込んで、誰にもバレずにMacBookを開くパスワードを撮影できた。

ギャラリーが閉められた後にこっそりと磯貝さんは忍び込み、MacBookを開いて、奈々さんのスケジュールを見事に把握できた。奈々さんがしっかりとした仕事をする人で本当に良かったたって磯貝さんは感謝したって。

もちろんその前に、函館で綾桜先生の口座からお金が下ろされた日も、通帳の記帳できちんと磯貝さんは確認した。

結果、函館で綾桜先生の口座からお金が引き下ろされた日に、奈々さんはギャラリーを休んで函館に行っていたことがわかったんだ。

お泊まり会の四日後、磯貝さんから電話があった。

溜息と一緒に。奈々さんは、アリバイ工作をしたんでしょうねって。

警察の捜査なら、銀行まで行って監視カメラの映像でも調べて、奈々さん本人が本当にお金を下ろしたかどうかまで確かめないと確実な証拠にはならないけれども、磯貝さんはもう刑事じゃない。ただの探偵だ。

鈴元さんも、奈々さんも、函館に行ったことは磯貝さんにひと言も話していなかった。それはもう、二人が磯貝さんに嘘をついた、ってこと確定だ。綾桜先生はたぶんもうこの世の人ではないっていう、弟の徹さんのところに埋まっているんじゃないかっていう僕らの推測を裏付けるものだ。まだ、たぶんだけど。

そして、磯貝さんが最も信頼していて最も仲の良かった元同僚の鈴元刑事が、その犯罪の片棒を担《かつ》いでいるかもしれないことも、ほぼ間違いないんじゃないかってことを全部文さんに話したんだけど、文さんはどこか気の抜けた感じの返事をして、ちょっと首を傾げた。

「そうなっちゃうわよね」

それは、どういう意味か。

「ひょっとして文さん全部わかっていた？　こういうふうになるってことを」

そんなはずないじゃない、って僕の部屋に置いてある籐椅子に凭《もた》れて、文さんは小さく笑った。

「私は千里眼でもホームズでもないわよ。わかるわけない。でもね」

「でもね？」

文さんも、溜息をついた。

「忘れちゃった？　私が、いろんなものが情報として頭の中に流れ込んでくるみたいに、すごく感じられるようになってるのを」

「忘れてはいないけど」

文さんは、記憶を失って以来、感覚がめちゃくちゃ鋭くなっているって言う。その人の言葉の端々に滲《にじ》む感情、表情の奥に潜《ひそ》む思い、まとわりつく身体の内から滲む匂い、外からその人の身体に染みついた香り、そういうものが全部はっきりと感じられるって。すごく大げさに聞こえるし、単なる妄想じゃないかって思ったこともあったけれど、ずっと文さんと暮らしていると、あぁそうなんだろうなって思うことがたくさんあるんだ。あったんだ。

つまり、今の文さんに嘘はつけないってこと。ゼッタイにすぐにわかってしまう。今のところ僕は文さんに嘘をつかなきゃならないことが、まったくないのでいいんだけど。

「何か、感じていた？　誰かから」

でも、文さんは鈴元刑事にも奈々さんにも会っていない。もちろん綾桜先生にも。弟の徹さんの姿は見てはいるけれども。

「あそこにね、徹さんの家。農家のところに立って、感じたの」

「何を？」

「異質なものの雰囲気。今までに感じたことのない匂いみたいなもの。たぶんそれは、地中に埋められた生き物が土に還《かえ》っていく匂い」

「え、死体の匂いとか？」

文さんは、顔をくしゃっと顰めた。

「はっきりとは言えないわ。だって、今まで確実に死体が埋まっている桜の木の下になんか立ったことないから」

それはそうだ。前例がなくて確かめてもいないんだから、はっきりわかるはずがない。

「でも、明らかに犬や猫なんかの小動物ではない、違う生き物があそこにあった。埋まっているって感じた。犬や猫とは違う異質なものってことは、きっと人の死体なんだろうなって思った。だから」

「わかっていたんだね」

あそこに、人が埋まっていることが、もう既に。

「間違いないわ。もし間違っているとしたら、あそこに埋まっているのは牛か馬よ」

「何で」

「どちらも明らかに小動物とは違うものだから」

「つまり、大きな生き物ってこと」

そうね、って文さんは頷く。

「コンクリートに囲まれた街にいるとそんなにも感じないのだけれども、うちみたいに周りが全部土のところにいるとね、そういういろんな生き物の匂いみたいなものは全部感じているの。それは何なのだろうって、暇なときに確認しているのよ。あぁこれはミミズさんの匂いだったのか、これは蝶々《ちょうちょう》だったのね、ってね。知らないでしょうけど、虫って全部匂いが違うのよ」

「虫の匂いも全部感じるの？」

「土に戻ったときによ。そこから立ち上る、ひょっとしたら匂いじゃないのかもしれないけど、私の感覚としては匂いって感じるのよね。前にも話したけれど、嘘をついている人の匂いもそうよ。まさか嘘が匂うなんて私も思ってないわ」

「あくまでも、感覚ね。そう感じるってこと」

そうよ、って文さんが頷く。

「光くんも感じていただろうけど、徹さんにおかしなところは何にもなかった。様子も態度も普通というか、人懐っこそうで、優しそうで。知的障害があるということだったけど、そのせいなのかどうか少し子供っぽい感じがあって余計にそれを感じた。兄の死体が埋まっていることを知っている弟なんていうのは微塵も感じられなかった。そうでしょう？」

「そうだよ」

それは、あのときに皆に言った。

「でも私は感じていたの。徹さんを遠目で見て、きっと今までの人生でいちばん緊張してるって」

「緊張?」

「ガッチガチの緊張よ。武道館のステージで何万人もの観衆を前にして立ったみたいに、それぐらいの緊張を徹さんはしていたと思う」

でも、そんなふうな感じはまるで。

「そうか」

まったく逆の反応か。

「ド緊張すると、テンパってしまって妙に人懐っこくなったり、明るくなったりする人ってことなのか。徹さんは」

「そうなんだろうと思うわ。きっと普段は大人しくて静かな人なんじゃないかしら。確かめないとわからないけど、きっとそうよ」

ふぅ、って文さんは息を吐いた。

「磯貝さんは、光くんもそこにいてほしいって?」

「言ってた。磯貝さんがあそこに辿り着く原因になった人間としていてほしいって」

「そうね」

そうした方がいいわね、って文さんが言う。

「危ないことにはならないわ。エンドマークを静かに見つめられるはずよ」

「どうしてそう思うの」

だって、って文さんは肩をちょっと竦めてみせた。

「鈴元刑事さんは、あの磯貝さんが相棒とも思っていた人よ。そういう覚悟がなきゃ、こんなことはしないと思うわ」

【覚悟と、後悔と、結末を】

磯貝公太 Isogai Kouta

ノックの音が、部屋に響いた。

同時にゆっくりと扉が開いて、そこに鈴元と、そして奈々さんの姿。八時を十分ほど過ぎていた。ギャラリーを閉めて、すぐに来たんだろう。鈴元は、ギャラリーが終わるまで待っていたんだろう。

「早かったな」

部屋に一歩入ってきて、僕の顔を見て開口一番、鈴元が言う。

早かったな、か。

案外、わかるのが早かったな、ということか。それだけで、自白だとわかる。七割方そうじゃないかと思っていたが、できれば三割の方の、何も知らないと言ってくれるのを願っていた。

「仕事ができるんだよ俺は。知らなかったか？」

知っていた、と、鈴元は笑った。

「知ってはいたが、まさかこんなにも早く徹くんのところに辿り着くとは思ってもみなかった」

徹くん、か。

やっぱり何もかも当たりってことなのか。

「お前の中では、どれぐらいかかると思っていたんだ?」

「一ヶ月。お前の性格からして、調査費を使わせるのに胸が痛んで『もう無駄ですから、調査を打ち切らせてください』。そう言ってくると思っていた。長くても、一ヶ月ぐらいで」

悔しくて、唇を歪めてしまった。

「その通りだな」

確かに一ヶ月だ。それぐらいが限度だったと思う。

「身内への聞き込みを許可してくれるなら、もう少し続けますって言っていたと思うよ。それができないのならもう終わりです、と。そしてそれを認めることはしない予定だったんだろう? お前と奈々さんの間でそう決めていたんだな?」

「そうだ」

ゆっくり、頷いた。

「そう決めていた」

言いながら、奈々さんを見る。こくり、と、奈々さんも声を出さずに頷いた。

「それで、綾桜先生の失踪は永遠の謎になったんだ。七年後、お前たちは晴れて結婚の予定だったか？　式に呼ばれたら喜んで出席したんだろうな。ほんの微かな何かを胸に抱えながらもな」

元の相棒が、幸せを摑んだんだ。そんなものは、どうでもいいと心の底から祝福する気持ちで出席したろう。

「まぁそうなったら、そうしたいと思ってるよ。今でも」

そうか、と、鈴元が頷いて、光くんの方を見る。

「ひょっとして、桂沢光さんか？〈銀の鰊亭〉の」

「そうだ」

まだ紹介もしていなかったが、光くんのことは前から鈴元には話していた。

「初めまして、鈴元です」

初めまして、と、光くんも、答える。奈々さんとも同じように挨拶を交わす。

「まぁ、座ってくれ。コーヒーも入っている」

ソファに、お互いに向かい合って座る。どれだけ苦いコーヒーになるのかわからないから、少し薄く淹れておいた。

鈴元は、アメリカンが好きだった。

「どうしてここに光くんがいるか、は、わかるよな？」

少し首を捻って、鈴元が頷く。

「たぶん、彼が重要な役割を果たしたんだろう？　それでこんなにも早くお前はあそこに辿り着いた」

「そうだ。まったくの偶然だったんだ」

光くんとこんなにも親しくならなければ起こらなかった偶然だから、必然だったのかもしれないが。

「お前から依頼を受けたときとほぼ同時に、光くんはある女の子と知り合いになった」

話した。ひかるちゃんのプライバシーは明かさず、彼女が撮った写真から始まった鉄塔の話を。途中ですぐに、奈々さんはその鉄塔がどこにあるのかがわかったみたいで、少しだけ驚く様子を見せた。

ひかるちゃんの写真。鉄塔の近くの農家。そこにいた勝木徹さん。

何の偶然なのか確かめようとしたときに気づいた、電柱にあった数字。

ネタ帳に書かれていた、地図のようなものと、一致した数字。

辿り着いた、結論。

「そんなことが、あったのか」

「びっくりだ。耳を疑ったよ。光くんの口から勝木さんという名前が出てきたときには」

それがなかったら、何もわかっていなかった。

「光くんが、その女の子と知り合いになっていなかったら、決して見つけられなかった。間違いなく一ヶ月もしないうちに言っていたよ。これ以上は費用が無駄ですねってな」

ゆっくりと、鈴元が頷く。

「鈴元。まだ肝心なことを確認していなかった。訊くぞ」

待て、というように鈴元が右手を上げて手のひらを広げた。

「光さん」

「はい」

「遠慮なく、隠さないで録音、何だったら録画してください。これから私が話すことは、全て事実です」

光くんが、少し唇を曲げてから、ジャケットのポケットにしまってあったiPhoneを取り出した。

「じゃあ、遠慮なく」

「事実と言ったのは、起こった出来事です。真実などという、どちらかの見方で変わるようなものではなく、唯一の事実ばかりです。それをお話しします。完全なる第三者である君がいてくれて、良かったです」

いいぞ、というように鈴元はこっちを見た。

「依頼のあった綾桜先生こと勝木章さんの失踪だが、失踪ではないんだな？　勝木章さんは弟である勝木徹さんの農家の敷地内に埋められているんだな?」

「そうだ」

はっきりと、鈴元は頷いた。奈々さんは、静かに下を向いた。

「何があったんだ」

どうして、そんなことになった。

「勝木章さんは、自殺したんだ」

「自殺?」

鈴元はゆっくり頷き、奈々さんを見た。奈々さんも、頷く。

「ただの自殺じゃない。殺人に見せかけた、自死だ」

殺人。

「つまりそれは?」

奈々さんの方を見る。唇を、引き締めた。

「奥さんである奈々さんを、自分を殺した犯人に仕立て上げるための、他殺に偽装した自殺だった」

他殺に偽装した自殺。そんなものは、十年刑事をやったけど見たことも聞いたこともない。

「初めて聞いたぞ、そんな言葉」

「俺もだ。初めて使った。だが、そう言うしかないんだ。勝木章さんは、自分が奈々さんに殺されたというふうに偽装して、自殺した」

「何故だ。動機は何だ」

「動機は、本人が死んでしまっているのだから確かめようもない。何せ殺人に偽装しているんだ。遺書なんかあるはずもない」

それはそうだろうが。

「推測するしかないが、俺と奈々さんの関係だったのだろう」

「二人には、関係があったんだな？」

あった、と、しっかりと鈴元は言った。

「俺たちは、愛し合っていた。クラス会で再会してから、すぐにだ」

最初に話してくれた通り、中高生の頃には何の関係もなかった。そこに嘘はなかった。だが再会して、互いに何かを感じ、すぐにまた連絡を取り合い、会うようになった。

奈々さんはそれ以前から、随分長い間、離婚を考えていた。夫への愛は冷め切っていた。何よりも夫の直接的なものではなく、精神的なＤＶに悩んでいた。手を出すわけじゃないが、言葉で、束縛で、奈々さんを自分の単なる所有物のように扱っていた。

そう鈴元が話している間の奈々さんの様子を見ても、それは事実だったんだなとわかった。思い出すんだろう。フラッシュバックみたいなものだ。今まで事件で出会ったそういう被害にあっていた人と同じだった。

「お前も、会っていたのか。綾桜先生に」

「会った。彼女の同級生として。相談を受けた刑事として」

「離婚をしてくれなかったのか」

「そういう相談もしていた矢先だ」

奈々さんは、休みの日に義弟である徹さんのところに手伝いに行かされた。初めてではなかった。たまにだが、片づけや仕事の手伝いに行かされていた。それは、特に嫌なことでもなかった。義弟なのだし、独身の一人暮らしだ。義姉として暮らしの手伝いをすること自体は、何でもなかった。

「徹くんは、気持ちの優しい人だ。奈々さんに、こういう言い方はもう大人の男性に対して失礼だがとても懐いていた。奈々さんも徹くんのことは好きだった。もちろん、義弟としてな」

頷く。あくまでも家族となった義理の弟に対する好意。

「その間に、勝木章さんは準備をしていたんだな。自分を殺すための準備を」

「そういうことだな」

「実際に使われた凶器は何だった？」

「包丁だ。奈々さんが使っていた台所にあった出刃包丁」

まさしく、普段使いの凶器か。

「勝木章さんは脇腹を斜め後ろから刺されたように細工していた。近くにあった棚を利用してその角度から刺されたように偽装したんだろう。傷がついていた。その傷も争った跡と言われたらそう見える。俺は後から現場に行ったが、様子はすべてビデオに撮ってある」

包丁の所持者、ついているであろう指紋、勝木さんの血がついた奈々さんの服が隠されていた。鈴元と奈々さんが会っている不倫現場の写真もあったが探偵を雇ったんだろう。当日の足取り、そして、動機。

「何もかもが、奈々さんが夫を殺したことを示すようになっていた。完璧に、だ」

「でもアリバイがあるんじゃ？　徹さんのところに行っていたという」

光くんが言うと、鈴元は軽く首を横に振った。

「その日、徹くんの方では奈々さんに手伝いなど頼んでいなかった。徹くんは取引先の人と外出していたんだ。それもきちんと勝木章さんは調べてあったんだろう。奈々さんは徹くんがいないので、すぐに帰ってくるかと思いしばらく待っていたんだ。近くには義姉の家もあるしな」

ライトノベル作家の、力業か。証拠も、動機も、すべてが奈々さんが犯人であると示していた。

「それを、俺は否定することは不可能だった。何せ、動機の当事者だ」

頭の中でシミュレートする。

明らかに殺害された夫。妻の指紋がついた凶器である包丁。隠されていた血がついた衣服。不倫をしていた証拠写真。アリバイを偽装したかのような妻の行動。

「その時点で、警察が動けば間違いなく彼女は逮捕される、か」

「否認しても、無駄だったろう」

その時点では犯人だと疑われる。そうでなくても自宅で夫が殺されれば、まず妻を疑うのは、当然のことだろう。

「それを、お前は死体を含めて全部隠した、か」

言うと、鈴元はゆっくり首を横に振った。

「俺じゃない」

「違う？」

「この勝木章さんの偽装計画の唯一の誤算は、徹くんだった。彼は兄の家にやってくることなどほとんどなかった。が、何故かその日に限ってやってきたんだ。仕事先の人と別れた後に、マンションに。奈々さんが帰ってくるよりも早く」

「何故だ？」

「電話があった。奈々さんからな。家で待っているけどまだ戻らないのかと。その電話で、徹くんは何かを感じたらしい。真っ直ぐ兄の家へ向かったそうだ」

「合い鍵は？　持っていたのか」

「家族だからな。何かあったときのために、姉弟で一本預かっていたようだ。それは別におかしなことじゃないし、普段所持しているのが徹くんだった。自分の家の鍵と一緒にキーホルダーにつけてあった。だから、勝木章さんの死体の第一発見者は、徹くんだったんだ」

それか。

「徹さんのところが、舞台になった理由は」

ゆっくり、頷いた。

「徹くんは、俺も驚いたんだが、現場を見て何もかもを理解したらしい。これは、殺人に偽装している自殺ということを。そして、自分で兄の、勝木章さんの死体を運んで、あそこに埋めたんだ」

「自分一人でか？」

「簡単だったろうな。何せ普段から力仕事をしている。おまけにマンションまで自分の軽トラで来ていた。軽トラにはロープやらブルーシートやら台車やら、普段からよく使う仕事の道具が山ほど積んであったんだ。しかも、作業着のままだった」

遺体をブルーシートに包んで運んでいるのを誰かに見られても、単純に荷物を運んで作業している人にしか思われなかったのか。

「そうして、埋めたのか」

「そうだ。俺が現場に行ったのは、奈々さんが帰ってきてその現場を見てからだ。死体のない殺人現場のようになっていた部屋をな」

驚いたろうな。

「俺が駆けつけたとほとんど同時に、徹くんがやってきた。兄の死体を埋めた後にな。それで、ようやくすべての事情がわかった」

「どうして、埋めたんですか。何でそういう判断をしたんですか」

光くんが訊くと、鈴元は奈々さんと少し顔を見合わせた。

「正直、わかりません。本人は『そうするのがいちばんいいって思った』と。奈々さんは気づいていなかったが、普段から兄夫婦の様子を、自分の兄が優しい義姉をいじめているとわかっていたのかもしれない。とにかくそれしか言わない」

弟が、運んで埋めた。

後から、鈴元は現場に来て、全部見た。理解した、か。

「死体は埋められてしまった。奈々さんが殺害したという偽の証拠をお前は理解した。ならばそれらの証拠は全部消した。つまり、そこに残っているのは死体遺棄だけ、という判断か」

「そうだ」

もしもその時点で鈴元が警官として対応したのなら、つまり証拠を全部残して通報したのなら、弟と妻が共謀して殺して埋めたという状況になってしまう。しかも動機として自分が関わっている。

　ただの殺人よりもずっと最悪だ。しかし、証拠さえ消してしまえば、遺体が見つかっても殺人罪ではなく、死体遺棄罪。

　罪は、多少は軽い。

「その時点で警官として対応しなかったのは、不倫していたという事実があったからか。自分が動機になる以上、どうしようもない、か」

　鈴元が唇を歪めた。

「もしも、遺体がそのままそこにあったのなら間違いなく電話していたろう。そして全力で偽装自殺であることを証明したろう。しかし」

「もう遺体がなかった」

　自分の言うことは何もかも信じてもらえない状況になっていた、か。

「すぐに決めたよ。即決だ。そもそも、誰も、勝木章さんを殺してはいないんだからな。罪の意識もない」

「そういうことになるな」

　ましてや、この場合は、徹さんが自分のところの〈お墓〉に遺体を埋めているんだ。それは、きちんと〈埋葬〉という行為をしていたことになる。

　そう判断できる。社会通念上でも立派な埋葬と見られるだろう。墓石まで置いているのだから。

死体遺棄罪に相当する行為は、文字通り死体を隠したり放置したり棄てたりすることだ。綾桜先生の場合は、放置もされていないし、棄てられてもいない。ましてや山の中に埋められてもいない。

代々、実家のある土地の、ペットの墓地として使われていた場所に、埋められているのだ。

「ひょっとしたら、判断次第では遺棄罪にさえ当たらないかもしれないな」

「俺も、そう考えた」

どういう形での裁判になるかはわからないが、仮に自殺と判断されれば、徹さんはまったくの無罪となるかもしれない。

弟である徹さんが、自分の判断で墓地に埋めた。埋葬をした。軽度とはいえ知的障害のある徹さんがやったことなら、刑事責任を問えないとして無罪となる可能性も高くなるだろう。

彼は、そこまで考えたのだろうか。

「何故、依頼した」

最大の疑問だ。

「ご丁寧にたくさんのヒントまでちりばめて。放っておけば誰にもバレない。三人が黙っていればそのまま勝木章さんは、失踪者のままだ」

また二人で顔を見合わせた。

「最初は、そうも考えた。だが、俺たち二人は嘘をついているだけだが、徹くんは自分の兄が埋まっている家に住んでいるんだ、自分で埋めて。このままにはできないと話し合った。運命に任せてみようと思った。俺がこの世でいちばん優秀な刑事だったと思っているお前に、何もかも任せてみようと。お前が遺体を発見できなければ、それは運命に許されたと思って三人でしっかりと生きていこう。見つかったのなら、素直に罪を受け入れ静かに罪を償《つぐな》っていこうと」

バカか。

そんなものをこっちに放り投げるな。

「お前は職を失うぞ」

「そんなのは、当然の罰だ。警察官としてあるまじき行為をした」

証拠隠しか。そもそも殺していないんだったら、せいぜいが遺留品紛失程度だろうが。殺してはいなかった。

だからだろう。奈々さんがあれだけ演技ができたのも。

演技ですらなかったんだ。本気でわからなかったんだ。何故、自分の夫があんなことをしでかしたのか。怒っていたのかもしれない。どうして自分に罪を着せようなどと思ったのか。

一度でも愛し合い、夫婦として過ごしてきたのに。

わからず、怒り、困惑し。

そして希望があった。鈴元の言う通りにしていれば、ひどいことにはならないだろうと。たとえなったとしても、鈴元と一緒に生きていければ、それでいい、か。

「覚悟を決めていたから、お前からは何も感じ取れなかったんだな」

「感じ取れなかった？」

「嘘の匂いを」

「お前がそう思うなら、そうかもな」

「どうしたらいいんだ。俺は」

鈴元が、背筋を伸ばす。

「依頼を遂行してくれ。勝木章さんを見つけましたと、報告してくれ。奈々さんに、そして」

警察にも、か。そんなことで古巣に電話か。そもそも管轄が違うしな。

「もうひとつだけ、確認させてほしい」

「何だ」

「あんなにヒントをもらっても、成功報酬はいただけるんだろうな？」

【結末のつけ方は】

桂沢 光
Katsurazawa Hikaru

二週間も過ぎた頃に、磯貝さんが〈銀の鰊亭〉に遊びに来た。営業が終わってからだから、実質泊まりに来たんだけど。

いろいろとお世話になったのでって、美味しそうなフルーツケーキを持って。

本当にものすごく美味しかった。

「美味しいわー」

文さんが本当に嬉しそうに頬張って、震えそうになって言った。

「それで、まだひかるちゃんにも翔子さんにも詳しくは言えてないんですけど。とりあえず解決したって。綾桜先生は残念だけど、自殺だったということしか」

うん、って磯貝さんが頷く。

「裁判はまだ先になりますけど、まぁたぶん法的な罪は微罪になるでしょう」

「鈴元さんは、警察を辞めたのね？」

「もう辞表は受理されてます。これからどうするかは何も聞いていませんけれど、まぁ奈々さんと二人で何とか生きていくんでしょう」

そうなるんだろうけれど。

「結局、すっきりしない事件になっちゃいましたよね」

「すっきりしませんか？」

していない。

「文さんとも話していたんですけど、綾桜先生が本当に自殺だったのかどうかは、警察の方はどう判断したんですか？　解剖とかしたんですよね？」

「しましたね。結論から言えば、自分で刺したとも誰かに刺されたともどちらとも言える刺し傷だと。なので、刑事であった鈴元の証言と現場の状況から殺人を偽装したと判断されるでしょうね」

「その他の残っていた証拠などからね？」

「そうです。勝木さんのスマホも含め隠していた証拠はすべて鈴元が提出しました。スマホはバッテリー切れにならないようにしていたようです。血がついた服も明らかにそうは付かない、という跡でしたよ。それらからも、まぁ確かに偽装だろうなぁ、と。僕もこっそり全部見せてもらいましたが、そう判断できるものでしたよ」

「ミステリ好きな作家らしからぬ失敗だったのねそこも」

「そういうことになります」

「でも」

疑うわけじゃないんだけど。

「その証拠を全部でっち上げることも可能でしたよね？　鈴元さんにならし」

言ったら、磯貝さんは肩を竦めた。

「そうですね。やろうと思えば、ですけれど」

「そんなことする人じゃないでしょう？」

文さんが言う。磯貝さんは、唇を少し歪めた。苦笑するみたいに。

「本来なら、ですね。しかし、何かを守るためなら、人間どんなふうに変わるかはわかりませんけど」

そうなんだ。僕もそう思った。

「徹さんが、お兄さんを殺したっていう可能性はありますよね？　それを隠すために鈴元さんが全部絵を描いたっていうのも」

「可能性としては、ですね」

あり得ますねって言う。

「でも、二つ確信してます」

「二つ」

「ひとつは、奈々さんが夫を殺してあれだけの演技ができる人じゃないってこと」

「もうひとつは？」

「人を殺して平気でいるような人間を、鈴元は放っておかないってことです。だから、それだけで、僕は今回の結論に満足していますよ。たとえ誰かが描いた絵だったとしても。成功報酬もいただきましたし」

ケーキを指差した。

「こういう美味しいケーキも買ってこられます」

解説

新保博久《しんぽひろひさ》
（ミステリー評論家）

一等ゴヒイキの海外ミステリー作家は誰かというと、小路幸也の場合、それはエラリー・クイーンかもしれない。

「江戸川乱歩の〈少年探偵〉シリーズで読書とミステリに目覚めてしまい、小学校の図書室に通い詰め始めた僕が次に手にしたのがエラリイ・クイーンやアガサ・クリスティーといった海外ミステリのジュブナイル版だった。もちろん夢中になっ（た）……」（小路幸也「田舎のエラリイ、都会のクイーン」、「ハヤカワミステリマガジン」二〇一九年七月号「クイーン再入門」特集の課題エッセイ「クイーンと私」）

そのときクイーンの『エジプト十字架の秘密』を読んだのはおそらく、あかね書房の〈少年少女世界推理文学全集〉第八巻だろう。全二十巻のこの叢書が刊行されはじめた一九六三年、小路氏はまだ二歳だが、十年以上も版を重ねつづけたロングセラーなので小学生のとき巡りあったとしても不思議はない。発刊当時新進気鋭のグラフィックデザイナーやイラストレーターを起用した垢抜けたブックデザインで、『エジプト十字架の秘密』の挿絵は横尾忠則。作家になる以前、広告制作に携わった小路氏だけに、少年探偵団の延長で興味をもっただけでなく、おしゃれな造本にも惹かれて手に取ったのではないか（現在は絶版で、古書ではプレミア値がついているが、画像を検索してみてください）。

少年探偵団への熱も冷めてしまったわけでないことは、くだって二〇一四年、江戸川乱歩生誕百二十年記念企画として湊かなえ、万城目学ら人気作家によるトリビュート・アンソロジー『みんなの少年探偵団』に参加したばかりか、年明けてすぐ単独で長編パスティーシュ『少年探偵』を書き下ろしていることからもうかがわれる。だが、読書少年の道はいったん中断したという。

「……中学に入ると音楽に出会ってしまった。フォークやロックに夢中になりギター抱えてミュージシャンになることを夢見る少年になってしまい、本を読むよりギター譜を広げ六弦を掻き鳴らしてばかりいたのだ」（前掲エッセイより）

ミステリーひと筋、読書ひと筋でなく、音楽や映画にも寄り道したからこそ、こんにち小路作品の多彩さがあるのだから、顧《かえり》みれば必要な回り道であったという気がする。

「そんな少年も少し大人になり中学三年となれば受験生だ。受験のための参考書とか問題集を買いに久しぶりに大きな本屋に足を踏み入れた。ふと足を止めた棚には文庫本が並んでいた。そこは〈ハヤカワ・ミステリ文庫〉の棚だった」（同前）

一九七六年に創刊されたハヤカワ・ミステリ文庫は当初、先蹤《せんしょう》の創元推理文庫に収録されていない、エラリー・クイーンやアガサ・クリスティーの後期作品を収めるのに力を入れていた。作者と同名の探偵エラリー・クイーンは、初期作品ではめったにニューヨークを離れなかったものだが、『災厄の町』はじめ後期作品ではカナダとの国境近くに設定された架空都市ライツヴィルを頻繁に訪れては事件に出くわす（あるいは事件のために呼ばれる。まさに災厄に見舞われやすい町だった）。「ハヤカワミステリマガジン」に二〇一三年から連載された長編『壁と孔雀』で主人公が初めて訪れる亡母の郷里、北海道の来津《らいつ》平町《びらちょう》がライツヴィルのもじりであるのは言うまでもないが、版元に敬意を表したようでもある。

　といっても『壁と孔雀』には、クイーン作品を連想させる部分はない。同書に限らず、小路氏には読者に余さず手がかりを与えて、クイーンばりに知恵比べを挑むような小説は見あたらないのだ。さらに言うなら、「心の師として挙げるのはアーウィン・ショーやデイモン・ラニアン、矢作俊彦さんやエラリー・クイーンですが、書くことに影響は与えられていないと思います。例えば矢作さんみたいなハードボイルドを書こうとしたら、物真似になってしまう。僕、物真似は得意なので（笑）、矢作さん風に書こうと思ったらその通りに書いちゃう」（WEB本の雑誌「作家の読書道　第一一九回：小路幸也さん」取材・文：瀧井朝世　二〇一一年十月十九日更新）のだから、敢えてやらずにいるという。SPとして要人警護に際し重傷を負って療養中の主人公が、存在も初めて知った美少年の異父弟を守ってやりたくなって（この二人が『壁と孔雀』というわけだ）活動するのは、矢作調とは違ってもハードボイルドに近い。いわば一匹狼の世界だが、小路作品としては異色だという印象を受ける。『スタンダップダブル！』のような野球小説はもとより、氏の作品で活躍するのは一匹狼ではなくて通例、チームなのだ。そう考えていたところへ、書評家・大矢博子がホストを務めるｈｏｎｔｏのコラム「あの人と、本のおしゃべり」第三回（二〇一五年十二月十日掲載）に登場した小路幸也が、「多分僕の作品のキーワードは『仲間』なんだと思います」と発言しているのに遅ればせながら接した私は、さてこそと思った。

「……僕は『仲間』ってものが大好きなんですよ。親友とか、命預ける仲間とかね、そういうのが大好きだった」

小路氏は四月生まれだから、学級では最も年長になる。小学生で一年の差は大きい。勉強でもスポーツでも秀でていて当たり前で、自身が頼られる兄貴分になってしまうから「同い年の中に頼れる友だちがいなかった」、対等の友人はたくさんいたけれども頼れる相手としての「仲間」を持てなかった反動で、仲間というものへの憧れが嵩じたのかもしれないと自己分析したものだ。

別に関係はないのだが、このインタビューのしばらく前に刊行された文芸・演劇評論家の高橋敏夫の時代小説論集の三冊目『時代小説はゆく！』（二〇一三年、原書房）は「『なかま』の再発見」と副題されていた。二葉亭四迷の『浮雲』（一八八七～八九年）に始まる近代文学（純文学）が知識人の孤独を主題にしていたのに対し、四半世紀遅れて勃興した大衆文学は、「物語をひっぱる仮の主人公（ときに英雄豪傑）はいても、やがて物語は群像劇（新保註、名もなき人々の）へ、いいかえれば『なかま』の物語へと転移する」と説き、為政者《いせいしゃ》たちが現に困難にあえぐ国民に背を向け、「むしろ困難を隠蔽《いんぺい》するための全員一致を上から強制しようと」する動きに抗して、「日々の困難に直面しそれとたたかう下からの『なかま』づくり」を称え、そうした「なかま」が特に二〇一〇年代の時代小説に顕著に見出せることを実作に即して論じたものだ。無限定な仲間意識の拡大はご免こうむりたい私にとっても、そういう「なかま」であれば歓迎したい気がする。それは二〇一一年の東日本大震災から、二〇二〇年に始まる新型ウイルス感染症の世界規模の蔓延、二〇二四年劈頭《へきとう》の能登半島地震を経た現在、なおさら切実なのだ。

さて本書『〈磯貝探偵事務所〉からの御挨拶』は、光文社文庫既刊の『〈銀の鰊亭《にしんてい》〉の御挨拶』（二〇二〇年二月初刊）に続く第二作として、「小説宝石」二〇二〇年六月号から二〇二二年一・二月合併号に連載、二〇二二年五月に光文社から単行本が出た。作中時間では前作から一年後の物語だが、事件は独立しており、前作を未読でも格別さしさわりはないし、読了後に前作に遡《さかのぼ》るのも（きっと遡りたくなる）好い。前作では磯貝公太はまだ道警の刑事で、本書では「私立探偵になっちゃった刑事さん、っていうのは、実は全国的にもけっこう珍しいんじゃないかしら」と言われたりするが、実際にどうかはともかく内外の推理小説ではけっこうお目にかかる。海外ではローレンス・ブロックのマット・スカダー、R・B・

パーカーのスペンサー、リザ・コディのアンナ・リーらハードボイルド系、アンソニー・ホロヴィッツのダニエル・ホーソーンなどが刑事から私立探偵に鞍替えしたくちだが、読者にお目見えしたときすでに探偵事務所を開いており、刑事時代の活躍が全編に描かれることはない。捜査のノウハウを心得ていたり、かつての同僚から捜査情報を洩らしてもらう便宜も期待できるというぐらいにすぎないようだ。この点で磯貝はユニークな存在だと言えよう。

それは結果論であって、「小説宝石」二〇二二年六月号の著者新刊エッセイ「二回目の御挨拶」によると、「シリーズにするつもりはまったくなかったのですが、幸い担当編集さんから次もこのメンバーでと言われて『探偵事務所』シリーズになりました」という。『〈銀の鰊亭〉の御挨拶』がそれだけ好評だったらしい。

前作では、大学進学した桂沢光が、二十七歳の若き叔母、青河文がひとりで継いでいる料亭旅館〈銀の鰊亭〉に寄宿することになって、先代主人の夫婦が焼死した謎に叔母ともども挑む。叔母自身、決定的な証人なのだが、火災事件のショックで記憶を喪失している。事故として処理された事件に疑念をもつ磯貝刑事が加わり、このトリオが探偵役として活躍するわけだ。光と文というネーミングは、版元にあやかったもので、だったら刑事は社《やしろ》でもよさそうなところだが、さすがに出来すぎというものだろう。記憶喪失が謎とサスペンスを生む設定は推理ものにありがちだが、記憶を失っているのが主人公自身でない点がユニークである。

「前作でサブキャラなのに後半ほぼ主人公のような存在感を出していた磯貝が、刑事を辞めて私立探偵になり主人公に昇格です。まだ若いといえる年齢なので他の職業も選べたのに、わざわざ私立探偵という職業を選んだのは、彼は人が好きだからです。人と人が織りなす暮らしの出来事を見つめることが、それについて考えることが何よりも好き。それが趣味と言ってもいい。だから私立探偵という職業を選びました」（「二回目の御挨拶」）

すると磯貝の一人称一視点の私立探偵小説の定型に則《のっと》りそうなところ、桂沢光の視点が交互に展開、二つの出来事が交錯して、まだ記憶を取り戻していない文叔母も重要な役割を受け持つ。第三作『失踪人　磯貝探偵事務所ケースC』もすでに連載が完結していて、本文庫版と前後して刊行されている。これは磯貝の語りで一貫して形式的には普通の私立探偵小説だが、やはり光と文が事件解決に協力する展開となり、トリオの活躍が爽やかな風味をかもす点は前二作と共通する。

磯貝が悪事を働いたわけでもないのに、なぜ北海道警にいられなくなったかは第一作に詳しいが、ここに要約すべきことではない。未読のかたは、ぜひ現物に当たっていただきたい。この第一作では〈銀の鰊亭〉の所在が明記されていなかった。ご当地ミステリーとして売りたいわけではないという気概を示すものだろうが、第二作において他の都市との位置関係を明瞭にするためか、小樽であったと記されている。

ところで先の新刊エッセイからの引用は、「私立探偵」を「小説家」に、「彼」（磯貝）を

「私」（小路氏）に代えても、そのまま通用するのではないだろうか。氏のダイ・シリーズ第三作『ビタースイートワルツ Bitterswee Waltz』（二〇一四年）で、東京北千住で喫茶店〈弓島《ゆみしま》珈琲〉を営む主人公で語り手でもある弓島大《だい》が、常連客の純也《じゅんや》について述べるのがまた、作者自身のことを述べたように思われるのにも似て。

「この男は小さい頃から自分以外の人間にものすごく気を遣う奴だった。それはつまり、常に自分の周囲の人を観察しているってことだ。それが今の、シナリオライターという職種にも役立っているんじゃないかと思う。ストーリーを組み立てるということは、すなわち人間の行動や考え方を描いていくことだから」

歳月を隔てて、時系列順には第二作↓第三作↓第一作↓第四作と続くダイ・シリーズにおいて、はじめ高校生だった純也はゲーム会社に就職してシナリオを書いているのだが、ゲームのシナリオライティングは、小説家をめざすようになった小路氏が初めて報酬を得た創作的な仕事でもあった。

創作的な試みに手を染めたのは中学高校時代からという作家がけっこう存在する（漫画という場合も多いが、文筆志望に転向してしまうのは、漫画だと実力のほどが可視化されるからだろう）が、小路氏の場合はとびきり早く、小学校六年のとき放送部員としてオリジナル放送劇を創ろうということになり、脚本を担当したという。一九七三年、ＮＨＫ人形劇「新八犬伝」が始まって大人気を博しており、「それで、犬ではなくて鳥にして、８人の仲間がだんだんにそろっていって、事件を解決する話」（「作家の読書道」）にしたそうだ。チームが活躍する物語を書く萌芽《ほうが》が早くも見られよう。
「詳しい中味はまったく憶えていません。唯一憶えているのは、『八犬伝』に出てくるのは仁・義・礼・智・忠・信・孝・悌の玉ですが、そのままパクってもつまらないからということで、愛・義・心・智・力・疑・信・優にしたこと。脚本書きはすごく楽しかったですね。悩まずにすらすらと書けました」（同前）
この八つの玉のパロディを小路氏ひとりで考えたのか、放送部員全員で知恵を出し合ったのか定かでないが、小路氏が牽引していったことは想像に難くない。新たな八つの文字は、氏の書く小説の根幹をなす精神に集約されている。
「……子供時代から読んで聴いて観てきたものが全て身の内に溜まっていってそれが僕を作家にしてくれた。……その身の内に溜まったものは何か、と、問われれば、判りやすく言ってしまえば〈愛と正義と友情〉でしょうね（笑）。愛は〈ＬＯＶＥ〉で、正義とは〈真っ当に生きる〉ことであり、友情は〈血を越えた繋がり〉でしょう。たぶん、今までの僕の作品は全部このキーワードでくれるのではないかと。まぁ単純バカなんでしょうね（笑）」（「翻訳ミステリー大賞シンジケート」週末招待席【インタビュー】小路幸也さんの巻「翻訳
ミステリーの子供」第五回　構成・杉江松恋　二〇〇九年十二月十九日配信）
三つ子の魂百まで踊り忘れず、という例をこれほど鮮やかに体現した作家もほかにいない。

初出　「小説宝石」二〇二〇年六月号～二〇二二年一・二月合併号
※この作品はフィクションであり、
実在の人物・団体・事件とは一切関係ありません。
二〇二二年五月　光文社刊

光文社文庫

〈磯《いそ》貝《がい》探《たん》偵《てい》事《じ》務《む》所《しょ》〉からの御《ご》挨《あい》拶《さつ》

著 者　小《しょう》 路《じ》 幸《ゆき》 也《や》

2024年6月20日　初版1刷発行

発行者　三　宅　貴　久
印 刷　新　藤　慶　昌　堂
製 本　フォーネット社

発行所　株式会社 光　文　社
〒112-8011　東京都文京区音羽1-16-6
電話 (03)5395-8147　編 集 部
8116　書籍販売部
8125　制 作 部

ISBN978-4-334-10337-8　Printed in Japan

組版　萩原印刷

光文社文庫　好評既刊

- シャルロットの憂鬱　近藤史恵
- 機捜235　今野　敏
- 女子と鉄道　酒井順子
- シンデレラ・ティース　坂木　司
- 短劇　坂木　司
- 和菓子のアン　坂木　司
- アンと青春　坂木　司
- アンと愛情　坂木　司
- 和菓子のアンソロジー　坂木　司 リクエスト！
- 死亡推定時刻　朔　立木
- 光まで5分　桜木紫乃
- 屈折率　佐々木譲
- 北辰群盗録　佐々木譲
- 図書館の子　佐々木譲
- 天空への回廊　笹本稜平
- 素行調査官　笹本稜平
- 卑劣犯　笹本稜平

- サンズイ　笹本稜平
- ジャンプ　新装版　佐藤正午
- 身の上話　佐藤正午
- 人参倶楽部　佐藤正午
- ダンスホール　佐藤正午
- ビコーズ　新装版　佐藤正午
- 死ぬ気まんまん　佐野洋子
- 女王刑事　沢里裕二
- 女王刑事　闇カジノロワイヤル　沢里裕二
- ザ・芸能界マフィア　沢里裕二
- 全裸記者　沢里裕二
- 女豹刑事　雪爆　沢里裕二
- ひとんち　澤村伊智短編集　澤村伊智
- わたしの台所　沢村貞子
- わたしの茶の間　新装版　沢村貞子
- わたしのおせっかい談義　新装版　沢村貞子
- しあわせ、探して　三田千恵